The English Patient

Michael Ondaatje

英国病人

〔加〕迈克尔·翁达杰 著

丁骏 译

人民文学出版社
PEOPLE'S LITERATURE PUBLISHING HOUSE

著作权合同登记号　图字 01-2021-2989

图书在版编目(CIP)数据
英国病人 / (加) 迈克尔・翁达杰著 ; 丁骏译.
北京 : 人民文学出版社, 2025(2025.11 重印). --(翁达杰作品系列).
ISBN 978-7-02-019095-9
Ⅰ. I711.45
中国国家版本馆 CIP 数据核字第 20259N7S59 号

责任编辑　**陈　旻　潘爱娟**
装帧设计　**朱晓吟**

出版发行　**人民文学出版社**
社　　址　**北京市朝内大街 166 号**
邮　　编　**100705**

印　　刷　**山东新华印务有限公司**
经　　销　**全国新华书店等**

字　　数　**218 千字**
开　　本　**787 毫米×1092 毫米　1/32**
印　　张　**9.625**
版　　次　**2012 年 10 月北京第 1 版**
印　　次　**2025 年 11 月第 2 次印刷**

书　　号　**978-7-02-019095-9**
定　　价　**69.00 元**

如有印装质量问题，请与本社图书销售中心调换。电话：010－65233595

纪念斯基普·狄金森和玛丽·狄金森

献给昆丁和格里芬

以及路易丝·丹尼斯，并致谢意

“在座各位中的大多数，一定都还记得大吉勒夫的那场悲剧，先是杰弗里·克里夫顿死亡，接着是他的妻子凯瑟琳·克里夫顿失踪，发生于一九三九年寻找扎苏拉绿洲的探险行动。

“今晚会议开场前，我不得不满怀沉痛地提及这些悲剧事件。

“今晚的讲座……”

——摘自皇家地理学会二十世纪四十年代
某一年十一月伦敦会议记录

目　录

一 别墅

她停下手中的活，在花园里站起身，望向远处。觉察到某种变化，是气候的变化。起风了，不一样的风，空气中一阵咔嗒咔嗒的晃荡声，高高的柏树在摇晃。转过身，她往山上的屋子走去，翻过一堵矮墙，赤裸的臂膀上感觉到几滴最先落下的雨滴。她穿过凉廊，疾步走进屋子。

经过厨房她没有停下，径自爬上黑暗中的楼梯，然后沿着长长的大厅继续往前，大厅的尽头是一小方灯光，从一扇打开的门里透出来。

她走进房间，这里也是一个花园——墙壁和天花板上满是图绘的大树和藤蔓。那人躺在床上，微风轻拂着他裸露的身体，她进屋的时候，他慢慢地向她转过头去。

每四天她给他黑色的身体洗一次澡。先从已经没有形状的脚开始。她把毛巾弄湿，举在他脚踝的上方，然后拧出水滴在他身上，听到他轻声咕哝，她便抬起头，看见他的微笑。胫部上方的烧伤最严重。深过绛紫色。骨头。

她照顾他有几个月了，对他的身体非常熟悉，沉睡的阴茎像只海马，臀部又瘦又紧。基督的髋骨，她这样想。他是她绝望的圣人。他仰面平躺着，没枕枕头，看着画在天花板上的大片绿叶，树枝组成的华盖，在那之上，蓝色的天空。

他胸口的烧伤略好些，可以碰，她就把炉甘石一条一条地倒在他胸口。她喜欢最后一根肋骨下面的凹陷，犹如皮肤的悬崖。握住他的肩膀，她对着他的脖子轻轻吹凉气，他嘟哝起来。

说什么？她回过神来，问。

他那深色的脸转向她，一对灰色的眼睛。她把手插进口袋里。用牙把李子的皮剥了，去掉核，然后把果肉放进他嘴里。

他又低语起来，把年轻护士那颗倾听的心拽到自己身边，拽向他思绪所系的任何地方，拽入那口他一再纵身跃入的记忆之井，在他死前的几个月里。

有些故事，由那人在房间里轻轻道来，仿佛鹰在滑翔，一层又一层。他醒过来，围裹他的是画里棚架上四溢的鲜花，还有大树的枝干。他记起了野餐，记起一个女人，她亲吻过他身体的这里、那里，现在这些地方都已经烧成了茄子的颜色。

我在沙漠里过了几个星期，忘了看看月亮，他说，就像一个结了婚的男人好几天没去看妻子的脸。这些不是疏忽之罪，而是入定的前兆。

他的目光锁住年轻女人的脸。如果她转动头，他的目光也会跟着她转移到墙上。她身子往前倾。你是怎么烧伤的？

那是一个傍晚。他手里捏着床单，用指背轻轻地摩挲着。

我燃烧着坠入沙漠。

他们发现了我，用枝条给我做了艘船，拖着我横穿沙漠。我们是在沙海[1]里，不时经过干涸的河床。游牧部落的人，跟你说吧。贝都因人。我向下飞，连沙漠都着火了。他们看到我赤身裸体地从火中站起来。头上的皮帽盔吐着火舌。他们把我捆进一个摇篮，一艘运尸船。脚步轰鸣，是他们在架着我奔跑。我打破了

1 沙海即“大沙海”，是埃及西部与利比亚东部之间的北非沙漠地区。

沙漠的枯乏。

贝都因人知道火。他们知道飞机，一九三九年战争爆发后天上总在往下掉飞机。他们的一些工具和器皿是用失事飞机和坦克的金属做的。这是天堂燃起战火的时代。他们能听出一架受损飞机发出的低鸣，他们知道如何在机身的残骸中穿梭自如。驾驶座上的一颗小螺栓成了首饰。我可能是第一个活着从一台燃烧的机器里站起来的人。一个头上着火的人。他们不知道我的名字。我不知道他们的部落。

你是谁？

我不知道。你问起来没完。

你说你是英国人。

晚上的时候他从来不会累到想睡觉。她念书给他听，念能在楼下藏书室里找到的任何一本书。摇曳的烛光印在书页上，印在年轻护士念着书的脸上，在这样的时刻，几乎看不到装饰墙壁的树影和远景。他倾听着，像喝水般咽下她吐出的每个字。

如果天冷，她就小心地挪到床上，在他身边躺下。哪怕是一丁点的分量，他也会痛，甚至是她纤细的手腕。

有时候凌晨两点他都没睡着，在黑暗中睁着双眼。

他能在看见绿洲前嗅到它们的存在。空气中的液体。窸窸窣窣的声音。棕榈树和马笼头。马口铁罐子的撞击声，只有装满水，声音才会那么低沉。

他们把油倒在大片大片的软布上，然后放在他身上，如同油的洗礼。

他能感觉到身边总有一位沉默的男子，感觉到他呼吸的气味，每过二十四小时，每到黄昏，他会弯下腰打开包裹他的软布，在黑暗中检查他的皮肤。

解开布，他又是那个赤身裸体的人，身边是燃烧的飞行器。他们把一层层灰色的毛毡铺在他身上。是哪一个伟大的民族发现他的？他心里想。这么软这么软的枣子，被他身边的这个男人嚼碎了，从那张嘴吐出来又进入他的嘴里，这是哪一个国家发明的？这样的时刻，跟这些人在一起，他想不起自己是从哪里来的。说不定原本他就是自己在空中战斗过的敌人。

后来，在比萨的医院里，他觉得自己看到了那张脸，曾经每个晚上来到他身边的那张脸，把枣子嚼烂弄软然后放进他嘴里的那张脸。

那些晚上没有颜色。没有语言，也没有歌声。只要是他醒着的时候，贝都因人个个默不作声。他躺在圣坛般的吊床上，在他虚荣的想象中，成百上千的贝都因人围绕着他，而当初发现他、并把那顶如长了鹿角的火焰帽从他头上拔下来的也许只有两个人。对于这两个人，他的了解仅限于他们唾液的味道，伴随枣子一起进入他嘴巴的唾液，或许还有他们双脚飞奔的声响。

她坐着看书，书上是颤动的光。她会偶尔瞥一眼别墅的长廊，别墅曾被征用作战地医院，她和其他护士就住在那里，直到她们一个个逐渐转走，战争在向北移，几乎已经结束。

生命中的这一段时光，她住在自己的密室里，她扑向书，那是唯一走出密室的门。书是她一半的世界。夜晚坐在床头柜前，弓着背，她读着一个男孩在印度的故事，男孩学习记住放在托盘里的各式各样的珠宝和物什，被一个师傅扔给另一个师傅——有人教他方言有人教他记忆术有人教他如何躲避催眠大法。

书躺在她的膝盖上。她意识到自己盯着书页上渗湿的地方已经不止五分钟了，有人把第十七页的边角折起来作记号。她伸手抚平书页。脑子里一阵疾走声，像天花板上的一只老鼠，像夜晚窗户上的一只飞蛾。她看向大厅，虽然那里一个人都没有，圣吉罗拉莫别墅里一个人都没有，除了英国病人和她自己。她在房子后面被炸平的果园种了蔬菜，够他们两个吃的，隔三岔五会有一个人从镇上来，她就拿肥皂、床单以及战地医院里剩下的随便什么东西跟那人交换其他一些必需品，豆子、肉之类的。那人给她留了两瓶葡萄酒，每天晚上她躺在英国人身边，等他睡着之后，她就会起来像模像样地给自己斟上一小杯，端到床头柜上，柜子就放在关了四分之三的房门外面，然后就慢慢地一边看着什么书，一边一口口把酒啜完。

给英国人念的书，他听得专心也好，不专心也罢，情节都是断裂的，就像被暴风雨卷走的一段段公路，故事东缺一块，西缺一块，仿佛蝗虫把挂毯的哪一片吃了去，仿佛被炸弹震松了的灰泥夜间从一幅壁画上落了下来。

她和英国人现在住的这幢别墅也是这副模样。有几个房间不能进人，因为满是碎石。楼下的藏书室里，月光和雨水可以透过一个弹坑一泻而入——角落里有一张永远湿透的扶手椅。

她并不在乎英国人对情节断裂的感受。不念的那些章节，她也不会概括。她只是拿出书来，然后说“九十六页”，或者“一百一十一页”。这就是唯一的定位。她把他的两只手举到自己面前，闻了闻——仍是一股病味儿。

你的手变粗糙了，他说。

野草，大蓟，挖啊挖。

小心点。我警告过你有哪些危险。

我知道。

然后她就开始念书。

是父亲教会她闻手的。还有狗的爪子。只要她父亲一个人跟一条狗待在屋子里，他就会俯身去闻狗爪子下面的皮肤。就好像刚喝了一口白兰地，是世界上最棒的味道！这是一束鲜花！这是来自旅途的伟大流言！她会假装恶心，但是狗的爪子确实是个奇迹：它的味道从来不会让人想起污泥。是教堂！她的父亲说，这个嘛是花园，那是草场，穿过一片仙客来——爪子上汇集了那只动物在一天里经过的所有道路的痕迹。

天花板上一阵像是老鼠疾走的声音，她再次放下手中的书，抬头去看。

他们把敷裹他脸的那层草药取了下来。是在日食的那一天。他们一直在等待日食。他身在何处？这个知道预言天气和光的文明到底是怎样的一个文明？艾哈迈尔，或者阿比阿德，因为他们肯定是西北沙漠部落中的一支。是他们接住了从天而降的人，又是他们用绿洲上的芦苇织成面具盖在他的脸上。草是他的盾形纹章。邱园[1]是全世界他最喜欢的花园，那么细腻而又斑斓的色彩，就像山上一层层的山灰。

他凝视日食之下的风景。他们已经教会了他如何抬起双臂，从宇宙中攫取力量注入自己的身体，沙漠就是这样把飞机从天上拽下来的。他躺在一顶用毛毡和树枝做的轿子里。太阳被遮蔽后的半黑暗中，他看到火烈鸟移动的血管掠过他的视野。

1　邱园，英国皇家植物园，位于伦顿西南部的泰晤士河段南岸。

他的肌肤总能感觉到油膏，不是油膏便是黑暗。有一天晚上，他听到高处空中似乎有风铃声，良久，声音停了，他也睡着了，带着对声音的饥渴，那仿佛从鸟的喉咙中发出的渐缓的声音，也许是火烈鸟，也可能是一只沙漠狐，揣在哪个男人斗篷上缝着的一只半开的口袋里。

第二天，他又被裹上了布，他听到零星的玻璃质地的声音，黑暗中传来的声响。黄昏时，毡布被取走，他看到一个男人的脑袋，架在一张桌子上，正在向他靠拢，然后他意识到这个人背了一副轭枷，上面用不同长度的线和金属丝挂了几百只小瓶子。他的身体仿佛是一张玻璃帷幕的一部分，包裹在其中向前移动。

这人的模样很像他念小学时临摹的很多天使长的形象，他从来没弄明白人的身体怎么会有地方长出这样强壮的翅膀。那人挪动时的步态悠长而缓慢，如此轻盈，几乎没有一只瓶子会倾斜。一阵玻璃的涌动，一个天使长，被太阳晒暖、装满油膏的瓶子，油膏擦到皮肤上，感觉就是为了伤口才加热的。他的身后是变幻的光影——蓝色，还有别的颜色，在烟雾和黄沙中颤动。隐隐的玻璃撞击声，变幻莫测的色彩，威严的步履，他的脸，仿佛一把又瘦又黑的枪。

近处看，玻璃质地粗糙，喷过砂，失去文明的玻璃。每个瓶子有一个小软塞，那人会用牙齿拔出来，然后用舌头卷住，把两个瓶子里的液体混到一起，牙齿还咬着一个塞子。他和他的翅膀，站在仰卧着的烧伤的身体旁，他把两根棍子深深插入沙子，然后卸下那副六英尺高的轭枷，用那两根棍子支撑着。他从自己的作坊下走出来。沙没过他的膝盖，他走向烧伤的飞行员，把冰冷的手放在飞行员的脖子上，再没有拿开。

从北苏丹到吉萨的那条人称“四十天之路”的骆驼道上，没有人不认识他。他遇到商队，跟他们交易香料和水，往返于绿洲和有水的营地之间。他穿过沙暴，身着那件瓶子大衣，耳朵里塞了两个小软塞，这位商人医生自己看上去也像个容器，这位药油、香水和万灵药之王，这位施洗礼者。只要帐篷里有病人，他就会走进去，在病榻前支起一道瓶帘。

他蹲伏在烧伤的男人身边，两只脚后跟并拢，犹如一只皮碗，然后人往后靠，头也不回地取出一只只瓶子。小瓶的塞子依次打开，香味随之四溢而出。大海的味道。铁锈的味道。槐兰。墨水。河泥箭木甲醛石蜡乙醚。混沌的气流。远处传来骆驼嗅到各色气味时的嘶鸣。他开始把一层黑绿色的糊状物涂抹到他的胸膛上。这是磨碎的孔雀骨粉，从一个阿拉伯人聚居区里交换来的，不知在西面还是南面——最有效的皮肤愈合物。

在厨房和被炸毁的小教堂之间有一扇门，通向一个椭圆形的藏书室。里面看上去挺安全，只是远处一面墙上有一个大洞，在挂画像的位置，是两个月前迫击炮轰击别墅时留下的。房间其余的部分已经习惯了这个伤口，接受天气的变化，夜晚的星星，还有鸟声。有一张沙发、一架盖着灰布的钢琴、一个熊头标本，以及高高的成排的书架。最靠近炸开的墙壁的那些书架因为淋雨而变形，雨水让书的重量加倍。闪电也会进入房间，一次又一次，落在盖着罩子的钢琴和地毯上。

房间最远处是木框的落地窗。窗门紧闭，如果开着的话，她可以从藏书室走到凉廊，然后跨下三十六级忏悔阶梯，经过小教堂，来到那片古老的草地上，历经磷弹轰炸的草地如今满目疮痍。德军撤退的时候在很多房子里布了地雷，所以有很多不用的房间，就像这间藏书室，都出于安全原因封起来了，门跟门框钉死在一起。

她溜进房间，走进午后的黑暗，她知道那些危险。站在木地板上，她会突然感觉到自己的重量，心想也许足够踩爆隐藏着的无论什么装置。她的脚埋在灰尘里。唯一的光线从迫击炮留下的那个洞泻入，上面是天空。

她抽出一本《最后的莫希干人》[1]，喀嚓一声，像是把书一撕

1 《最后的莫希干人》是美国作家詹姆斯·费尼莫尔·库柏（1789—1851）著名的历史小说。小说讲述1757年至1762年法国-印第安战争期间，英军侦察员邦波与他的老友印第安莫希干部落酋长钦加哥及其子恩卡斯为救出英军亨利堡司令的两个女儿，与劫持者展开的斗争。小说虚实结合的风格和对国家、民族、个人身份的探索与《英国病人》有所呼应。

为二的声音。虽然光线很暗，但看到封面上宝蓝色的天空和湖水，她还是一阵喜悦，一个印第安人站在中间。然后，就好像房间里还有别的她不想去打扰的人，她开始倒着走，踩着自己刚才的脚步，这是为了安全考虑，但也是一个秘密游戏的一部分，这样做，从脚步看起来就像是有人进了房间，然后就此消失了。她关上门，重新贴上警示封条。

她坐在英国病人房间的窗台上，一边是画着壁画的墙，另一边是峡谷。她打开书。书页都紧紧粘在一起。她感觉自己就像鲁滨孙发现了一本从海里冲上来的书，已经在沙滩上晒干了。“一七五七年叙事”[1]。插图作者 N.C. 韦斯。就跟所有最好的书一样，这本书里也有这样重要的一页，上面是所有插图的目录，每幅插图都配着一行文字。

她走进故事里，知道等她走出来的时候，她会觉得自己刚才是沉浸在别人的生活中，沉浸在跨度二十年的情节里；她的身体里充满各种句子，各种时刻，仿佛从睡梦中醒来，心里因为一些记不起来的梦而沉甸甸的。

他们住的这个意大利山村是西北战线的岗哨，曾经被围困了一个多月，炮火集中在两座别墅和修道院上，修道院的四周种满了苹果树和李子树。将领们都住在美第奇别墅。它后面的圣吉罗拉莫别墅以前是个女修道院，类似城堡的护墙使它成为德军的最后一座堡垒。里面曾住过无数支部队。当小山村像大海中的战船一样被炮火撕裂，士兵们搬出搭在花园里的营帐，住进这座老修道院的房间里，挤作一团。炮弹炸毁了小教堂的一部分。别墅顶

1 “一七五七年叙事”是《最后的莫希干人》一书的副标题。

层有些部分也在爆炸中塌了。盟军最后拿下这座房子，改成了医院，通往三楼的楼梯就被封了，尽管烟囱和屋顶部分保存了下来。

后来其他护士和病人要搬去南面一个更安全的地方，她和这位英国病人坚持留下来。当时他们很冷，没有电。有些房间面朝山谷，根本没有墙。她推开一扇门，往往只能看到一张湿透的床，挤在角落里，上面落满了树叶。一扇扇房门通向风景。有些房间成了露天的大鸟笼。

士兵们离去前放了一场火，楼梯下面的台阶就是那时候烧没的。她到藏书室搬了二十本书，钉在地板上，再一本本钉牢，就这样重新建好了最底下的两级台阶。大多数椅子被用来烤火了。藏书室里的那张扶手椅没动过，因为它总是湿的，浸透了傍晚的暴雨，暴雨从那个迫击炮炸出的大洞里一泻而入。但凡湿的东西，都逃过了一九四五年四月的焚烧。

剩下的床也不多。她本人喜欢在这房子里做个游牧人，带着她的毛毡或是吊床，有时候睡在英国病人的房间里，有时候是大厅，依温度或风或光的变化而定。早晨她把铺盖一卷，用细绳捆成团。现在天暖起来了，她正在打开更多的房间，让那些昏暗的地方透透气，让阳光赶走所有的潮湿。有几个晚上她打开门，就睡在没有墙的房间里。她把毛毡铺在房间最边缘的地方，然后躺在上面，仰面对着飘移的风景：繁星、流云，被隆隆的雷声和闪电惊醒。她二十岁，疯狂，对安全漠不关心，有可能埋了地雷的藏书室、深夜让她惊魂的雷电，这些危险她都没放在心上。寒冷的那几个月里她只能待在黑暗的室内，转暖之后她倒有些坐卧不宁。她进入被士兵们弄脏的房间，摆着烧毁的家具的房间。她把枯叶、屎尿、烧成炭的桌子清理出去。她像个流浪者一般生活，而在另一处，英国病人安卧于床，像个国王。

从外面看，这个地方一片破败。一个室外的楼梯只剩下一半，扶手当空而悬。他们的生活就是四处觅食，获得暂时的安全。晚上他们只点最必须的蜡烛，因为一旦招来土匪，可就寸草不剩了。他们之所以幸免于难，只是因为别墅看起来像座废墟。但是她在这里感到很安全，半是大人，半是孩子。经历了战争中所发生的一切，她给自己定了几条规矩。谁也别想再给她下命令了，她也再不会为了什么更大的正义而履行任何职责。她只照顾这位烧伤的病人。她会读书给他听，给他洗澡，给他服用所需的吗啡剂量——她只和他一个人交流。

她在花园和果园里干活。她把那个六英尺高的十字架从被炸的小教堂里扛出来，做了一个稻草人，竖在苗床边上，上面挂了空的沙丁鱼罐头盒，只要一起风就会叮叮当当地响。她会在别墅里踩着碎石走到一个点着蜡烛的壁龛旁，那里放着她的手提箱，里面收拾得整整齐齐，有几封信、几件卷起来的衣服、一个装医护用品的金属盒，除此之外就没装什么了。她收拾的不过是别墅的几个小角落，只要她愿意，这一切随时都可以付之一炬。

她在黑暗的大厅里擦燃一根火柴，移到蜡烛的烛芯上。光在她的肩头亮起来。她跪在地上。她把手放到腿上，吸入硫磺的味道。她想象着把光也一并吸入。

她向后移了几英尺，用一支粉笔在木地板上画了一个长方形。接着继续往后退，画了更多的长方形，组成金字塔的样子，一个、两个、一个，她的左手平压在地板上，她低着头，神情严肃。她离亮光越来越远。直至她身体向后靠到自己的脚跟上，弓腰坐着。

她把粉笔丢进裙子的口袋里。她站起身，把松散的裙摆拉起来系在腰间。她从另一个口袋里拿出一个金属片，向前一使劲扔了出去，让它刚好落在最远的一格长方形里。

她往前一跳，两只脚刷一声落下，身后的影子蜷缩进大厅的深处。每个方格上都有她写的数字，她身形敏捷，网球鞋在那些数字上一滑而过，一只脚落地，两只脚落地，再一只脚落地，直到抵达最远的那个方格。

她弯下腰捡起那片金属，就那样停在那里，一动不动，她的裙子还束在大腿上面，两只手松松地垂着，重重地喘着气。她吸进一大口空气，吹灭了蜡烛。

这下她在黑暗中了。只有烟的味道。

她跳起来，在半空中一转身，一百八十度，然后更使劲地在黑色的大厅里向前蹦跳，还是落在那些方格上，她知道它们在哪里，她的网球鞋砰砰地落在黑暗中的地板上——回音传到这个废弃的意大利别墅的最深处，传向月亮，传向悬崖，悬崖下的深谷半绕着这幢房子。

有时候，在夜里，烧伤的男子听到房子里有隐隐的撞击声。他放大助听器的音量去听那砰砰声，是什么，来自哪里，他不明所以。

男子的床边有一张小桌子，她捡起桌上放着的一本笔记本模样的书。那是他从火海里带出来的一本书——希罗多德的《历史》，书里面加了他从其他书上剪下来的书页，也有他自己的评论，都贴在里面——一起躺在希罗多德的文字里。

她开始读他的手迹，字很小，歪歪扭扭的。

摩洛哥的南方有一种旋风，aajej，阿拉伯的农民用匕首来抵挡它。另一种名叫 africo，有时刮进罗马城。来自南斯拉夫的 alm，秋天的风。Arifi，又名 aref 或者 rifi，吐着无数的火舌，灼焦肆虐。这都是些不死的风，活于当下。

还有一些别的不那么恒定的风，会改变方向，刮倒马匹和马背上的人，再逆时针重新自我校准。Bist roz 冲进阿富汗，一待就是一百七十天——湮没成片的村庄。从突尼斯来的 ghibli，又热又燥，卷啊卷啊，会让人神经错乱。Haboob——来自苏丹的沙尘暴，一千米高的亮黄色尘墙，大雨接踵而至。Harmattan，吹啊吹啊，最后淹死在大西洋中。Imbat，北非的一种海风。还有一些直击长空的风。带来寒流的夜晚的沙尘暴。Khamsin，埃及的一种沙尘暴，从三月一直到五月，它的名字在阿拉伯文里是“五十”的意思，盛行五十天——埃及的第九大天灾。还有带着芳香的直布罗陀 datoo。

还有——沙漠里的秘密之风，一位国王的儿子因它而死，从此国王抹掉了它的名字。还有 nafhat——阿拉伯的暴风。Mezzarifoullousen——一种狂暴阴冷的西南风，柏柏尔人称之为“会拔鸟毛的风”。Beshabar，来自高加索的黑色干燥的东北风，“黑风”。来自土耳其的 samiel，“毒与风”，经常被用于战争。还有别的“毒风”，北非的 simoom，会摘下罕见的花瓣、让人头晕的 *solano*，这些也都用于战争。

还有别的私密的风。

贴着地面往前，如洪水一般。油漆纷飞，电线杆成排倒下，石头和雕像的脑袋四下横飞。Harmattan 吹过撒哈拉，裹着红色的尘土，像火，像面粉，会进入步枪的保险栓，凝固在那里。水手们管这红色的风叫做“黑暗之海”。来自撒哈拉的红色沙雾最北可以到达英国康沃尔郡和德文郡，它带来的巨大的泥沙阵雨也被误以为是血。“一九〇一年葡萄牙和西班牙到处都有血雨的报道。”

空气中总是有成百万吨的尘土，正如土中有成百万立方的空气，泥里还有活着的生物体（蠕虫、甲虫、地下生物），数目远远超过那些在泥土之上啃食、存活的生物体。希罗多德记录了被 *simoom* 吞噬的各种军队的死亡，再也没有人见过他们。有一个国家“忍无可忍，向此妖风宣战，阵式赫赫，怎奈瞬间全军覆没”。

沙尘暴的三种形态。旋涡型。圆柱形。裹尸布型。第一种，淹没地平线。第二种，“跳着华尔兹的小鬼们”将你包围。第三种，裹尸布，“略带紫铜色。天地仿佛着了火”。

她放下书抬起头，看到他的眼睛正望着自己。他在黑暗里开口说起话来。

贝都因人不让我死是有原因的。我对他们有用，要知道。我的飞机在沙漠中坠毁的时候，那里有些人认定我有什么本事。我只要看过地图上的大概形状，就能认出某个无名的小镇。我体内的信息就像一片海。我就是这样的人，在某人家里，如果就剩我一个人，我会马上走到书架边上，拿下一本书，贪婪地读起来。历史就这样进入我们体内。我能读海床地图，我能读描绘地盾弱点的地图，我能读画在人身上的十字军东征海图。

所以在飞机坠毁前，我就知道他们那个地方，我知道何年何月亚历山大大帝曾经穿越这片沙漠，为了这样的壮志，或是那样的野心。我知道游牧民族痴迷于丝绸和水井的习性。有一个部落曾经把整个山谷染成黑色，通过加深颜色增强气体对流，从而提高降雨的可能性，还搭起刺穿云层的高台。有些部落会在起风的时候，用摊开的掌心去击挡大风。他们相信如果时机准确，就能把风暴引向邻近的沙漠，引向另一个部落，不怎么受他们喜欢的部落。淹没接连不断，黄沙掩盖呼吸，部落成为历史。

在沙漠里很容易丧失界限感。当我从天而降，坠向沙漠，坠入这黄色的波谷，我唯一的想法就是，我必须造一个木筏……我必须造一个木筏。

那一刻，虽然身处沙漠，但是我知道我身边的人懂水。

在阿杰尔高原，我见过岩画，是古代撑着芦苇船追捕水马的撒哈拉人刻的。在苏拉山谷，我看见岩洞的墙上画满了游泳的人，这里曾经是一片湖。我可以在墙上给他们画出湖的形状。我可以带他们找到湖的边际，六千年前的湖边。

问一个水手最古老的风帆是什么样的，他会说是那种挂在芦苇舟桅杆上的，形状是不规则四边形，在努比亚的岩石壁画上能看到。尚未建立王朝的时代。沙漠中还能找到鱼叉。即便是今天，沙漠中的商队看起来也像一条河。只是，今日的沙漠，水成了陌生人。水是被放逐者，装进罐子，装进瓶子，带回沙漠，是出没于你手边唇角的一个幽灵。

每当我不知道被什么人包围，不知道自己身处何处，只要听到一条山脊的名字、一种当地的习俗、一个属于历史这只动物的细胞，世界地图就会悄然铺开。

我们大多数人对非洲的这些地方知道些什么呢？尼罗河军队在这里徘徊——沙漠深处八百公里的地方有一个战场。快速轻型坦克，贝莱尼姆中程轰炸机。角斗士双翼战斗机。八千士兵。可是敌人到底是谁？谁是这片土地——昔兰尼加的富饶土地，欧盖莱的盐泽地——的盟友？整个欧洲把战场搬到了北非，搬到西迪拉杰格，搬到巴郭。

他躺在一辆木轮车上，拉车的是贝都因人，车在黑暗中行进了五天，身上是他的罩子。他躺在这个浸满油的布罩里。后来突然降温了。他们进入了峡谷，四周是红色山峡围成的高墙，加入那些趟过黄沙和泥石的沙漠中的水部落，他们的蓝色长袍在颤动，仿佛泼洒出的牛奶，又像是一只翅膀。他们揭开那层柔软的布，吸在他身体上的布。他身处峡谷这个更巨大的子宫里。高空中的秃鹫滑翔了一千年，滑向他们扎营的石缝。

早晨，他被带到峡谷的最深处。他们已经开始当着他的面大声说话了。他忽然能听懂他们的方言了。把他带来这里是因为那些埋在地下的枪。

他们正把他抬向什么东西，他的眼睛被蒙着，脸对着前方，手伸出大概一码远。走了几天几夜，只为移动这一码的距离。身子向前靠，是要让他摸什么东西，他的手臂仍然被托着，手掌朝下，张开。他摸到了斯特恩式轻机枪的枪管，托着他手臂的手放开了。身边的声音停了。他们是要他来认枪的。

“十二毫米布雷达机枪。意大利产。”

他扳开枪栓，伸进手指，发现没有子弹，又推回去，扣动扳机。噗。“好枪。”他喃喃道。又把他向前挪。

“法国七点五毫米夏特罗。轻机枪。一九二四年。”

“德国七点九毫米 MG15，空军用。”

他被带到一把又一把枪的面前。这些武器似乎属于不同时期，来自很多国家，一个沙漠中的博物馆。他轻轻触摸支架和弹盒的轮廓，或者把手指伸进瞄准器。他说出枪的名称，然后又被带到另一把枪面前。八件武器被正式递到他手中。他大声说出它们的名字，先说法语，然后说他们部落的语言。但是那对他们来说又有什么关系？也许他们需要的不是名字，他们只想知道他认识枪。

他的手腕再次被抬起，然后他的手被放进一盒弹药中。在另一个盒子里，右边还是子弹，这一次是七毫米弹口的子弹。还有别的。

小时候是一个阿姨把他带大的，阿姨会在她家的草坪上摊开一副牌，牌面朝下，教他佩尔曼纸牌游戏[1]。每个玩的人可以翻两张牌，最后要凭记忆把它们全部配对。那是另一个世界，有鲑鱼游过的小溪流，停顿的记忆碎片中依稀可辨的鸟叫声。一个万事万物都有名字的世界。而此刻，被草叶蒙着脸，被人抬着，他捡起一颗子弹，指引抬他的人把子弹装进枪膛，扣上枪栓，举起枪对着天空射击。枪声在峡谷壁上疯狂地回响着。“而回音是声音的灵魂，在一片空荡中激励自己。”一个被认为是郁郁寡欢、精神错乱的男子在一所英国医院里写下这句话。而他，此时此刻，身在沙漠，精神健全，思维清晰，翻起一张张纸牌，轻而易举地把它们配成对，露出他对着阿姨龇牙咧嘴的那种欢笑，把成功的对牌射向空中，慢慢地，步枪每响一次，他身边那些看不见的人就会欢呼一声。他转身面对某一方向，然后坐着他那顶奇怪的人轿，回到布雷达机枪跟前，身后跟着一个男子，他手里拿着把匕首，在子弹盒和枪上刻下相同的记号。从一处到另一处，寂静之

1　佩尔曼纸牌游戏，一种训练记忆力的英国纸牌游戏。

后的欢呼——这一切让他兴奋。这是他用自己的技艺报答这些人，他们救他的目的不过如此。

他跟他们一起到过一些没有女人的村庄。他的知识像实用计量器一样从一个部落传到另一个部落。有八千多个人的部落。他置身于特别的习俗和特别的音乐。大多数时候，他都蒙着眼睛，听到穆齐纳部落的汲水歌，边唱边跳，哒嘿呀舞，危急时刻传递信息的风笛声，马克鲁纳双管风笛（其中一支总是发出单一的乐声）。接着是五弦琴的领地。一个前奏和间奏的村庄或者绿洲。击掌。轮流吟唱之舞。

只有在黄昏之后他才能见到亮光，目睹俘虏他的这些人，也是他的拯救者。现在他知道自己身在何处。他给一些人画他们部落边界之外的地图，也给其他部落的人讲解枪的机械构造。乐师们坐在篝火的对面。贝都因人弹拨琴的琴声随风而逝。乐曲间或越过火焰飘到他的面前。有一个男孩在跳舞，这样的光亮中，再没有比跳舞的男孩更让人心驰神往的了。他瘦弱的肩膀白得就像纸莎草，火焰的光映出肚皮上的汗珠，他身上披着一件蓝色的亚麻布袍，从脖子直到脚踝，诱人的裸体时隐时现，仿佛一道棕色的闪电。

夜晚的沙漠包裹着他们，偶尔有风暴和商队穿过。他的周围总是布满秘密和危险，就像有一次，蒙着眼睛，他的手在摸索时被埋在沙里的一把双刃剃刀割伤了。有时候他不知道这些是不是自己的梦，伤口那么干净，一点儿都不疼，他不得不把血抹在自己的脑壳上（他的脸还是不能碰），好让俘虏他的人注意到他的伤口。还有那个没有女人、一片静默的村庄，又或者那整整一个月，一次都没有看到月亮。这是臆想出来的吗？是裹在油里、裹在毛毡和黑暗中的他做梦梦见的吗?

他们曾经过被诅咒的水井。藏于旷野之底的村落，埋在沙里的房间、水矿，他们挖呀，挖呀，而他就在一旁等着。纯真男孩舞者的至纯之美，一如唱诗班男孩的歌声，他记忆中最纯洁的声音，最干净的河水，大海中最透明的深度。这片沙漠，曾经是一片汪洋，没有什么能被捆绑住，没有什么恒久不变，一切都在流动——就如那个男孩身上颤动的亚麻布，仿佛他正在拥抱刚刚升出海面或脱下蓝色胎衣的自己，抑或是正将自己从大海或蓝色的胎衣中解放出来。一个正在勃起的男孩，火的颜色映衬着他的阳具。

火被沙扑灭，烟在他们四周逐渐散去。乐器渐弱的声音仿佛脉搏，又似雨声。男孩伸出双臂，越过熄灭的火堆，示意风笛停下。男孩走了，离开时没有发出脚步声。只留下借来的破衣服。一个男人向前爬了几步，集起散落在沙中的精液。他把精液带到给枪做翻译的白人面前，放到他的手里。在沙漠中，我们只赞美水。

她站在水槽边，手抓着槽口，看着灰墁墙。她搬走了所有的镜子，把它们堆在一间空屋子里。她抓着槽口，脑袋从一边摆向另一边，影子晃动。她打湿双手，沾着水梳理自己的头发，直到头发完全湿了。这让她感觉凉快，她喜欢这样走到外面，微风迎面吹来，把雷声抹得干干净净。

二

废墟边缘

手上绑绷带的男人在罗马的部队医院里偶然听人说起那个烧伤的病人和他的护士，听到护士的名字，那时他已经在医院里住了四个多月。他转过身，从门口走回到刚刚经过的一堆医生那里，打听护士的下落。他在那里休养了很长一段时间，大家都吃不准他到底是什么人。可是现在他对他们说话，问他们护士的名字，这让他们很惊讶。那么长的时间里，他从来没有开过口，只用手势和表情交流，偶尔咧嘴笑一笑。他什么都没透露，包括自己的名字，只写了他的部队番号，证明他是盟军一方的。

他的身份被仔细复核过，伦敦方面也证实了。他身上有那处著名的伤疤。医生们便又折回来，对着他的绷带点头。毕竟，一位名人需要安静。一位战争英雄。

这样他才感觉最安全。什么都不透露。不管他们是带着善意、诡计抑或匕首，来到他的身边。四个多月他没有说过一个字。他是他们中间的一头巨兽，刚把他带回来的时候，他几乎已经不成人形，定时注射吗啡，缓解他手上的伤痛。他会坐在暗处的扶手椅中，看着不断走动的病人和护士在病房和贮藏室之间进进出出。

可是这一刻，他经过大厅中的一群医生，听到那个女人的名字，他放慢脚步，走到他们面前，询问她在哪个医院工作。他们告诉他是在一个很老的修道院里，修道院先是被德军占领，后来被盟军包围，改成了医院。在佛罗伦萨北面的山区。医院大部分都已经被炸毁。不安全。只是一个临时的战地医院。但是那个护士和病人拒绝撤离。

你们为什么不强迫他们下山？

她说他病得太重了，不能移动。当然，我们本来可以把他安全转移出来的，但是现在这种情况，哪有时间争执。她自己情况也很糟。

她受伤了吗？

没有。可能一部分是战争疲劳症吧。应该让她回家的。问题是，这里的战争已经结束了。你不能再命令任何人做什么事了。病人们都在自行出院。士兵在被送回家之前就自己开小差了。

哪座别墅？他问道。

就是他们说花园里闹鬼的那座。圣吉罗拉莫。话说回来，她手头就有一个鬼，一个烧伤的病人。脸还在，但是无法辨认面容。神经都没有了。你在他前面划过一根火柴，他脸上什么表情都不会有。那张脸睡着了。

他是谁？他问道。

我们不知道他的名字。

他不说话吗？

那堆医生笑起来。不，他说话的，他不停地说话，他就是不知道自己是谁。

他从哪里来的？

贝都因人把他带到锡瓦绿洲。然后他在比萨待了一段时间，然后……可能哪个阿拉伯人正戴着他的名牌。也可能哪天阿拉伯人会把名牌卖了，我们能弄到手，也可能他们永远都不会卖。这些东西对他们很有吸引力。所有掉进沙漠的飞行员——没有一个能找到身份证明。这会儿他窝在托斯卡纳一座别墅里，那个女孩不肯离开他。反正她拒绝离开。盟军在那里有过几百个病人。之前的德国军队人比较少，那是他们最后的堡垒。有几个房间里有壁画，每个房间是一个不同的季节。别墅外面是个峡谷。那地方总之离佛罗伦萨大约二十英里，在山里。当然，你需要一张通行证。我们也许可以找人开车带你过去。那里目前还是很可怕。死牛。被打死的吃掉一半的马，还有桥上倒挂的人。战争最后的罪孽。绝对不安全。扫雷兵还没有去那里扫雷。德军撤退的时候边走边埋地雷。在那里开医院太可怕了。死人的味道是最糟糕的。我们需要一场大雪来把这个国家清扫干净。还有大乌鸦。

谢谢。

他走出医院，走到太阳底下，几个月来第一次来到室外，第一次走出那些亮着绿灯的房间，仿佛青草般躺在他脑子里的房间。他站在那里把一切吸进体内，吸进所有人的忙忙碌碌。他想，首先，我要一双鞋底有橡胶的鞋子。我要 gelato[1]。

他发现在火车上很难入睡，左右摇摆着。车厢里有人在抽烟。他的太阳穴不时撞到窗棂上。所有人都穿着深色的衣服，那么多点燃的香烟，整个车厢感觉像是着火了。他注意到每次火车经过一个公墓，乘客们就会在胸前画十字。*她自己情况也很糟。*

吃 gelato 是因为扁桃体，他记得。陪一个女孩和她的父亲去摘除女孩的扁桃体。她只看了一眼挤满小孩的病房，就拒绝了。这个最能适应环境、脾气最好的小孩，突然变成了一块顽石，宁死不屈。谁也别想从她的喉咙里扯掉任何东西。管它是不是明智呢，她要跟扁桃体在一起，不管“它”看起来什么样。扁桃体到底是什么，他至今没弄明白。

他们从没碰过我的脑袋，他想，这真奇怪。最糟糕的时候就

1 意大利花式冰淇淋。

是当他开始想象他们接下来还会做什么，还会把什么砍下来。那种时候，他总是会想到他的脑袋。

天花板上一阵像是老鼠疾走的声音。

他站在大厅的尽头，拎着他的旅行包。他放下包，冲着黑暗和摇曳不定的烛光挥挥手。他向她走去的时候，没有发出脚步声，地板静悄悄的，这让她很吃惊，又多少有些熟悉而欣慰的感觉，他可以这样悄无声息地靠近她和英国病人的私人领域。

他一路穿过长长的大厅，灯光把他的影子投在他身前。她把油灯的灯芯挑起来，这样她四周光亮的直径就变大了。她一动不动地坐着，书放在大腿上，他走到她身边，蹲下来，像一个叔叔那样。

“告诉我扁桃体是什么。”

她的眼睛瞪着他。

“我总是想起你冲出医院的样子，身后跟着两个大男人。”

她点点头。

“你的病人在里面吗？我能进去吗？”

她摇摇头，不停地摇着，直到他再次开口。

“那么，我明天再见他吧。告诉我该去哪里。我不需要被子。有厨房吗？为了找到你，我经历了多么奇怪的一场旅行啊。”

他沿着大厅往外走的时候，她回到桌子边上，坐下，簌簌发抖。她需要这张桌子和这本看了一半的书来让自己平静下来。一个她认识的男人一路坐火车，然后从村庄出发，爬了四英里的山路，然后沿着大厅，走到这张桌子边上，就是为了来看她。几分钟后，她走进英国人的房间，站在那里低头看着他。月光穿过枝叶洒在墙壁上。这是唯一能让这幅错视画看起来栩栩如生的光线。她可以摘下那朵花儿，插在裙子上。

那个名叫卡拉瓦乔的男人推开房间里所有的窗户，这样可以听到夜的声音。他脱下衣服，用手掌轻轻抚摸自己的脖子，在那张没有铺好的床上躺了一会儿。树的声响，月光打在紫苑叶上，碎成银色的小鱼，纷纷跳落。

月光如水，照在他身上，仿若肌肤。一个小时后，他站在别墅的屋顶上。身处至高点，他能看清楚屋顶斜坡上被炮轰过的地方，两英亩被炸毁的花园，还有别墅边上的那个果园。他观察着他们在意大利的位置。

早晨，两个人在喷水池边试探性地交谈起来。

“既然你现在在意大利，你应该再多了解一下威尔第[1]。”

“什么？”她抬起头，她正在喷水池里洗被单。

他提醒她：“有一次你告诉我你喜欢威尔第。”

汉娜低下头，有点儿尴尬。

卡拉瓦乔转了一圈，第一次望向别墅，从走廊里费力地向下凝视花园。

“是的，你以前喜欢他。你以前那些关于朱塞佩·威尔第的新消息让我们抓狂。这样一个男人！什么都是最棒的，这是你说的。我们全得同意你的话，你这个自以为是的十六岁女孩。”

“我不知道那个十六岁女孩后来怎么样了。”她把洗好的床单铺在喷水池边上。

“你有一种危险的意志。”

她走过石子路，石缝里长着小草。他看着她穿着黑袜的脚，薄薄的褐色裙子。她靠在栏杆上。

“我想，我得承认，我来这里确实是为了威尔第，是我意识背后的某些东西迫使我这样做的。之后嘛，当然啦，你走了，我爸爸也走了，因为战争……快看那些老鹰。每天早上它们都来这里。这里其余的一切都被毁坏了，都支离破碎。整个别墅里唯一有活水的地方是这个喷水池。盟军走的时候把水管都拆了。他们觉得这样就能让我走。”

1　威尔第（1813—1901），19 世纪意大利著名作曲家，代表作有《茶花女》等。

“你应该走的。这块地方，他们还得来清理。这里到处都是没引爆的炸弹。”

她走到他面前，手指按住他的嘴唇。

“我很高兴见到你，卡拉瓦乔。只有你。别说你是来劝我离开这里的。”

“我想找一个小吧台，旁边有一架沃利策牌钢琴，然后喝上一杯，不会他妈的突然有炸弹爆炸。听弗兰克·辛纳屈的歌。我们得弄点音乐，”他说，“对你的病人有好处。”

“他的魂还在非洲。”

他看着她，等她说下去，但是关于英国病人没有什么可说的了。他喃喃道：“有些英国人喜欢非洲。他们大脑的一部分精确地映射出沙漠。在那里他们不是外国人。”

他看到她轻轻地点点头。一张消瘦的脸，短发，没有了长发的遮庇和神秘。身处她自己的宇宙中，她看上去很平静。背后的喷水池发出汩汩的水声，老鹰，被炸毁的别墅花园。

也许这就是走出战争的方式，他想。照料一个烧伤的男人，在喷水池里洗床单，一个画得像花园的房间。仿佛只剩下一粒来自过去的胶囊，早在威尔第时代之前，美第奇家族考虑建一道栏杆，或是窗户，黑夜里手擎蜡烛，身边是请来的一位建筑师——十五世纪最优秀的建筑师——怎么样才能更好地烘托这远景。

“如果你要留下来，”她说，“我们就需要更多食物。我种了一些蔬菜，我们有一袋豆子，但是我们需要一点鸡肉。”她看着卡拉瓦乔，她知道他以前的手艺，但是没有明说。

“我没胆了。”他说。

“我会跟你一起去，那样的话，”汉娜自告奋勇道，“我们可以一起干。你可以教我怎么偷东西，做给我看。”

“你不明白。我没胆了。”

“为什么？”

“我被抓了。他们他妈的差点儿把我的手给切了。”

晚上，有时候等英国病人睡下之后，或者是她已经一个人在他门外读了一会儿书之后，她会去找卡拉瓦乔。他在花园里，躺在喷水池的石台边上，看星星，也可能她会在下面一层的阳台上碰见他。初夏的气候让他感觉晚上没法待在屋子里。大多数时候他都是在屋顶上，破烟囱的旁边，但是当他看到她在阳台上寻找他的身影，就会悄无声息地滑下来。她会看到他在那个无头伯爵雕像的边上，附近的猫都喜欢坐在雕像的脖子上，有人出现的时候，猫会显得神情严肃，一面淌着口水。他总是让她感觉是她找到了他，这个知道什么是黑暗的男人，以前喝醉的时候，他常声称自己是跟着猫头鹰一家长大的。

两人站在悬崖上，远处是佛罗伦萨和她点亮的油灯。她觉得有时候卡拉瓦乔显得狂暴，有时候则过于安静。白天她能更清楚地看到他是如何走动的，看他的手臂如何僵硬起来，在绑着绷带的手的上方，当她指向远处山上的某个东西，他又是如何整个身子转过去，而不是仅仅扭转脖颈。但是这些她都没有跟他说起过。

“我的病人认为磨成粉的孔雀骨头是很好的伤药。”

他抬头望向夜空。“是的。”

“你那时是间谍吗？”

“不完全是。”

在黑暗中的花园里，他感觉更自在，能更好地在她面前隐藏自己。病人房间里传出忽闪闪的光亮。“有时候我们被派去偷东西。在这里，我是意大利人，也是小偷。他们不敢相信运气那么好，拼命利用我。我们大约有四五个人。我一度干得不错。后来一次意外，我被拍了照。你能想象吗？

“我穿着一件无尾晚礼服，那种假正经的衣服，为了能混进那个活动，一个舞会，去偷一些文件。我真的还是个小偷。不是什么伟大的爱国主义者，什么伟大的英雄。他们只是把我的手艺官方化了。但是有一个女人带着一部相机，在给德国军官们拍照，我当时正抬脚穿过舞厅，被照进去了。脚抬了一半，快门的声音让我的头转了过去。突然之间，未来的一切都变得危险了。那是某个将军的女朋友。

“战争期间所有的相片都要在政府的实验室里冲洗，由盖世太保检查，而我显然不在任何名册里，胶卷进了米兰的实验室，官员就会存档。所以这意味着我必须想办法把那卷胶卷偷回来。”

她探头看屋里的英国病人，他那沉睡中的躯体也许正在远方的沙漠里，一个男人正在给他疗伤，男人的手指一次次伸进那只用他的两个脚后跟拢成的碗里，然后身子向前，把黑色的面糊贴到那张烧毁的脸上。她想象着那只手放到她的脸颊上，会是怎样的重量。

她走进大厅，爬进自己的吊床，离开地面的时候推了吊床一把。

睡前的片刻，她总是感觉最鲜活，跃过白天的点滴碎片，把每一个时刻带到床上，就像一个孩子带着课本和铅笔上床一样。这样的时刻对她而言就像一本分类账本，她的身体里充满了故事和情景，只有这时，日子才显得有条理。比如卡拉瓦乔就给了她一些东西。他的动机，一幕戏剧，一个被偷走的影像。

他坐车离开了舞会。蜿蜒的沙砾路缓缓铺展向前，汽车嘎吱嘎吱地碾过路面，发动机发出咕哝声，沙砾路平静得仿佛夏夜中的一道水墨。那晚科西马别墅里的舞会被拍到后，他就一直看着那个摄影师，只要她向他的方向举起相机，他就把身体转开。现在他知道有相机，他可以避开。他走到能听见她说话的地方，她名叫安娜，是一个军官的情妇，军官今晚会住在别墅里，一早起来要去北方，穿过托斯卡纳区。如果这个女人死了，或者突然失踪，都只会引起怀疑。任何不寻常的事情都会被调查。

四个小时后，他穿着袜子在草地里奔跑，他的影子像被月亮画下来似的，蜷曲在他身下。他在沙砾路上停下来，慢慢地在沙砾上移动。他抬头望向科西马别墅，望着窗户上一个个方月亮。一座宫殿，住着战争里的女人。

一道车灯光——仿佛从软水管中喷出似的——照亮了他身处的房间，他再一次停住，脚抬了一半，看到同一个女人的眼睛，目光落在他身上，一个男人正在她上面大动，手指插在她金色的头发中。他知道，她看见他了，尽管他现在赤身裸体，正是她在人头攒动的舞会上拍到的同一个男人，因为他此刻恰好也是那个站姿，惊讶于将他从黑暗中暴露出来的灯光而半转过身。车灯扫到房间的一角，消失了。

接着就是一阵空白。他不知道是否该移动，不知道她是否会悄声告诉那个正在干她的男人，这屋里还有一个人。一个光着身子的小偷。一个光着身子的刺客。他要动吗——伸出他的手折断他们中一个的脖子——要靠近床上的那对伴侣吗？

他听到那男人做爱的动作在继续，听到女人的沉默——没有耳语——听到她的思考，刚才她的眼睛是在看黑暗中的他。应该说，是“一边做事一边思索”。卡拉瓦乔的脑海里闪过这个念头，多了一个单词，意思就好像是一个人自行车修到一半，想得出神了。[1] 有个朋友告诉过他，字眼儿是很复杂微妙的，比小提琴复杂微妙得多。他的脑子回忆起那女人金色的头发，头发中那根黑色的丝带。

他听到车子转弯，他等着车灯再次亮起来。黑暗中出现的那张脸仍然仿佛一支射向他的箭。光从她的脸移到将军的身上，扫过地毯，然后再次从卡拉瓦乔身上拂过。他看不见她了。他摇摇头，做了一个割喉咙的动作。他手里握着相机，就是要她明白。然后他又在暗处了。他听到女人向自己的爱人发出一声快乐的呻吟，他知道这是她跟他达成的协议。没有字眼儿，没有讥讽的暗示，只是同他的一道合约，表示明白他意思的摩尔斯电码，他知道现在他可以安全地转移到游廊，纵身跃入黑夜。

之前找到她的房间比这更费力。他进入别墅，悄悄地沿着走廊，经过半明半暗的十七世纪的壁画。那些卧室藏在某处，就像金色礼服的暗袋。唯一能通过守卫的办法就是假装无辜地暴露出来。他已经把自己脱得精光，把衣服留在花坛里。

他光着身体慢慢沿楼梯走上有守卫的二楼，弯下身子自嘲暴露隐私，因而脸几乎和臀部一样高，他用肘推搡卫兵，暗示他收到的夜晚之邀，露天，是这么说吗？诱惑，无伴奏清唱[2]？

---

1 “一边做事一边思索”原文为 thinkering，是作者用 think（思考）和 tinker（修补）两个单词合成生造的词，故有此比喻。

2 “露天”“无伴奏清唱”原文为意大利文。作者向中文版编者解释，卡拉瓦乔要假装醉态，想到意大利词汇就胡乱说出来，没有实际意思。

三楼是个大厅。一个卫士守在楼梯口，另一个在大厅尽头，二十码的距离，太遥远了。一次漫长的戏剧性步行，卡拉瓦乔此刻必须演绎这场漫步，两头各有一个哨兵带着怀疑和轻蔑看着他，屁股和鸡巴的漫步，在一处壁画那里停了一会儿，凝视画在树丛里的一头驴。他把头靠在墙上，几乎睡着了，然后继续向前走，绊了一下，立马振作起来，迈起了军步。他不听话的左手向天花板上那些跟他一样光着屁股的小天使挥了挥，来自一个小偷的军礼，一段短暂的华尔兹，壁画在不经意间被留在了身后，城堡、黑白大教堂、被高高抬起的圣人，在这个战时的星期二，都是在挽救他的伪装，挽救他的生命。为了找到一张他自己的照片，卡拉瓦乔得假装寻欢作乐。

他拍拍自己赤裸的胸部，好像是找通行证，然后抓着阴茎，假装用它作为钥匙进入那间有守卫的房间。他踉踉跄跄地退回来，一面傻笑着，气恼自己糟糕的失败，一面咕咕哝哝地滑进下一个房间。

他打开窗户，走到阳台上。黑色的、美丽的夜晚。然后他往下爬，跳进下一层的游廊。这时他才找到安娜和她的将军的房间。他们之间只隔着一层香水。没有脚印的脚步。没有影子。多年前他跟谁家的孩子说过的那个故事，关于一个寻找自己影子的人——就像他此刻寻找一卷胶卷上他自己的影像。

一进房间，他立即意识到一场性交刚刚上演。他的手伸进她扔在椅背上的衣服，又摸到地上。他躺下来，滚过地毯，触摸这个房间的皮肤，想感觉有没有照相机这样的硬东西。他悄悄地滚动，像扇子般展开，什么也没找到。一丝亮光都没有。

他站起来，慢慢摇动手臂，摸到一个大理石的胸膛。他的手沿着一只石手移动——他此刻已经明白那女人的思路——石像手上正挂着照相机的带子。然后他听到车子的声音，几乎同时他转过身，在一道突然亮起来的车光中，女人看到了他。

卡拉瓦乔看着汉娜。汉娜坐在他对面，直视他的双目，她试图解读他，像他的妻子那样，妻子过去常试图弄明白卡拉瓦乔的脑袋中在想些什么。他看着她，看着她嗅他的模样，看着她搜寻线索。他把线索藏起来，也直视她的眼睛，他知道自己的眼睛无懈可击，湖水般清澈，宛如一道完美的风景。他知道，人们会在他的眼睛中迷失自己，而他却可以深藏不露。但是眼前的女孩满是迷惑地看着他，略微歪着脖颈，仿佛打了一个问号，就像一条狗听到非人的声音或语调时出现的表情。她坐在他对面，身后是黑暗中血红色的墙壁，他不喜欢这颜色；她那黑色的头发，还有她的表情，那么瘦，乡村的阳光把她的皮肤晒成橄榄色，她让他想起自己的妻子。

现在他不怎么想起妻子，尽管他知道，只要一转身，他就能唤起关于她举手投足的记忆，她的一切，夜晚她手腕压在他心口的重量。

他坐着，双手放在桌子下面，看着这个女孩吃饭。他仍然喜欢自己一个人吃，尽管吃饭的时间他总是跟汉娜坐在一起。虚荣，他想，致命的虚荣。她曾从窗户里看见他用手吃饭，坐在小教堂三十六级阶梯中的某一级上，没有叉子，没有刀子，好像他在学东方人的样子吃饭。灰白的胡茬，黑色的夹克，她终于看到了他体内的那个意大利人。她越来越清楚地意识到这一点。

他看着她，红褐色的墙勾勒出她黑暗中的轮廓，她的皮肤，她黑色的短发。战前他在多伦多结识她和她的父亲。那时他是个小偷，一个已婚男人，带着懒洋洋的自信，在他自己选择的世界中游刃有余，在富人面前胡言乱语，在他的妻子詹内塔和他朋友的小女儿面前魅力四射。

但是现在，周围的世界几乎不存在了，他们被迫做回原来的自己。在佛罗伦萨边上这个山中小镇的日子里，下雨的时候就待在屋里，做着白日梦，坐在厨房那张唯一舒服的椅子里，或者躺在床上、屋顶上，他没有任何行动计划，唯一的兴趣就是汉娜。而她似乎已经把自己跟楼上那个垂死的人锁在了一起。

吃饭的时候，他坐在这个女孩的对面，看着她吃。

半年前，比萨的圣基娅拉医院，走廊尽头的窗户，汉娜曾经在那里看到外面有一只白狮子。它独自站在城垛上，皮毛的颜色有如大教堂和公墓里的白色大理石，虽然它的粗犷和原始体态仿佛属于另一个时代。就像一份来自过去的礼物，一份必须接受的礼物。然而白狮子也是医院周围一切事物中她最能接受的那一个。半夜时分，她会隔着窗户望去，她知道它就站立在宵禁的黑暗中，知道等她上早班的时候，它便会同时出现。五点、五点半，然后六点，她都会抬头看看狮子的身影，看着它一点点清晰。每天晚上，她在病人中穿梭，狮子就是她的哨兵。经历轰炸，它依然毫发无损，部队更感兴趣的是那座辉煌院落的其余部分——石狮仿佛一个患上战争疲劳症的人斜倚着身子，属于斜塔的疯狂逻辑。

他们的医院在古老的修道院里。几千年来修士们精心修剪的林木再也辨别不出当初各种动物的形状，护士们推着轮椅上的病人行走在失去形状的树丛中。似乎只有白色的石头亘古不变。

护士们见多了垂死的人，也都患上了战争疲劳症。或者因为一些更微不足道的东西，比如一封信。她们会把一只折断的胳膊拿到楼下，或者擦拭永远止不住的血，伤口像是一口井，她们也开始不再相信任何东西，不再信仰任何东西。护士们崩溃了，就如一个拆炸弹的人，那一秒，随着他脚下的土地分崩离析。汉娜崩溃了，在圣基娅拉医院，一个军官穿过一百张病床走向她，交给她一封信，信里说，她的父亲死了。

一只白色的狮子。

在那之后不久，她遇到了这个英国病人——看起来像只烧煳的野兽，焦烂的、黑乎乎的一团。几个月后，他成了她最后一个病人，圣吉罗拉莫别墅中的英国病人，他们的战斗结束了，他们两人都拒绝跟大部队一起撤离到比萨其他的医院，其他更安全的地方。所有沿海的港口，像索伦托、马里纳-迪比萨，现在全都是北美和英国的军人，等着被运回家。但是她洗干净她的制服，叠好，交给正在撤离的护士们。战争并非全面结束，他们告诉她。战争结束了。这场战争结束了。这里的这场战争。他们告诉她这样做跟逃兵差不多。我不是逃兵。我会留在这里。他们警告她这里还有没清除的地雷，会缺水、缺粮。她上楼走到那个烧伤的人身边，那个英国病人身边，告诉他她也会留下来。

他什么也没说，连头都没法转向她，但是他的手指滑进她雪白的手中，当她向他弯下身子，他乌黑的手指插进她的头发，深陷指间的发丝感觉凉凉的。

你几岁？

二十。

有一个公爵，他说道，临死的时候希望能被抬进比萨的那座塔，在一半高的地方，这样他可以看着半空的远方死去。

我父亲有一个朋友，他想跳着上海舞死去。我不知道上海舞是什么东西。他自己也只是听说过而已。

你父亲做什么的?

他是……他在打仗。

你也在打仗。

她对他一无所知。即便是已经照看了他大约一个月，给他注射了一个月的吗啡。一开始他们俩都有些害羞，现在就剩下他们俩，他们害羞得更厉害了。接着，害羞突然被克服了。病人、医生、护士、医疗设备、床单、毛巾——全都下山去了佛罗伦萨，然后去了比萨。她攒了一些镇痛药，还有吗啡。她看着他们撤离，长长的卡车队。再见了。她从他房间的窗户向外招手，放下百叶窗。

别墅后面竖着一堵石墙，比房子还高。别墅的西面是一个狭长的与世隔绝的花园，二十英里之外就是佛罗伦萨城，常常掩映在峡谷的云雾中。谣传隔壁古老的美第奇别墅里住过一个将军吃了一只夜莺。

圣吉罗拉莫别墅是为了保护凡人不受邪恶的侵犯才建造的，看起来像座围城，大多数雕像的四肢都在最初几天的轰炸中被炸飞了。房子与风景之间，炸毁的建筑物与大地上炮火的残留物之间，似乎都没有多少清晰的界线。对汉娜而言，无人照管的花园也是房间。她在花园边上干活，总能感觉到尚未爆炸的地雷。房子边上有一处泥土比较肥沃，她开始满腔热情地在那里种这种那，只有在城市长大的人才可能有的热情。尽管遍地焦土，尽管水都不够。有一天会出现一片椴树林，还有亮着绿光的房间。

卡拉瓦乔走进厨房，发现汉娜弯腰趴在桌子上。他看不见她的脸，也看不见她压在身下的两只手臂，只看到她赤裸的后背，光秃秃的肩膀。

她并非静止不动，也没有睡着。每颤抖一次，她的头就在桌子上摇一下。

卡拉瓦乔站在那里。哭泣时人失去的能量，超过他们做任何别的事。还不到破晓时分。黑暗中的木头桌子衬着她的脸。

“汉娜。”他说，她立即静止不动，仿佛通过静止她可以把自己伪装起来。

“汉娜。”

她开始呻吟，希望声音可以将他们隔开，可以形成一条他无法跨越的河流。

她赤裸着，他先有些不确定是否该碰她，叫了声“汉娜”，然后把他缠着绷带的手放在她肩膀上。她没有停止颤抖。最深最深的悲伤，他心想。在这样的悲伤中，唯一存活的方法是把一切都挖出来。

她抬起身子，她的头仍然低着，然后把自己拽起来，站到他面前，困难得仿佛桌子是块磁铁。

“如果你是想睡我就别碰我。”

她裙子上方的肌肤一片苍白，她在厨房里只穿了裙子，好像刚从床上爬起来，衣服穿了一半就走来这里，山上冰凉的空气钻进厨房，把她团团裹住。

她的脸红润而潮湿。

“汉娜。”

“你听明白了吗?”

“你干吗那么喜欢他?”

“我爱他。”

“你不爱他,你喜欢他。”

“走开,卡拉瓦乔。求你了。”

“真不知道为什么你要把自己跟一具尸体绑在一起。”

“他是个圣人,我觉得。一个绝望的圣人。有这样的事吗?我们的欲望就是想保护他们。”

“他甚至都不在乎!”

“我可以爱他。”

“一个二十岁的女孩抛弃整个世界,去爱一个鬼魂!”

卡拉瓦乔顿了顿。“你得保护自己远离悲伤。悲伤离仇恨只差一步,我跟你说。这是我学到的东西。如果你吞下别人的毒药——觉得你可以通过分享来治愈他们——你只会储存毒药。那些沙漠里的人比你聪明。他们认为他对他们有用,所以他们才救了他,但是等他不再有用,他们就把他扔下了。”

“你别管我。”

孤单的时候她会坐下,她能感觉到脚踝上的神经,被果园里长得很高的青草弄湿了。她剥了一颗李子,是她在果园里找到后放在裙子黑色的棉口袋里带回来的。孤单的时候她会想象,谁正沿着那条古老的小路往前走,沿着那十八棵柏树的绿荫。

英国人醒来后,她弯下腰把第三颗李子放进他的嘴巴。他张开的嘴接住李子,像接水一样,下颚没有动。看上去他像是喜悦得要叫出声来。她能感觉到李子正被吞下去。

他抬起手擦掉舌头够不到的唇边最后一滴液体，然后把手指伸进嘴巴吮吸起来。我来跟你讲讲李子，他说。我小时候……

最初几个晚上，为了取暖，大多数的床都被当作燃料烧了，之后她就拿了一张死人睡过的吊床，开始睡在上面。她会按兴致随便走进哪个房间，随便找堵墙钉一个挂钩，地板上有各种垃圾、火药、积水，而她就在上面来回晃荡，还有开始出动的老鼠从三楼爬下来。每个晚上，她爬进那张她从一个死去的士兵那里拿来的吊床，爬进那卡其色的鬼影中，是她照看送终的一个士兵。

一双网球鞋和一张吊床。这是她在这场战争中从别人那里拿的全部东西。她会在印在天花板上的月光中醒来，穿着那件她睡觉时总穿的衬衫，她的裙子挂在门边的挂钩上。现在暖和起来了，她可以这样睡觉。之前天冷的时候，他们不得不烧火。

她的吊床，她的球鞋，她的连衣裙。她躲在自己建立的迷你世界中；那两个男人仿佛两颗遥远的星球，各自运行在他们自己记忆和孤独的轨道上。卡拉瓦乔曾经是她父亲在加拿大的一个爱热闹的朋友，那时候，他身边总是围着一堆女人，而他则可以不费吹灰之力就让她们彼此大打出手。此刻他躺在他的黑暗中。他曾经是个拒绝与人合作的小偷，因为他不信任他们，他也跟男人说话，但是更喜欢跟女人说话，只要一跟女人说话，他就会立即陷入各种复杂的关系。凌晨她偷偷溜回家的时候，常发现他睡在她父亲的扶手椅里，因为或专业或私人的偷盗而筋疲力尽。

她在想卡拉瓦乔——有些人你只能拥抱，以这样或那样的方式。同他们在一起，你若不想发疯，就只能让你的牙齿陷入他们的肉里。你得一把抓住他们的头发，像抓个溺水的人那样牢牢地抓着，这样他们就能把你拽进他们怀中。不然，他们懒洋洋地穿过街道，走到你面前，几乎要跟你打招呼，却突然翻身越墙而去，这一走就是几个月。她的这个叔叔一度是个失踪者。

卡拉瓦乔只要把你拥进他的双臂、他的翅膀中，你就会不安起来。在他怀里，你感觉你是被个性所拥抱。但此刻他躺在黑暗中，像她一样，在这所大房子的某个角落里。卡拉瓦乔在那里。还有那个来自沙漠的英国人。

这场战争从头到尾，跟那些伤得最可怕的病人在一起，她之所以能坚持下来，是因为她保持了护士这个角色背后的冷酷。我要活下去。我不会因为这个崩溃。这些是埋在她心底的话，从战争开始到结束，从一个镇到另一个镇，乌尔比诺，安吉亚里，蒙特尔基，直到他们进入佛罗伦萨，然后再往前，最后到达比萨边上的那片大海。

她是在比萨医院第一次见到英国病人的。一个没有脸的人。一堆乌黑的人肉。所有的身份证明都在火中烧毁了。他烧伤的身体和脸有一部分被喷了丹宁酸，硬化之后在他粗糙的皮肤表面结成一层保护壳。他眼睛周围涂了厚厚的一层龙胆紫。没有一处可供辨认。

有时候她拿上好几条毯子，全盖在身上，让她喜欢的与其说是温暖，不如说是它们的重量。月光照到天花板上的时候，就会把她弄醒，她躺在吊床上，浮想联翩。她感觉躺着光休息不睡觉，是最愉悦的一种状态。如果她是个作家，她会带上铅笔、本子，还有最喜欢的小猫，坐在床上写。陌生人和情侣们永远都别想推开那扇锁上的门。

休息意味着对这世上的一切全盘接受，不做任何道德上的评判。到大海里泡个澡，跟一个不知道你名字的士兵性交。献给不认识的无名者的温柔，是献给自己的温柔。

她的双腿在军毯下面移动着。她在羊毛中游泳，正如英国病人在他那个棉布的胎盘中蠕动。

在这里她唯一想念的是悠长的暮光，以及熟悉的树声。在多伦多度过的整个青春期，她学会了解读夏夜。她可以在那里做她自己，躺在床上，抱着一只小猫，在半梦半醒间踏上太平梯。

在她的童年，卡拉瓦乔就是她的课堂。他教会她翻筋斗。而眼下，他的手总是插在口袋里，只用他的肩膀做手势。谁知道这场战争曾让他住在什么样的国家。她自己在多伦多女子大学医院接受培训，然后就在盟军攻占西西里的时候被派到了国外。那是一九四三年。加拿大第一步兵师在意大利一路北上，支离破碎的人体被运到后方的战地医院，如同挖地道的人在黑暗中把泥土往后送。阿雷佐一役，第一线的军队撤退之后，她就不分白天黑夜地被士兵们的伤口团团包围。整整三天没有合眼，最后她在地板上躺下，身旁是一块床垫，上面躺着一个死人，她睡了十二个小时，对着她周围的世界，闭上眼睛。

醒来后，她从一只瓷碗里拿起一把剪刀，身子向前倾，开始剪自己的头发，不管式样也不管长短，只管剪掉——脑子里仍想着前几天头发带给她的烦恼——她向前弯腰时，头发碰到伤口中的血。她不要任何能将她与死亡联系起来的东西，任何能将她与死亡锁在一起的东西。她抓了抓剪剩的头发，确定不再有打结的地方，然后转身，再次面对满是伤者的房间。

她再也没有看过镜子里的自己。随着战争的深入，她接到一些她认识的人的死亡通知。她害怕有一天她擦去一个病人脸上的血，然后发现那是她的父亲，或者是那个在多伦多丹佛士大街的某个柜台后面卖过快餐给她的人。她对自己和病人都变得严厉起来。理性是唯一可能拯救他们的东西，而理性无处可觅。人血测量计正在这个国家一路北上。在她心里，多伦多在哪里，多伦多还算什么呢？这是变幻莫测的歌剧。人们对身边的人逐渐硬起心肠——士兵、医生、护士、平民。汉娜弯下腰，更加贴近正在处理的伤口，嘴里跟士兵们耳语着什么。

她管所有的人叫“伙计”，一听到那首歌就哈哈笑，歌中这样唱道：

> 每次我巧遇富兰克林·D，
> 他总是对我说“嗨，伙计”。[1]

她擦拭伤员不停流血的手臂。她取走那么多炮弹碎片，以致部队北上的这一阵，她感觉从自己照看的这个巨大的人类躯体中运走了足有一吨的金属。一天晚上，又一个病人死了，她不顾任何规定，拿走了那人背包里的一双网球鞋，套到自己脚上。网球鞋稍微有点儿大，但是她觉得挺舒服。

她的脸变得更硬更瘦了，就是后来卡拉瓦乔看到的样子。她很瘦，主要是因为疲惫。她经常饥肠辘辘，而她给病人喂饭的时候，他们常吃不下或者不想吃，看着面包屑撒了一地，汤变冷，而她自己真想一口吞下，这时她就会感觉愤愤不已，又筋疲力尽。她不要什么稀罕东西，她只想要面包和肉。有一个小镇，镇上有一个医院附属的面包坊，她休息的时候就会在面包师傅们中间走来走去，呼吸粉末，还有近在咫尺的食物的味道。后来，他

1　这是美国歌星弗兰克·辛纳屈的歌曲《我无法唱起那些歌词》中的歌词。

们在罗马东部的时候，有人送给她一块菊芋。

睡在大教堂里，或者修道院里，或者任何接收伤员的地方，感觉都很奇怪，还要不停地北上。每次有人死了，她就把那人床脚挂的硬纸旗拔下来，这样勤杂工在远处就能瞥见。然后她会离开这巨石垒成的建筑，走进室外的春天，也可能是冬天、夏天，四季的感觉是那么古老，像个上了年纪的绅士，坐在原地，从战争开始到结束。无论什么天气，她都会走出去。她渴望没有人味的空气，渴望月光，哪怕这意味着走进暴雨。

你好，伙计；再见，伙计。短暂的照看。一纸到死即止的合约。她的灵魂，她的过去，没有一样曾经教过她如何做一个护士。但是剪头发也是一张合约，有效期是到他们在圣吉罗拉莫别墅外露营为止。这里另外有四个护士、两个医生、一百个病人。意大利的战场移向更北方了，他们被留在了后方。

接着，这个山区小镇迎来了某场自己的胜仗，在多少有些哀伤的庆典上，她说她不回佛罗伦萨或者罗马或者任何别的医院了，她的战争结束了。她会跟那个烧伤的人，他们叫他“英国病人”，跟他一起留下来，她觉得他显然不能再动了，因为他的四肢已经不堪一触。她会在他眼睛上涂颠茄，用盐水清洗他结成疙瘩的皮肤和大面积烧伤。有人告诉她这里不安全——德军在这个修道院死守了几个月，盟军曾以强力炮火密集攻击。他们什么都不会给她留下，这里还有遭遇土匪的危险。她还是拒绝离开，脱下了她的护士制服，打开带在身边几个月的那件棕色印花连衣裙，跟她的网球鞋一起穿上。她转身离开了战争。她曾为了他们的需要前进后退。她将跟英国人一起驻守这幢别墅，直到修女们来要回它。他身上有一些东西是她想知道的，想了解的，想躲在里面，想借此不用变成一个大人。他跟她说话的方式，他思考的方式有点像跳华尔兹。她想救他，这个没有名字的男人，这个几乎没有脸的男人，这个在北上之路上她护理过的两百多个男人中的一个。

她穿着印花连衣裙，离开了庆功会。她走进跟其他护士合住的房间，坐下来。有什么东西在她眼前晃动，她看到一面小圆镜子。她缓缓站起来，朝镜子走去。镜子非常小，即便如此，看起来仍是件奢侈品。她已经有一年多拒绝看自己的样子了，只是偶尔会看看自己映在墙上的影子。镜子只照出她的脸颊，她只得伸长手臂，手略微有些发颤。她看着自己小小的影像，仿佛那是装在胸针里的照片。她。窗外传来伤员们被推出病房晒太阳的声音，伤员跟医护人员有说有笑。只有那些重伤员还在房里。她笑起来。嗨，伙计。她凝视着这张脸，努力想认出自己。

隔着黑暗，汉娜和卡拉瓦乔在花园里散步。他又开始用那熟悉的慢吞吞的口吻说话了。“那天是谁的生日派对，已经很晚了，在丹佛士大街上。饭店的名字叫夜行者。你记得吗，汉娜？每个人都得站着唱首歌。你父亲、我、詹纳塔，还有一些朋友，然后你说你也要唱——这是第一次。你那时还在上学，是在法语课上学的那首歌。

“你很一本正经，站在长凳上，然后又跨了一脚，站到木头桌子上，脚边是碗碟和燃烧的蜡烛。

“‘Alonson fon！’[1]

“你唱起来，左手放在胸前。Alonson fon！那里一半的人根本不知道你在唱什么，也许你也不知道歌词中所有字的意思，但是你知道这首歌唱的是什么。

“窗外进来的微风吹动你的裙子，裙子几乎碰到蜡烛，你的脚踝在酒吧里看上去白得像火。你父亲仰头看着你，新的语言，奇迹，你歌唱高尚的事业，那么清楚，一字不错，也没有犹豫。烛火突然转了方向，没有碰到你的裙子，但是就差那么一点儿了。我们站在最后排，你走下桌子，扑进他怀里。”

“我来给你把手上的绷带拆了。我是护士，你知道的。”

“绷带挺舒服。像手套一样。”

“怎么会这样的？”

---

1 这是仿《马赛曲》开篇歌词的发音“Allons enfants”，意为“前进吧，孩子们”。

“我从一个女人房间的窗户往外跳的时候被抓住了。我跟你说的女人，拍照的那个。不是她的错。”

她抓住他的手臂，指甲掐进肉里。“我要拆。”她把他绑着绷带的手从外套口袋里拉出来。白天的时候绷带看上去是灰色的，但此刻在月光下几乎闪闪发光。

她松开绷带的刹那，他向后退了一步，白色从他的手臂上一点点褪下，直到全部松绑，仿佛他是个魔术师。她朝着童年时的这位叔叔走去，看到他的眼睛想跟她的对视，以此来推迟正在发生的这一切，所以她什么都不看，只看着他的眼睛。

他的两只手合在一起，像一个肉碗。她伸手握住了它们，她的脸挨近他的脸颊，偎在他的脖颈上。被她握着的两只手很硬，伤口已经愈合了。

“没切掉的部分是我跟他们谈判的结果。”

“你怎么做的？”

“我以前的看家本事。”

“哦，我记得的。别，别动。别从我身边飘走。”

“这是段奇怪的日子，战争的结束。”

“是的。一段调整的日子。”

“是的。”

他抬起手，像是要去捧天上的月牙。

“他们把我的两个大拇指都切了，汉娜。你看。”

他把手伸到她面前，直接向她展示她刚才瞥见的东西。他翻过一只手，好像是要显示这不是个小把戏，这个看起来像鳃一样的东西就是拇指被剁掉的地方。他把这只手伸向她的衬衣。

她感觉到肩膀下侧的衣料被拎起来，是他用两个手指夹着，然后轻轻地向自己拽过去。

“我是这样触摸棉布的。”

“小时候我总是把你想成红花侠[1]，夜晚我梦见自己跟你一起飞檐走壁。你回家的时候口袋里装着冷餐肉、铅笔盒，还有为我从森林山富人区的哪家钢琴上拿的乐谱。”

她对着他黑暗中的脸说，树叶的影子仿佛贵妇人的蕾丝花边滑过他的嘴唇。“你喜欢女人，是吧？你喜欢过她们。”

“我喜欢女人。为什么是‘喜欢过’女人？”

“现在看起来都不重要了，经历了这场战争，这些事情。”

他点点头，树叶的影子从他身上滑落。

“你以前就像那些只在夜晚作画的艺术家，大街上只有他们家里的灯亮着。像那些捉虫人，脚踝上绑着废弃的咖啡罐，头盔上的灯照在草地上。城市的公园里到处都是这些人。你带我去了那个地方，那个咖啡馆，他们在那里卖虫子。有点儿像股票交易，你说的，虫的价格涨涨落落，五分，一毛。有人破产，有人发财。你记得吗？”

“记得。”

“进去吧，变冷了。”

“伟大的扒手第二和第三根手指一样长短，天生如此。他们的手不需要往口袋里插得太深。半英寸的伟大距离！”

他们向屋子走去，在树底下。

“是谁剁你手的？”

“他们找了个女人来干的。他们觉得那样更刺激。他们叫来

1 《红花侠》(1905) 是英国女作家爱玛·奥齐（1865—1947）以法国大革命为背景的冒险传奇戏剧 *The Scarlet Pimpernel*，直译名《腥红色的繁笺花》，剧中主人公英国花花公子帕西经常化身蒙面侠客，去解救法国大革命中被捕的法国贵族。每次解救成功，他就在现场留下一朵腥红色的繁笺花。

那边的一个护士。我的手腕被铐在桌子腿上。大拇指被剁下来后，我的手就软绵绵地滑了出来。就像梦里的一个愿望。不过那个叫她进来的男的，他才是头儿——是他干的。拉努乔·托马索尼[1]。那个女的是无辜的，她对我一无所知，我的名字，我的国籍，我有可能干了什么。”

他们走进屋子，听到英国病人正在呼叫。汉娜放开卡拉瓦乔，他看着她奔上楼梯，网球鞋飞闪而过，她的人已经把着扶手一转身到楼上了。

声音充满大厅。卡拉瓦乔走进厨房，撕下一片面包，追随汉娜上了楼。他越接近房间，叫声越发抓狂。他走进卧室的时候，英国病人正盯着一条狗——狗的脑袋向后歪着，仿佛被叫声镇住了。汉娜看向卡拉瓦乔，咧嘴一笑。

“我有年头没见过狗了。在整场战争中，我没见过一条狗。”

她弓身抱住那只动物，闻它的毛发，闻它身上的山草味儿。她把狗带到卡拉瓦乔身边，他用面包皮喂它。英国病人这时才看到卡拉瓦乔，他的下巴低下来。他肯定感觉那条狗——这会儿被汉娜的背给挡住了——好像摇身变成了一个男人。卡拉瓦乔抱起狗，走出了房间。

英国病人说，我一直在想，这肯定是波利齐亚诺[2]的房间。我们住的肯定是他的别墅。水从那面墙里流出来，那个古代的喷水池。这是个著名的房间。很多人在这里碰头。

---

1 拉努乔·托马索尼是文艺复兴时期的画家卡拉瓦乔于1606年在一场网球比赛中起争执而杀死的年轻人。卡拉瓦乔在这里用拉努乔·托马索尼来代称审讯他的德国军官。

2 波利齐亚诺（1454—1494），意大利文艺复兴时期的学者及诗人，曾受佛罗伦萨统治者美第奇家族的洛伦佐赏识，聘为家庭教师和秘书。

这是家医院，她静静地说。之前，很久之前是家修道院。后来被军队占领了。

我觉得这是布鲁斯科利别墅。波利齐亚诺——洛伦佐伟大的门客。我说的是一四八三年。在佛罗伦萨，圣三一教堂，你可以看美第奇家族的那幅油画，波利齐亚诺在前景中，穿一件红色的披风。了不起的男人，很厉害。他是个天才，通过自己的努力跻身上流社会。

已经过了半夜，他却又完全清醒了。

好吧，跟我说吧，她心想，把我带去什么地方也好。她脑子里还想着卡拉瓦乔的手。卡拉瓦乔，这会儿他可能正在喂那条流浪狗吃这个布鲁斯科利别墅的厨房里拿的东西，如果这别墅就叫这名字的话。

血腥的一生。匕首，政治，三层帽，殖民地式样的带衬垫的袜子和假发。丝绸的假发！萨伏纳洛拉[1]当然在他之后，也没隔太久，他搞了场“虚荣之火”。波利齐亚诺翻译了荷马。他写了一首好诗，关于西蒙内塔·韦斯普奇[2]的，你知道这个女人吗？

不知道，汉娜说，笑了起来。

整个佛罗伦萨到处都是她的画像。她二十三岁死于肺结核。波利齐亚诺的诗《美第奇殿下骑士武术大赛贺诗》让她声名大噪，之后波提切利画了这首诗中的几个场景。达·芬奇也画了。波利齐亚诺每天早晨教两个小时的拉丁文课，下午两个小时的希腊文课。他有个朋友叫皮科·德拉·米兰多拉，一个放荡不羁的

1 吉罗拉莫·萨伏纳洛拉（1452—1498），15世纪意大利多明我会修士，在15世纪末是佛罗伦萨的宗教和世俗领袖，以反对文艺复兴艺术、哲学，严厉的布道著称。1497年，执政佛罗伦萨的萨伏纳洛拉率人在佛罗伦萨市政厅广场点起大火，焚烧他视为“世俗享乐”的物品，他称之为“虚荣之火”。

2 西蒙内塔·韦斯普奇（1453—1476），传说中文艺复兴时期最美的女人。

社交名人，突然改宗，投奔了萨伏纳洛拉。

我小时候的绰号就叫“皮科”。

是呀，这里一定发生了很多事儿。墙里的喷水池。皮科和洛伦佐，波利齐亚诺和年轻的米开朗基罗。他们每个人都一手握着新世界，一手握着旧世界。在图书馆到处搜寻最后四本西塞罗的书。他们进口了一只长颈鹿、一头犀牛、一只渡渡鸟。托斯卡内利[1]根据同商人的往来信件画出世界地图。他们坐在这个房间里，对着一尊柏拉图的半身像，彻夜高谈阔论。

接着大街上传来了萨伏纳洛拉的喊叫：“忏悔吧！灭世洪水将至！”于是一切被一扫而光——自由意志、对优雅的追求、名誉、崇拜基督同时也崇拜柏拉图的权利。大焚烧来了——假发、书、兽皮、地图，统统付之一炬。四百多年后，人们掘开坟墓。皮科的尸骨保存完好。波利齐亚诺的尸骨碎成了粉末。

英国人一面讲，一面翻着他的笔记本，读粘在上面的来自其他书的信息——毁于大焚烧的伟大地图，柏拉图的半身像也烧了，大理石在烈火中剥落，穿越智慧的火焰的噼啪声，仿佛精确的报告越过山谷，而波利齐亚诺就站在长满青草的山坡上，呼吸着未来。皮科也在山下的某一处，在他灰暗的小屋里，用救赎的第三只眼，注视着一切。

他在一个碗里倒了点儿水给那条狗。一条老杂种狗，比这场战争的年岁还大些。

他坐下来，手里拿着一瓶红酒，是修道院的修士们给汉娜

1 保罗·达尔·波佐·托斯卡内利（1397—1482），文艺复兴时期意大利数学家。他计算出由欧洲向西航行可以到达亚洲。

的。这是汉娜的屋子，他走动时都很小心，不想破坏任何一处布局。他注意到她花了好多心思的那些小野花，她送给自己的小礼物。即便是在野草丛生的花园里，他也注意到有一英尺见方的草被她用护士的剪刀割下来了。如果他再年轻些，这会让他陷入爱河。

他不再年轻了。她是怎么看他的呢？他的伤口，他的混乱，他后脖颈上灰白的发绺。他从来没把自己想象成一个有点年纪、成熟睿智的人。他们俩都变老了，但是他总也没觉得他拥有跟自己的年纪相配的智慧。

他蹲下来看狗喝水，没有蹲稳，伸手去抓桌子，把酒瓶推倒了。

你的名字叫大卫·卡拉瓦乔，对吗？

他们把他的手铐在一张橡树桌很粗的桌腿上。他一度抱着桌子站了起来，血从他的左手喷涌而出，他想带着桌子从门口跑出去，但是摔倒了。那女人停了手，刀落在地上，她不肯再继续下去。桌子上的抽屉滑出来，和里面东西一起，都砸在他的胸口上，他心想也许有把枪，他可以用。然后拉努乔·托马索尼捡起刀，朝他走了过来。*卡拉瓦乔，对吗？*托马索尼还是不能肯定。

他躺在桌子底下，手上的血滴在脸上，忽然他脑子灵光一现，他把手铐从桌子腿上滑下来，摔出一把椅子，想压过手上的痛，然后身子靠向左边，把另一只手铐也卸下来。到处是血。他的手早已经废了。之后好几个月，他发现自己总是盯着别人的大拇指看，似乎那次事故只是让他变得很会嫉妒。但是整个这件事让他老了，就好像那天晚上他被锁在桌子上，他们在他身体里灌进了某种药剂，把他的手脚都变得行动缓慢了。

他站起身，有些头晕，看着那条狗，还有浸透了红酒的木头桌子。两个守卫和那个女人，电话响了，不停地响，托马索尼被打断了，他放下刀，嘲讽地咕哝了一句抱歉，然后用血淋淋的手拿起听筒接电话。卡拉瓦乔自己觉得他们没有从他这里得到任何有价值的情报。但是他们放他走了，所以也可能他想错了。

之后他沿着圣灵路往前走，目的地是藏在他脑子里的某个地理方位。经过布鲁内莱斯基设计的教堂[1]，再往前就是德意志学院的图书馆，那里有一个他认识的人，可以照顾他的人。突然他意识到这可能是他们放他走的原因。让他自己逃跑就可以引他暴露这个线人。他拐到了一条小路上，不回头，一步都不回头。他需要一场露天大火，止住他伤口的鲜血；需要一口烧着沥青的大锅，把他的手悬在上面，好让黑色的浓烟把它们裹起来。他在天主圣三桥上。就他一个人，周围没有车没有人，他觉得很奇怪。他坐在光滑的桥扶手上，往后躺下。悄无声息。之前，他走路的时候，手插在湿透的口袋里，他曾听到坦克和吉普车的疯狂呼啸。

他躺在那里的时候，桥上的地雷爆炸了，他被炸得飞了起来，又落下来，仿佛是世界末日的一部分。他张开眼睛，发现身边有一个巨大的脑袋。他吸一口气，胸腔立即充满了水。他是在水底。阿尔诺河的水很浅，他身边是一颗长了胡子的脑袋。他想伸手去抓他，但是根本没法接近。光涌向河水。他游到河面上，一部分的水面正在燃烧。

那天晚上他跟汉娜讲起这段故事，她说：“他们没有继续折

1 菲利波·布鲁内莱斯基（1377—1446），意大利文艺复兴早期重要建筑师、工程师，主要建筑作品都在佛罗伦萨，包括圣母百花大教堂穹顶、圣洛伦佐教堂等。这里指的是圣灵大教堂。

磨你，是因为盟军来了。德国人正在往城外撤退，走的时候把桥炸了。”

“我不知道。也许我全都告诉他们了。那是谁的脑袋呢？那房间里不断有电话打来。大家都不出声，那男人放开我，然后他们所有人都看着他，他在听电话那头的一个声音，沉默的声音，我们听不见。那是谁的声音？那又是谁的脑袋？”

“他们正在撤退，大卫。”

她打开《最后的莫希干人》，翻到最后的空白页，开始在上面写字。

有一个人，他叫卡拉瓦乔，是我父亲的一个朋友。我一直都爱着他。他比我大，大约四十五岁，我想。他正处在黑暗中，失去了自信。我父亲的这个朋友在照顾我，因为某种原因。

她合上书，然后下楼来到藏书室，把书藏在书架高处的某一格里。

英国人睡着了，用嘴呼吸着，他一直都用嘴呼吸，无论醒着还是睡着。她从椅子上站起身，轻轻把他手里点燃的蜡烛拿走。她走到窗边，吹灭了蜡烛，这样烟就能飘出窗外。她不喜欢他躺着，手里拿着蜡烛，仿佛死去的样子，蜡油滴在手腕上也无知无觉。就好像他在做练习，好像他想通过模仿死亡的氛围和光亮让自己悄悄滑进死亡的怀抱。

她站在窗边，手指狠狠抓住自己的头发，撕扯着。黑暗中，黄昏之后任何的光亮中，撕裂一道血管，那血总是黑色的。

她得离开这个房间。她突然有一阵幽闭恐惧的感觉，毫无倦意。她走出大厅，跳下楼梯，来到别墅的露天阳台上，然后抬头向上看，仿佛是想辨认出那个还留在房间里的自己。她走回房子里。推开僵硬肿胀的大门，走进藏书室，把房间尽头落地窗上的挡板都卸了下来，然后推开窗，让夜晚的空气飘进来。卡拉瓦乔在哪里，她不知道。现在他几乎每晚都出去，经常在日出前几个小时才回来。反正没有他在的迹象。

她抓起盖在钢琴上的灰布，走到房间的一角，用力把它拖过去，一块飞舞的布，一张网满鱼的网。

没有光。她听到远方有闷雷的声音。

她站在钢琴前。没有低头，手一落，开始弹琴，只是琴键声，旋律变成一具骷髅。每弹几个音，她就会停下来，仿佛是把手从水里伸出来，看看自己抓到了什么，然后继续，按下乐曲的主音。她渐渐放慢了手指弹奏的速度。她看到有两个人从落地窗那里溜了进来，把枪放在钢琴台面的边上，人站在她的面前。空气中仍然飘荡着琴键声，房间已经变了。

她垂着两只手臂，一只光脚踩在钢琴的踏脚上，继续弹着她母亲教给她的这首歌，她在任何平面上都能练习的一首歌，厨房里的桌面，上楼时的墙面，入睡前的床面。他们家没有钢琴。她以前常常在星期六早晨去社区中心，在那里练习，但是整个星期不论在哪里她都在练习，学习她母亲用粉笔画在厨房桌子上的乐谱，学完再擦掉。这是她第一次在别墅的钢琴上弹，尽管她来这里已经三个月了，第一天到这里就透过落地窗看到了钢琴的影子。在加拿大，钢琴会喝水。打开琴盖，放一杯水在那里，一个月后，水杯就空了。父亲曾经跟她说有一群小矮人，只在钢琴边上喝水，从来不在酒吧里喝。她从来没信过，不过一开始她以为父亲说的是老鼠。

一道闪电划过峡谷，暴雨已经下了一夜，她注意到其中一个是锡克人。她停下手，笑了笑，有点儿惊讶，反正不再紧张了。他们身后的闪电只亮了一刹那的时间，她只瞥见了他的包头巾，还有亮闪闪的湿漉漉的枪。几个月前，钢琴上撑起的活板被取下来用作医院的桌子了，所以他们的枪躺在远处的一排琴键上。英国病人若是见了，肯定能说出是什么枪。见鬼。她被外国人包围了。没有一个纯种的意大利人。一段别墅浪漫曲。波利齐亚诺见了这幅一九四五年的场景会怎么想，两个男人和一个女人，隔着一架钢琴，战争接近尾声，每当闪电滑进房间，两把湿枪闪闪发亮，一切都罩上了色彩和光影，此时此刻，每半分钟雷声响彻整个峡谷，与琴声交相应和，*每次带我的甜心去喝茶*……

你们知道这首歌吗？

那两人一动不动。乐声一泻而出，她十指飞舞，不再矜持，用爵士演绎起那首流行老歌，一时间乐符歌声欢蹦乱跳。

每次带我的甜心去喝茶
所有的男孩都嫉妒，
所以人多的地方我不去
每次带我的甜心去喝茶。

只要闪电在房间里亮起来，两个湿漉漉的士兵就能看见她，看她的手在电闪雷鸣中飞舞，黑暗中到处是她舞动的双手。她一脸沉醉，士兵们知道她看不见他们。她正在努力回忆她母亲的手，扯下报纸，用自来水沾湿，然后把饭桌上的乐谱擦干净，乐符组成的跳房子游戏。等母亲擦完后，她就会去社区中心的大厅，上她的钢琴课。如果坐着，她的脚就没法踩到琴的踏脚，所以她喜欢站着，她夏天的凉鞋踩在左面的踏脚上，节拍器滴答滴答地响着。

她不想停下来。不想扔下一首老歌的歌词。她看到他们挪地方了，没有人去的地方，挤满了蜘蛛抱蛋的地方。她抬起头，冲他们点点头，示意她这就不弹了。

卡拉瓦乔没有看到这一幕。他回来的时候发现汉娜跟扫雷组的两个士兵正在厨房里做三明治。

三

时而为火

最后一场中世纪战争发生在意大利，时间为一九四三年、一九四四年。那些位于海岬边的要塞城堡，从八世纪开始就不断引发争夺之战，新国王的部队肆无忌惮地横扫而过。露出地表的岩石是走担架的地方，被蹂躏的葡萄园，如果你刨去泥土里的坦克印，往下挖，会发现带血的斧头和长矛。蒙特尔基、科尔托纳、乌尔比诺、阿雷佐、圣赛波尔克罗、安吉亚里。然后就是海岸线。

猫躺在机枪架上，望着南方。英国人、美国人、印度人、澳大利亚人、加拿大人，向北前进，炮弹划破天空，又在空中消失。圣赛波尔克罗是一个以石弓闻名的小镇，军队在这里集合的时候，有些士兵会找来石弓，夜晚悄悄地朝着尚未被攻陷的城池开弓。指挥撤退的德国陆军元帅凯塞林差点儿命令从城垛上往下浇热油。

剑桥大学各学院研究中世纪的学者们被抽出来用飞机运到翁布里亚，平均年龄六十岁。他们跟部队住在一起，开战略会议的时候，他们一再忘记人类已经发明飞机了。他们说起一个个镇子是按镇上的艺术来分类的。蒙特尔基有那幅《分娩时的圣母》，作者皮耶罗·德拉·弗朗切斯卡，在镇上那块坟地旁边的小教堂里。等到那座十三世纪的城堡终于在淅淅沥沥的春雨中被攻下，部队便开始在教堂的穹顶下扎营，躺在赫拉克勒斯手刃九头蛇的石坛边。水都被污染了。很多人死于伤寒或其他热病。在阿雷佐的哥特式教堂里，士兵们用双筒望远镜向上看，皮耶罗·德拉·弗朗切斯卡的壁画里有他们同时代人的脸孔。示巴女王正跟所罗门王交谈。近处是源自智慧树的一根树枝，邪恶插入死去的亚当口中。多年后，这位女王会发现，赛洛姆池上的桥用的就是这棵圣树之木。

总在下雨，总是那么冷，没有秩序，除了艺术的伟大地图，依然彰显着审判、虔诚和牺牲。第八集团军[1]经过一条又一条河，河上的桥全都炸毁了，扫雷兵们在敌人的枪火中顺着绳梯爬下堤岸，游过去，或者趟过去。食物和帐篷被水冲走了。身上绑着设备的人也被冲走了。一旦过了河，他们又要想法子上岸。他们的手连着手腕一起插进悬崖表面的泥墙里，然后人就那样挂着。要等泥变干，这样才能撑起他们的重量。

年轻的锡克族扫雷兵把他的脸颊贴在泥上，心里想起示巴女王的脸，她肌肤的纹理。对他而言，河水中唯一的安慰就是他对这个女人的渴望，这能让他多少感到一点儿温暖的渴望。他要揭下她的面纱。他的右手将沿着她的脖颈伸进她橄榄色的胸衣。他太累了，太难过了，就像两个星期前他在阿雷佐看到的英明的国王和心怀愧疚的女王时一样。

他挂在水面之上，他的手牢牢地插进堤泥里。那些日日夜夜，勇气，这一微妙的艺术，在他们中消失殆尽，勇气只存在于一本书里，或者一面画着画的墙上。教堂穹顶的那幅壁画，其中谁更悲伤呢？他人向前倾，想靠在她柔弱的脖子上休息。他爱上了她低垂的眼睛。这个女人，她有一天会知道桥的神圣。

夜晚，躺在行军床上，他的两只手使劲向外伸，就像两支部队。在他自己和那幅壁画上的王室成员之间，没有任何一劳永逸

1　这里指英国第八集团军。这支部队是盟军北非战场和1943年意大利南部战场的主力部队，统帅均为英国人，但部队由英国、加拿大等英联邦军队及自由法国等欧洲抵抗力量组成。

或是有关胜利的承诺，只有一个临时的约定，他们会忘记他，永远不会承认或是意识到他的存在，他这个锡克人，一个扫雷兵，爬了一半的绳梯，为他身后的部队搭一座活动便桥。但是他记得记录这些人的故事的画。一个月后，队伍到达海边，他们都还活着，进入卡托利卡镇，工程师们已经清理了方圆二十码海滩上的地雷，士兵们可以光着身子下海了。他找到那个对他很友好的中世纪专家——老头曾找他聊过天，还跟他分享了一块午餐肉——告诉他，他要给他看一些东西，以略表谢意。

扫雷兵借了一辆公家的胜利牌摩托车，在胳膊上套了一盏鲜红的应急灯，两人沿着原路往回开——穿过已是和平区的乌尔比诺和安吉亚里，沿着山峰一路往下，沿着这条意大利的脊梁，老头蜷缩在他后面，抱着他的腰，两人下了西坡，开向阿雷佐。露天广场晚上没有部队，扫雷兵把车停在教堂前。他扶中世纪专家下了车，收起自己的行头，然后走进教堂。黑暗中感觉更冷了，也更空旷，到处回荡着靴子的声响。他再一次闻到了古老的石头和木头的味道。他点了三盏照明灯。他把一组滑轮吊在中殿的圆柱上，然后把一个早就拴上绳子的铆钉射进屋顶的一个木头横梁。教授饶有兴味地看着他，时不时地抬头窥望黑暗的深处。年轻的扫雷兵把一根绳子绕在他腰上，打了个结，又在老人的胸前粘了一盏点燃的小照明灯。

他让老头站在领圣餐的围栏前，然后他自己动静很大地爬上楼梯，找到绳子的另一头。抓住绳子，他走下楼厅，进入黑暗中，与此同时，老头被吊了起来，飞快地向上升，等到扫雷兵走到底楼，老头已经摇摇晃晃地挂在半空，离画着壁画的墙不到三英尺，照明灯在他四周打出一个光圈。扫雷兵手里握着绳子，继续往前走，直到把老人转到右面，停在《马克森提乌斯皇帝的逃逸》前。

几分钟后，他把老人放下来，同时他自己吊了上去，也点了一盏照明灯，升到穹顶深处绘着的蓝色天空。他曾用双筒望远镜向这里凝视，他还记得那时看到的星星。他向下看到中世纪专家坐在长凳上，筋疲力竭的样子。现在他知道这个教堂有多深，但不知道有多高。液体的感觉。有如一口深不见底的漆黑的井。照明灯在手中就像一根魔杖闪闪发亮。他让自己转到她面前，他的悲伤女王，一只棕色的手伸向她那巨大的脖颈。

锡克人在花园的尽头搭了一个帐篷，那里曾经长过一些薰衣草，汉娜觉得。她在那一带看到过干叶子，用手指搓了一下，辨认出是薰衣草。时不时地，一场雨之后，她能闻出薰衣草的味道。

一开始他根本不进屋。他只是会经过，在执行扫雷任务的路上。总是很有礼貌。轻轻点点头。汉娜看到他用一盆接来的雨水洗澡，水盆很正式地放在日晷的顶上。花园里的自来水龙头，以前用来浇苗床的，现在已经干了。她看着他棕色的光脊梁，看他把水浇在自己身上，像鸟儿扇动翅膀。白天，她总是看到他的胳膊，露在短袖军装外面，还有那把一直跟着他的步枪，尽管看起来已经不需要了。

他佩枪的花样很多——挂在腰上，挂在肩上，一只胳膊肘挎着。他一转身，突然意识到汉娜在看他。他经历过恐惧，活了下来，他会围着疑似有地雷的地方走几步，默认这幅全景中的她的目光，仿佛是在声明他什么都能对付。

他的自立自信对汉娜来说是种安慰，对房子里所有的人都是，尽管卡拉瓦乔抱怨这个扫雷兵没完没了地哼一些西方歌曲，都是他过去三年在战争中学会的。另一个扫雷兵，跟他一起出现在暴风雨中的那位，名字叫哈代，现在被派驻在别的地方，离镇上更近，不过她见过他们俩一起干活，带着他们的全副武装走进一个花园拆除地雷。

狗留下来不走了，跟着卡拉瓦乔。这个年轻的士兵会跟狗一起又跑又跳，但是他拒绝给它任何食物，认为应该让狗自己生存。如果找到食物，他会自己吃掉。他的礼貌到此为止。有几个晚上他睡在可以眺望山谷的墙垛上，只有下雨的时候才钻进帐篷里。

他倒是目睹了卡拉瓦乔在夜里的游荡。有两次，这个扫雷兵跟着卡拉瓦乔走了很远。但是两天后，卡拉瓦乔拦住他说，别再跟着我了。他想否认，但是等他的前辈把手放在他撒谎的脸上，他顿时没了声音。所以士兵意识到卡拉瓦乔前两个晚上就知道他在跟踪他。无论如何，跟踪别人只是他在战争中养成的一个习惯，是后遗症。就像即便现在，他还会不时心痒，想举起步枪，然后准确地击中某个目标。他一次又一次地瞄准某个雕像的鼻子，或者某只在山谷上空盘旋而过的棕色老鹰。

他终究还是一个小伙子。他吃起饭来狼吞虎咽，然后一跃而起，收拾盘子，一顿中饭只给自己半个小时。

她看着他工作，在果园里，或者屋子后面长满野草的花园里，他是那么认真，忘了时间，就像一只猫。她注意到他手腕深棕色的皮肤，手腕上戴着一只手镯，常滑来滑去，他在她面前喝茶的时候，手镯哐当直响。

他从来不说他的搜查工作有多危险。时不时会响起一阵爆炸声，她和卡拉瓦乔都会飞快地跑出屋子，闷闷的爆炸声让她的心绷得紧紧的。她有时会跑出去，有时则跑到窗边，眼角总会瞥到卡拉瓦乔，然后他们俩就会看到扫雷兵正冲着屋子懒懒地挥着手，站在杂草丛生的露台边上，甚至都没有转过身来。

有一次，卡拉瓦乔走进藏书室，看到扫雷兵趴在靠近天花板的地方，背靠着那幅错视画——只有卡拉瓦乔会在走进一个房间后抬头去看天花板的角落，他要确定屋里是否只有他一个人——年轻士兵的眼睛并没有离开目标，同时举起手掌，打了个响指，示意卡拉瓦乔停步别再往前，为了安全他得出去。他正在抽一根导火线，然后把它剪断，他在这个角落里找到的导火线，藏在窗幔上面。

他总是在哼着歌，或者吹口哨。“谁在吹口哨？”一天晚上英国病人问道，他还不认识这个新来的客人，甚至还没见到过他。躺在墙垛上，扫雷兵总是一个人边唱歌边看着天上的浮云。

每次走进这个看似空无一人的别墅，他都会弄出很多声响。他是他们中唯一一个还穿着军装的。扫雷兵从他的帐篷里钻出来，穿得整整齐齐，皮带扣闪闪发亮，头上的包巾一层层叠得很对称，靴子锃亮，哐哐地踩在屋子的木头或者石地板上。他会突然放下手上的某件事，然后哈哈大笑。他似乎无意识地很喜爱自己的身体，喜爱自己结结实实的存在。弯下腰捡起一片面包，用指关节摩挲青草；去跟村子里其他的扫雷兵碰头，沿着那条柏树路，他甚至会一面走一面转动步枪，好像那是一根巨大的狼牙棒。

他看上去对于别墅里的这个小团体挺满意的，而他自己则属于他们这个星系边缘上一颗若即若离的星星。在经历了战争中的泥淖、河流和大桥之后，这段日子对他来说就像度假一样。他只在受到邀请的时候才进房间，一位试探性的访客，正如第一晚他曾跟随汉娜摇曳的钢琴声，沿着柏树路一直往上走，直到进入这间藏书室。

他在那个暴风雨的夜晚走进这座别墅并不是出于对乐声的好奇，而是因为钢琴演奏者面临着生命威胁。撤退的部队往往会在乐器中留下笔形地雷。主人回来后，打开钢琴，手就没了。也有人给祖父的大钟上弦，结果一枚玻璃炸弹炸飞了半堵墙，还有人。

他跟随钢琴发出的声响，和哈代一起冲上山，翻过石墙，进入别墅。只要音乐没停，就说明演奏者没有往前拔出金属条，打开节拍器。大多数小型炸弹都是藏在这些地方——要把纤细的导火索焊直，这种地方最容易。炸弹被接在水龙头上，接在书脊上，钻进果树里，一个苹果落到下面的树枝上，都可以引爆一整棵树，跟一只手碰到那根树枝的效果是一样的。一个房间也好，一片田地也好，在他眼里都有藏着武器的可能。

他在落地窗那里停住脚，把脑袋靠在窗框上，然后溜进房间，站在黑暗中，除了闪电亮起的时候。有个女孩也站着，仿佛就是在等他，她的眼睛看着正被她敲击的琴键。他的眼睛像雷达般把整个房间扫了一遍，一切尽收眼底，然后才看向女孩。节拍器已经在响了，无辜地来回摆动着。没有危险，没有导火线。他站在那里，制服湿透了，这个年轻的女子一开始并没有看到他进来。

他的帐篷旁边竖着一个晶体管收音机的天线，一直伸到树丛里。晚上，她拿起卡拉瓦乔的战地望远镜往那里看，总能看见收音机调谐度盘上的绿色磷光，扫雷兵移动的身体如果进入她的视线，就会突然把那绿光遮没。白天他戴着那个便携式的耳机装置，只把一个耳塞塞进耳朵里，另一个垂在下巴下面，如此这般，他就能听到来自世界各地的声音，也许对他重要的声音。他会走进屋子把他听到的新闻告诉他们，他觉得他们可能会感兴趣的那些新闻。一天下午，他宣布乐队主唱格伦·米勒[1]死了，他的飞机在英国和法国之间的某处坠落了。

他就这样穿梭于他们之间。她看到他在远处那个已经不复存在的花园里，和占卜师在一起，如果找到了隐藏的炸弹，他就埋头拆解一堆金属丝和导火线，仿佛那是某人留给他的一封可怕的信。

他总在洗手。卡拉瓦乔一开始觉得他太多事。“打仗的时候你是怎么过的？”卡拉瓦乔笑话他。

“我是在印度长大的，大叔。你得不停地洗手。每顿饭之前都得洗手。这是习惯。我出生在旁遮普。”

“我是北美的。”她说。

他睡觉时一半身子在帐篷里，一半在外面。她看到他的手把耳机拔了下来，放在腿上。

汉娜放下望远镜，转身离开了。

1 格伦·米勒（1904—1944），美国著名爵士乐手。

他们头顶上是大拱顶。中士点了一个照明弹，扫雷兵躺在地上，透过步枪瞄准器望向一张张暗黄色的脸孔，仿佛要在人堆里寻找一个他的兄弟。望远镜上的十字瞄准线跟《圣经》人物一起晃动着，光照亮了早已晦暗的彩色礼服和人体，数百年前的油彩，承受了数百年的烛烟。这会儿又是燃烧弹发出的黄烟，他们知道这是犯了圣地的大忌，士兵们会因此被赶出去。允许他们进来参观大厅，却做出这样放肆的举动，他们会遗臭万年。涉水爬上滩头堡，上千次的冲锋陷阵，卡西诺山的轰炸，然后噤若寒蝉地穿过拉斐尔房间[1]，直到最终站在这里，这十七个在西西里登陆、一路腥风血雨就为了站在这里的士兵——等待他们的只是一个黑漆漆的大厅，仿佛只要站在这里就足够了。

他们中的一个说："他妈的。要不来点儿亮光，你说呢，尚德中士？"于是中士拉开照明弹，伸长胳膊举了起来，瀑布般的亮光从他握紧的拳头里一泻而出，中士就这样站着直到弹尽光灭。其余的人抬头去看挤在天花板上、被光照亮了的人物和他们的脸。但是那个年轻的扫雷兵已经躺在地上了，步枪瞄准，他的眼睛几乎擦着挪亚和亚伯拉罕的胡子，还有各式各样的魔鬼，直到他看到那张伟大的脸。他停住了，长矛般的脸，智慧的脸，严酷的脸。

进口处的守卫们在高声喊叫，他能听到跑动的脚步声，照明弹只剩下三十秒了。他一翻身，把步枪交给随军牧师。"那个

1 拉斐尔房间是梵蒂冈宫内的一组客房，教宗住所的公共部分。它们以拉斐尔及其工作室创作的壁画著称。

人。他是谁？西北方向，三点钟的地方，他是谁？快，照明弹快完了。”

随军牧师抱着步枪，对准那个角落，照明弹暗了。

他把步枪还给年轻的锡克人。

“在西斯廷礼拜堂里点燃武器，要知道，我们都会有大麻烦的。我不该来的。不过我还是必须感谢尚德中士，他这么做确实有胆量。我想，也没真的造成什么破坏吧。”

“你看见了吗？那张脸。那是谁？”

“啊，是的，那确实是张伟大的脸。”

“你看见了？”

“是的。是以赛亚[1]。”

第八集团军到达东海岸的加比切马雷的时候，扫雷兵是夜班巡逻组的头。第二天晚上，他接收到短波信号，说水面上有敌军在活动。巡逻队开了一炮，水波大动，算是警告。他们没有击中任何目标，但是在爆炸的白雾中，他依稀辨出移动的人影。他举起步枪，瞄准移动的影子整整有一分钟的时间，最后决定不开枪，观察附近是否会有别的动静。敌军仍然驻扎在北面的里米尼，城市的边缘。他注视着那个影子的时候，圣母马利亚头顶的光环突然亮了起来。她正从海里走来。

她站在一艘船上。两个人在划船，另外有两个人竖抱着她，他们刚登陆，镇上的人就开始鼓掌，在自家打开的窗户前，在黑暗中。

1　以赛亚和前文的挪亚、亚伯拉罕都是士兵们在梵蒂冈的西斯廷礼拜堂看到的米开朗基罗穹顶画《创世纪》中的《圣经》人物。

扫雷兵能看到那张粉嫩的脸，以及靠电池发亮的光环。他躺在水泥的机枪堡上，面朝大海，身后是小镇，他看着那四个男子爬下船，臂弯里扛着那座五英尺高的石膏像。他们沿着沙滩往前走，没有停步，丝毫不顾及地雷的危险。也许他们曾经看到德国人在哪里埋地雷，然后在那些区域做了标记。他们的脚陷进沙子里。这是一九四四年五月二十九日的加比切马雷。圣母马利亚海洋节。

大人和小孩们都在街上。穿着乐队制服的人也出现了。乐队不会演奏，不能打破宵禁的规定，但是乐器仍然是典礼的一部分，擦得锃亮。

他从黑暗中起身，背上背着一个迫击炮炮筒，手里拿着步枪。他的头巾加上武器，在人群里引起不小的骚动。他们没有料到这个无人的海滩上还会冒出这样一号人物。

他举起步枪，透过瞄准器注视她的脸——没有年龄，没有性征，最前面是男人们黑色的手，伸进她的光环，二十只小灯泡组成的仁慈的光环。石膏像披着一件淡蓝色的斗篷，她的左膝盖微微抬高，使得雕像有了衣纹的感觉。

他们不是一群浪漫的人。经历了法西斯、英格兰人、高卢人、哥特人和德国人的蹂躏，幸存下来。太多次的奴役，已经没有意义。但是这个蓝色粉嫩的石膏像蹈海而来，被放在一辆铺满鲜花的运葡萄的卡车上，乐队默默地走在她前头。他该为这座小镇提供什么样的保护，这已经毫无意义。他不可能带着这些枪，同一身白衣的孩子们走在一起。

他走到他们南面的一条街上，与石膏像保持同样的速度，所以跟他们同时到达交汇的路口。他举起步枪，再次把她的脸收入眼底。最后她被放在一个海岬上，仪式就此结束，人们各自回家。没有一个人意识到他一直都在不远处。

马利亚的脸仍然发着亮光。那四个划船把她带来的男子围坐在她身旁，仿佛守卫一般。装在她背上的电池开始变弱，在大约早晨四点的时候完全耗尽。那一刻他看了看手表。他用步枪瞄准器看那几个人。有两个睡着了。他把瞄准器向上转向她的脸，再次仔细观察。减弱的光线中，她的脸呈现出不同的表情。在黑暗中这张脸更像是某个他认识的人。一个姐妹。有一天会是一个女儿。如果能走到她面前跟她告别，扫雷兵肯定会留下点什么东西作为祭礼。但是他毕竟有他自己的信仰。

卡拉瓦乔走进藏书室。大多数的下午他都是在那里度过的。对他来说，书一直是一群神秘的生物体。他抽出一本，翻到有书名的那一页。大约五分钟后，他听到屋里响起轻轻的呻吟声。

他一转身，看到汉娜睡在沙发上。他合上书，人往后，大腿根靠在书架上。她的人蜷曲着，左脸颊贴着灰扑扑的锦缎面，右手臂往上，靠向自己的脸，变成拳头抵住下巴。她的眉毛微微抖动，一脸属于睡眠的凝重。

隔了那么久，再次见到她的时候，她整个人看上去绷得紧紧的，只剩下一副躯壳，足以让她承受一切的肉体。她的身体经历了一场战争，这跟经历一场恋爱没什么差别，用尽每一寸皮肤。

他打了个喷嚏，声音很响。等他抬起头的时候，她已经醒了，睁开的眼睛直愣愣地望着前方，目光穿越他的身体。

“猜猜现在几点。”

“大概四点零五分。不对，是四点零七分。”她说。

这是一个古老的游戏，一个男人和一个小孩之间的游戏。他溜出房间去看钟，看他的步态，看他那副自信的样子，汉娜心里明白他最近肯定在用吗啡，他重新焕发活力，身手敏捷，熟悉的信心。她坐了起来，见他一路摇着头回来，感叹她猜得有多准，汉娜笑了。

“我脑袋里天生有一个日晷，对吧？”

“那晚上呢？”

“有月晷吗？有没有人发明过月晷？也许每个设计别墅的建筑师都替小偷们藏了一个月晷，就像是必不可少的教堂捐资。”

“那有钱人可得担心了。”

“咱俩在月晷那儿见，大卫。那是一个弱者可以侵入强者的地方。"

“就像英国病人和你吗?”

“我差点有一个孩子，在一年前。”

因为用药的缘故，此刻的他神志明快清晰，她随便说什么，他都能跟得上，跟上她的思路。而她此刻还未完全意识到自己是醒着，是在跟人交谈，因而可以无所不谈，仿佛在说梦话一样，仿佛他的喷嚏是梦里的一个喷嚏。

这样的情形，卡拉瓦乔很熟悉。他常常在月晷处与人碰面。凌晨两点把他们惊醒，卧室的衣橱一不小心整个儿倒下来。他发现这样的惊吓往往能让人们免于恐惧和暴力。行窃过程中，若被房子的主人发现，他会一击掌，然后发疯般地跟他们说话，把一只昂贵的闹钟扔向半空，再伸手接住，飞快地向他们提问，问他们东西都放在什么地方。

“我的孩子没了。我是说，我不得不这样。孩子的父亲已经死了，在打仗。”

“你那时在意大利吗?”

“西西里，这事发生在西西里。我们跟在部队后面，沿着亚得里亚海往北，一路上我一直想着这件事。我一直在跟这个孩子说话。我在医院里拼命地工作，不跟周围的任何人打交道。除了我的孩子，我跟他无所不谈。在我的脑子里。洗澡的时候，照顾病人的时候，我都在跟他说话。我有点儿疯了。”

“然后你父亲死了。”

“是的。然后帕特里克死了。我是在比萨听说的。”

她彻底醒了，坐了起来。

“那你知道了，嗯？”

“我接到了家里的来信。”

“所以你来了这里，是吗？因为你知道父亲死了。”

“不是的。”

“好吧。我觉得他不信守灵这一套东西。帕特里克过去常说他死的时候，希望有两个女人为他二重奏。小手风琴和小提琴。就这些。他真他妈的多愁善感。”

“是的。让他干什么都行，真是那样的。给他一个痛苦的女人，他就分不清东南西北了。”

风从山谷里升起，吹到他们的山上，排列在小教堂外三十六级石阶旁的柏树随之哗哗作响。他俩坐在石阶旁的扶栏上，最早的几滴雨轻轻落下，随着啪的一声，雨点打在他们身上。已是下半夜。她躺在水泥平台上，他来回走着，不时探身望向深谷。只有雨滴脱落的声音。

“你什么时候不再跟孩子说话了？”

“突然忙了起来。部队开始打仗，先是在摩罗桥，然后是乌尔比诺。也许我是在乌尔比诺停住的。在那里你觉得自己随时都可能中弹，不管你是士兵，还是牧师、护士，都一样。那些狭窄倾斜的街道就是一个养兔场。送来的士兵一个个四肢不全，与我相爱一个小时，然后死去。记住他们的名字很重要。但是他们死的时候，我总会看见那个孩子。他被冲走了。有些会坐起来，扯掉所有的包扎，想呼吸得痛快一些。有些临死前会担心胳膊上的很轻的刮伤。然后是嘴巴里的泡。轻轻的砰的一声。我弯腰，为一个死去的士兵合上眼睛，可他又睁开了眼，嘲笑道：‘等不及要我死？你这个婊子！’他坐起来，把我托盘上所有的东西都扫到地上。如此愤怒。谁会愿意那样死去呢？带着那样的怒气死去。你这个婊子！那次以后，我总会等到他们的嘴巴里起了泡泡。我现在算知道死是怎么回事了，大卫。我知道怎样才能转移他们的痛苦。什么时候往主动脉里飞快地注射一针吗啡。盐水解决法。逼他们在死之前排干净大便。每个该死的将军都应该干我干的活。每个该死的将军。应该把这活作为所有渡河行动前的必修课。他妈的我们是谁，凭什么要我们承担这样的责任，要我们像老牧师一样从容淡定，要我们知道怎样把人送往谁都不愿意去的地方，还要想办法让他们心里舒服。我永远没法相信那些为死人做的临终祷告。叫人恶心的修辞。他们怎么敢那么说！他们怎么敢那样说一个正在死去的人。”

没有一点儿光，灯都灭了，天空几乎布满乌云。这些幸存下来的房屋，越是不引人注目，就越安全。他们习惯了在漆黑的房子里走动。

“你知不知道军队为什么不想让你跟英国病人留在这里？你知道吗？”

“一场叫人尴尬的婚姻？我的恋父情结？”她对着他笑。

“那个老家伙怎么样了？”

“因为那条狗，他还没平静下来呢。”

“告诉他狗是我带来的。”

“他还不确定你也会真的留下来。他以为你可能会偷走几件瓷器。”

“你觉得他会喜欢葡萄酒吗？我今天设法搞了一瓶。”

“从哪里？”

“你要还是不要？”

“我们现在就喝。别管他了。”

“啊，突破性的进展！”

“不是突破性的进展。我太需要好好喝一杯了。”

“二十岁。我二十岁的时候……”

“是的，是的，你干吗不搞一台留声机呢？顺便说一句，我觉得这叫趁火打劫。”

“是我的国家教我这么干的。战争期间我为他们干的就是这个。”

他穿过被炸成废墟的小教堂，走进房子。

汉娜站了起来，有点儿头晕，趔趄了一下。“看看他们都对你做了什么。”她自言自语道。

战争期间，即便是跟那些一起工作的人，她也很少说话。她需要一个叔叔，一个家里人。她需要孩子的父亲，与此同时她身在这座小山城，这么多年了，第一次想大醉一场，楼上是一个烧成焦炭的男人，此刻正身陷四小时的沉睡中，而她父亲的一个老朋友正在翻她的药柜，敲碎玻璃盖，胳膊上扎了一根鞋带，飞快地给自己打进一针吗啡，只要一个转身的时间。

夜晚，群山围绕，虽然已经十点钟，但只有大地是暗的。干净的灰色天空，绿色的山。

“我受够了饥饿，受够了欲望。所以我走开了，那些约会，坐着吉普车兜风，谈情说爱。那是他们死前最后的舞蹈——大家觉得我是个势利鬼。我干得比谁都卖力。做两个班头，管它炮火袭击，什么都干，便桶一个个洗干净。我成了一个势利鬼，因为我不跟他们出去混，也不花他们的钱。我想回家，可是家里一个人也没有。我受够了欧洲，受够了被人像金子一样对待，就因为我是个女的。我和一个人好过，他死了，孩子也死了。确切地说，孩子是被我弄死的。从那以后我走得远远的，没有人能再靠近我。不要听到势利鬼之类的话。不要管谁死。然后我遇到了他，一个烧焦的男人。接触之后发现，原来他是个英国人。

“已经很久了，大卫，我已经很久都没想过要跟一个男人扯上任何关系了。”

那个锡克扫雷兵在别墅里待了一个星期后，他们才开始接受他吃饭的习惯。无论他在哪里——山上或者村子里——他会在十二点半左右回来，从他的肩袋里拿出那个蓝色的小布团，摊开放到桌上，旁边是汉娜和卡拉瓦乔的午饭。他的洋葱和香料——卡拉瓦乔怀疑是他从方洛各教会的花园里弄来的，有一段时间他在那里清地雷。他用小刀削洋葱皮，就是用来剥导火线里的橡皮的那把小刀。然后是水果。卡拉瓦乔怀疑整个战争期间，他都没有在集体食堂里吃过饭。

事实上，他每天一大早都会自觉地站到队伍里，把杯子递过去，接满他钟爱的英国红茶，往里面加他自带的奶精。他喝得很慢，站在阳光里看着缓缓前进的部队，如果当天没有行动，那么上午九点士兵们就会开始打牌，卡纳斯塔牌。

此刻，清晨，被炸了一半的圣吉罗拉莫别墅花园里，他站在满目疮痍的大树下，从水壶里喝了一口水。把牙粉倒在牙刷上，开始刷牙，懒洋洋地刷上十分钟，一面四处走动，望向仍然弥漫着晨雾的山谷。脚下的这片风景与其说让他惊叹，不如说是让他感到好奇。从小，刷牙这事对他来说就是一项户外活动。

他身边的景色只是临时的东西，不带任何有关永恒的性质。他只是知道有可能要下雨了，或者哪里有灌木丛的味道。他的脑袋即便不在思考的时候，也好像是个雷达，他的眼睛把方圆四分之一英里之内的非生命体的布局一一锁定，这是小型武器的射杀半径范围。他仔细研究了从泥里拔出来的两个洋葱，意识到花园里也被撤退的部队埋了地雷。

吃中饭的时候，卡拉瓦乔向蓝手绢上的东西投去叔父般关怀的目光。也许有某种罕见的动物，跟这个年轻的士兵吃的东西差不多。他只用右手吃东西，手指抓着食物送进嘴里。那把小刀只用来削洋葱的皮，还有切水果。

两个男人坐马车去山下取一袋面粉。士兵还要去位于圣多梅尼科的总部交几份地图，上面标明已经清过雷的地区。他们发现彼此很难问关于对方的问题，于是两人聊起了汉娜。一直到聊了很多问题之后，年长的那一位才承认他战前就认识汉娜。

“在加拿大？”

“是的，我是在那里认识她的。”

他们经过位于路边的很多篝火，卡拉瓦乔把年轻士兵的注意力引向篝火。扫雷兵的名字叫基普。“把基普找来。”“基普来了。”这个名字是自己找上他的，很奇怪。他在英国交的第一份排雷报告沾上了一些黄油，长官叫道：“这是什么？鲱鱼[1]油吗？”大家哄笑起来。他不知道什么是鲱鱼，但是这个年轻的扫雷兵就这样被变成了一条英国咸鱼。一个星期之后，没人再记得他的真名基帕尔·辛格。对此他并不在意。萨福克勋爵[2]和他的扫雷部队都开始叫他的外号，比起以姓氏称呼人的英国习惯，他倒更喜欢别人叫他的外号。

那个夏天，英国病人戴着他的助听器，因此屋子里的一切动

1　鲱鱼的英语是 kipper，音读“基普”。
2　萨福克勋爵即二十世萨福克伯爵查尔斯·霍华德（1906—1941），英国二战时期著名的拆弹专家。

静都逃不过他。琥珀样的助听器塞在他耳朵里，把各种偶然的声音传给他——大厅里的椅子擦过地板，狗在他的房间外磨爪子，他提高音量，甚至能听到狗该死的喘气声，或者是扫雷兵在走廊里喊了一嗓子。就这样，年轻的士兵来了没几天，英国病人便意识到屋子里多了一个人，尽管汉娜没让他们碰头，她觉得他们可能彼此不会喜欢。

但是有一天，她走进英国人的房间，发现扫雷兵也在那里。他站在床脚，肩上挎着那把步枪，两条手臂搭在枪上。她不喜欢他对枪的这种随意的态度，也不喜欢他懒洋洋地转向她的姿势，好像他的身子是个车轴似的，好像那件武器已经被缝在他的肩上、他的手臂上，缝进他那瘦弱的棕色手腕里。

英国人转向她，说："我们相谈甚欢！"

扫雷兵随随便便地走进这里，似乎可以把她团团围住，似乎无所不在，这令她感到别扭。基普在和英国病人讨论搜索炸弹的事情，他从卡拉瓦乔那里听说这个病人精通枪支。他走进房间，发现此人对于盟军和敌方的武器简直无所不知。这个英国人不仅了解古怪的意大利导火线，而且对托斯卡纳区的地形也了如指掌。没多久他们就开始互相描述炸弹的形状，讨论各种火药线路的理论。

"意大利的导火线好像是垂直放的，而且有时候不是放在尾部。"

"嗯，得看情况。那不勒斯制造的的确是这样，但是罗马的工厂是跟着德国体系走的。当然，那不勒斯嘛，早在十五世纪的时候……"

这意味着病人又要以他那迂回冗长的调调开讲了，而年轻的士兵可不习惯保持安静。他会变得焦躁，不停打断英国人的停顿和沉默，试图给思想的火车加点油。士兵仰起头，望向天花板。

“我们应该做一个吊链，”扫雷兵沉思道，转向正走进房间的汉娜，“好带他在房子里转转。”她看看这两人，耸耸肩，走出了房间。

卡拉瓦乔在大厅里遇见她，她正在笑。他们站在大厅里，听房间里传来的对话。

我跟你说过我对维吉尔[1]式的人的定义吗，基普？我告诉你……

你的助听器开着吗？

什么？

把它打开……

“我觉得他找到了一个朋友。”她对卡拉瓦乔说。

她走出屋子，来到阳光下，房前的场地上。中午的时候，自来水管把水输送进别墅的喷泉，会喷二十分钟。她脱下鞋子，爬进没有水的喷泉池子，静候着。

这个钟点，干草的味道到处都是。绿头苍蝇在空中乱飞一气，撞到人身上，就像栽到墙上一样，然后若无其事地转身飞走。她注意到水蜘蛛在喷泉高处的水池下面做了窝，突出的水池落了一块阴影在她的脸上。她喜欢坐在这个石头的摇篮里，她身旁仍然空空的喷嘴散发出空气的味道，藏在深处的阴冷黑暗的空气，就像晚春时节地下室第一次被打开时飘出的空气，室外的热度与之形成对比。她拂去胳膊和脚趾上的灰尘，以及鞋子留下的

1　维吉尔被誉为古罗马最伟大的诗人。

纤维，然后伸了个懒腰。

屋子里太多男人了。她的嘴贴着自己赤裸的胳膊。她闻自己的皮肤，熟悉的感觉。自己的滋味和气味。她记得第一次意识到自己的味道是十几岁的时候——感觉更像是在某个地方而不是某个时候——亲自己的前臂，练习接吻，闻自己的手腕，或者弯腰靠近自己的大腿。合拢双手，向里面呼气，这样呼吸就会弹进鼻孔。她雪白的脚来回蹭着喷泉带斑纹的池壁。扫雷兵跟她说过打仗时他看到的那些雕塑，他曾经睡在一个伤心天使的旁边，一个半男半女的天使，他觉得很美。他躺下来，看着雕塑的身体，自从战争开始，这是他第一次感到内心的宁静。

她闻了闻石头，冰冷的飞蛾的味道。

父亲死的时候究竟是痛苦还是平静？他有没有像英国病人那样庄严地卧于床榻之上？有没有一个陌生人在照料他？一个同我们毫无血缘关系的人往往比我们的至亲更容易攻破我们所有的感情防线。就好像倒在一个陌生人的臂弯里，你会发现照出自己所做选择的那面镜子。跟那个扫雷兵不一样，她的父亲跟这个世界总是格格不入。他说话的时候总会因为害羞而吃掉几个音节。她的母亲曾经这样抱怨，帕特里克的句子，总会缺少两三个关键的词。但是汉娜就喜欢他那样，他身上没有一点儿大男子的感觉。他有种模棱两可的气质，这种不确定性让他有一层若隐若现的魅力。他跟大多数男人不一样。即便是那个受伤的英国病人也还有些熟悉的大男子味道。而她的父亲只是一个饥肠辘辘的鬼魂，他喜欢看到周围的人充满自信，甚至吆五喝六的也行。

他走向死亡的时候，是否还像往常那样一副无所谓的样子：碰巧罢了？还是带着满腔的怒气呢？他是她认识的人中最不会发怒的一个。他讨厌争论，如果有人说罗斯福或者蒂姆·巴克[1]的坏话，或者夸了多伦多市的某个市长，他就会走出房间。他一辈子从来没有试着要说服什么人，他所做的只是对身边发生的事要么修补挽救，要么举杯庆贺。如此而已。小说是一面走在路上的镜子。她在英国病人介绍的某本书里读到过这样一句话，而她记忆中的父亲就是这样的——她能想起的关于他的那些时刻——深夜时分，把车停在多伦多那座特别的大桥下，波特瑞路的北面，告诉她这是星琼鸟和鸽子在夜间合住的地方，它们挺不乐意地挤在一起。夏日的某个夜晚，他们就这样停下车，把脑袋伸向一片喧闹声，一片睡意蒙眬的鸟叫声。

我听说帕特里克是死在鸽子房里，卡拉瓦乔说。

她的父亲爱着他自己想象中的一座城市，城市的街道、围墙、边境都是他和他的朋友们一起粉刷的。他从来没有真正走出那个世界。她意识到她对于现实世界所知道的一切要么是她自学的，要么是从卡拉瓦乔那里学来的，还有就是从她的继母克拉拉那里。克拉拉以前是个演员，能说会道，他们都去了战场，对此克拉拉义愤填膺。在意大利的最后一年，她一直随身带着克拉拉写给她的信。她知道这些信是在乔治亚湾[2]的一个小岛上写的，纸垫在粉红色的岩石上，风从水面吹来，吹卷了克拉拉的笔记本，最后她把那几页卷角的纸撕下来，装进一个信封，寄给汉娜。她把信放在手提箱里，每一封都夹着岩石屑和风。但是她从来没有回过信。她在悲痛中想念着克拉拉，但是在经历了那么多之后，她无法再给她写信。她无法讨论帕特里克的死，她甚至都不能面对他的死。

1　蒂姆·巴克（1929—1962），曾任加拿大共产党总书记。
2　乔治亚湾是加拿大安大略省休伦湖的一个湾。

而此刻，在这个大陆上，战争去了别处，暂时变作医院的女修道院和教堂，孤零零地立在托斯卡纳和翁布里亚的山上。那里还残存着战争的遗骸，一个巨大的冰山所留下的细小的冰碛。围绕着他们的是神圣的森林。

她把脚伸到薄薄的裙摆下面，手臂搭在大腿上。一切都那么安静。她听到那个熟悉的沉闷的搅动声，来自埋在喷泉中柱下的水管。接着又是一片寂静。再接着，刷啦一声，水瞬间在她周遭喷涌而出。

汉娜给英国病人念故事，一个接着一个，两人同《吉姆》[1]里的老流浪汉、《帕尔马修道院》[2]里的法布利斯一起四处游走，沉醉在一片兵戈铁马之中——不是奔赴战场，便是逃离战争。卧室一角堆着的那些书都是已经念过的，其中的风景已经被他们抛到了身后。

很多书一打开，作者都会开宗明义。一支桨悄无声息地带你划进书海深处。

> 我的这部作品从谢尔维乌斯·伽尔巴第二次出任执政官的时候开始……提贝里乌斯、卡里古拉、克劳狄乌斯和尼禄的历史都是他们大权在握时人们怀着惶恐胡编乱造出来的，而他们死后的作品，则是在新一轮仇恨中写成的。

塔西佗[3]这样开始他的《编年史》。

但是小说的开场往往充满了犹豫和混沌。读者们永远不可能完全掌握平衡。一扇门一把锁一座大坝打开了，他们冲了进来，一只手握着一条锦鳚，另一只手拿着一顶帽子。

每打开一本书，她便穿过一道道高起的门廊，走进一个大院子里。帕尔马、巴黎，还有印度的地毯缓缓铺展。

---

1 《吉姆》是英国作家吉卜林的小说。

2 《帕尔马修道院》是法国作家司汤达的小说，又译为《巴马修道院》。帕尔马是意大利北部城市。

3 塔西佗（55？—117？），古罗马历史学家。

> 他跨坐在“火龙”大炮上，无视市政府的法令，大炮置于砖砌的平台上，在拉合尔[1]博物馆对面——当地人称之为神奇屋。得“火龙”者，得旁遮普；这个绿铜做的大家伙一直都是旁遮普的征服者们首选的战利品。

“慢点儿念，亲爱的姑娘，念吉卜林就得慢一点儿。仔细留意逗号的位置，这样你就能发现自然停顿的地方。他是个用钢笔和墨水写作的作家。我想，他常常会停下笔，抬头盯着窗外，聆听鸟的叫声，就像大多数独自一人的作家一样。有些人并不知道鸟的名字，但是吉卜林知道。你的眼睛太快了，太北美了。想想他的钢笔的速度。要不然，这个第一段该有多可怕、多烦人啊！”

这是英国病人关于朗读的第一课。他没有再打断她。他睡着了，她也会继续念下去，从不抬头看一眼，直到筋疲力尽为止。要是他错过了最后半个小时的情节，对他来说只不过有一个房间是黑的，但这个故事也许他早就知道。他熟悉故事里的地图。祁连瓦拉是旁遮普的一个北方城市，旁遮普的东面是贝拿勒斯。(这一切都发生在扫雷兵进入他们的生活之前，仿佛他就是从小说中走出来的。吉卜林的书页仿佛一盏神灯在夜晚被擦亮。创造奇迹的灵药。)

她已经念完了《吉姆》的结尾，那些细腻、圣洁的句子——干净的词汇——她拿起英国病人的笔记本，他不知怎么把这笔记本带出了火海。本子摊开着，几乎比原来厚了一倍。

---

1 拉合尔是巴基斯坦东北部城市，旁遮普省省会。

本子里有一页纸是从《圣经》上撕下来的，贴在上面。

大卫王年纪老迈，虽用被遮盖，仍不觉暖。

所以臣仆对他说："不如为我主我王寻找一个处女：使她侍候王，奉养王，睡在王的怀中，好叫我主我王得暖。"

于是，在以色列全境寻找美貌的童女，寻得书念的一个童女亚比煞，就带到王那里。

这童女极其美貌。她奉养王，侍候王，王却没有与她亲近。[1]

把飞行员救出火海的那个部落于一九四四年把他带到位于锡瓦绿洲的英国基地。一列急救列车半夜把他从西部沙漠[2]运到突尼斯，然后又走海路到了意大利。战争进行到那个时候，成百上千的士兵已经不知道自己是谁了，倒不是他们想要滑头，而是确实想不起来。凡是宣称不能肯定自己国籍的，都被关在蒂雷尼亚的营部，也就是海边医院所在的地方。这个烧伤的飞行员是又一个谜一样的人物，没有任何身份证明，也无从辨认。附近有一个关刑事犯的营房，他们把美国诗人艾兹拉·庞德关在一个笼子里，他身上藏了一根桉树枝，每天都要从一个口袋移到另一个口袋里，配合他对安全感的意象，桉树枝是在出卖他的那人的花园里折下来的，在他被捕的那一天。"为了记忆的桉树。"

"你们应该试着给我下套子，"烧伤的飞行员对审讯他的人说，"让我说德语，我会说的，顺便说一句，可以问我关于唐·布莱德曼的事。问我马麦特，问我伟大的格特鲁德·杰基

1 《圣经·旧约·列王记》(1：1—4)。
2 西部沙漠是利比亚沙漠的别称，构成了撒哈拉沙漠的东北部分。

尔。”他知道乔托[1]的每一幅作品散布在欧洲的哪一处，也知道大多数可以找到真正的错视画的地方。

海边医院是沙滩上的更衣室改建的。世纪初的时候，来海边游泳的游客都会租一间更衣室。老式的遮阳帆布大伞在太阳大的时候还会被拿出来，插进桌上配套的插槽里，那些打着绷带的、受伤的、昏迷不醒的人，一个个坐在遮阳伞下，呼吸着海边的空气，慢慢地说话，要么瞪着前方，要么一刻不停地说着。烧伤的男人注意到那个年轻的护士，她总是一个人独来独往。他熟悉她那死灰般的目光，知道与其说她是护士，不如说是病人。他要什么东西的时候，只找她。

他被再次审问。他身上的一切都很像英国人，除了他的皮肤，黑得像焦油，一个几百年前的乡巴佬，被一群审问他的军官包围着。

他们问他盟军部队驻扎在意大利什么地方，他说他以为他们已经攻下了佛罗伦萨，但是北面的几个山城把他们挡住了。那是哥特防线。“你们师就困在佛罗伦萨了，不可能越过普拉托和菲耶索莱这些基地，因为德国人把自己关在别墅和修道院里，他们的防御是一流的。说来话长——当年十字军对阵阿拉伯萨拉森人的时候，就犯过同样的错误。跟他们一样，你们现在也需要堡垒重镇。这样的重镇从来不会被放弃，除非是霍乱时期。”

他就这样滔滔不绝，审讯的人快疯了，是叛徒还是盟友，他们始终没能弄清楚他到底是谁。

几个月后的此刻，佛罗伦萨北面的一个山城，他躺在圣吉罗拉莫别墅里，就像拉韦纳那座死亡骑士雕像。他断断续续地讲着

1　乔托（1266？—1337），意大利画家、雕刻家、建筑师。

那些绿洲中的小镇、美第奇家族的后裔、吉卜林的文风、那个狠狠咬他的女人。他的那本书，里面有一八九〇年版希罗多德的《历史》和其他零碎东西——地图、日记、许多不同语言的文章、从其他书里剪下来的段落。唯一寻不见的是他的名字。他究竟是谁，还是毫无线索，没有名字，没有军衔、营号、番号，什么都没有。他书里所有的参考资料都是关于战前二十世纪三十年代埃及和利比亚的沙漠，还有他自己的手迹，有关山洞壁画、馆藏艺术、旅行笔记，字写得很小，零星散布着。“没有黑头发，”汉娜弯下腰的时候，英国病人对她说，“佛罗伦萨的圣母马利亚画像没有黑头发的。”

他手里握着那本书。她把书从他沉睡的身边拿走，放在床头柜上。她没有合上它，站在那里，她低头读。她跟自己保证，不会翻到下一页。

一九三六年五月

我给你念首诗，克里夫顿的妻子说，声音很正式。除非你跟她很熟，不然她总给人很正式的感觉。我们都在南部的露营地，点着篝火。

我走在沙漠里。
我喊：
“啊，上帝，带我离开这里！”
一个声音说：“这里不是沙漠。”
我喊：“哦，但是——
沙子，炎热，空洞的地平线。”
一个声音说：“这里不是沙漠。”

没有人说话。

她说，这是斯蒂芬·克莱恩[1]写的，他从来没有来过沙漠。

他来过沙漠，麦多克斯说。

一九三六年七月

跟和平时期人类的背叛相比，战争中的一些背叛只是小儿科。新欢进入旧爱的轨道。有些东西被击得粉碎，在新的光亮下暴露无遗。一切在或紧张、或温柔的语句中进行，虽然心已是燃烧的火团。

爱情故事说的不是谁的心被偷去了，而是有些人发现自己那颗闷闷不乐的心一旦被踩到，就意味着他的身体别想再骗谁，什么都骗不了——心平气和的睡眠，习惯性的教养，什么都没用。人整个被吞噬了，过去也被吞噬了。

绿色的房间里几乎一片漆黑。汉娜转过身，意识到她的脖子已经僵了。她太全神贯注于那本厚厚的贴满地图和文字的书，他那蟹爬一般的字迹。书里面甚至贴着一片小小的羊齿叶。《历史》。她没有合上书，放在床头柜上之后就没有碰过它。她转身走开了。

基普是在别墅北面的田野里发现那个大地雷的——穿过果园

1　斯蒂芬·克莱恩（1871—1900），美国诗人、小说家，被认为是美国自然主义文学的先驱。这里念的诗是他的著名诗集《黑衣骑士》中的一段。

的时候，他差点一脚踩上绿色的导火线——他的脚使劲一扭才避开，所以他身体失去平衡，跪倒在地上。他抓起导火线，在树林里歪歪扭扭地一路跟着线走。

找到源头之后，他坐了下来，帆布包放在大腿上。这个地雷让他很吃惊。他们用水泥把它盖住。把爆炸装置放在那里，然后把湿水泥浇上去，掩饰整个装置，掩饰它的爆炸威力。大约四码之外有一棵光秃秃的大树。还有一棵树立在十码之外。水泥块上已经长满了两个月的野草。

他打开包，用剪刀把草清理掉。他在水泥块上绑了几圈绳子，然后把一根绳子和滑轮系在树枝上，慢慢地把它吊了起来。有两根导火线跟着水泥块被拔出了地面。他坐下来，背靠着树，看着水泥块。此刻，没什么好着急的了。他从包里拿出那个半导体，把耳机戴到头上。收音机里传来的 AIF 电台的美国音乐立即把他团团围住。每首歌或者舞曲平均两分半钟。数数听过的歌，《珍珠串》《C 调即兴蓝调》，等等，这些他下意识里收听着的背景音乐，就可以知道他在那里已经多久了。

声音无关紧要。这一类炸弹不会有隐约的滴答声或者咔哒声作为危险的警报。音乐让他分心，但也是帮助他清理思绪的一种方式，这个地雷的结构可能是什么样的，又是什么样的人会埋下这样一个千头万绪的装置，然后再浇上一层水泥。

水泥块在半空绷紧了，一头拉着绳子，这意味着不管他怎么拉水泥块，那两根导火线都是拔不出来的。他站了起来，开始轻轻地凿那个被伪装起来的地雷，用嘴把碎屑吹掉，再用羽杆削掉更多的水泥。只有音乐听不清楚的时候，他才会停下来，重新调频道，直到曲调再次悠扬清晰。他以极慢的速度把一堆导火索从地里挖了出来。有六根团成一团的线，纠缠在一起，全都涂成了黑色。

导火线躺在一块地图板上，他抹去上面的灰尘。

六根黑色的导火线。小时候，他的父亲曾经把自己的手指包起来，只露出指尖，然后让他猜哪一根是中指。他会用自己的小指去碰一下他猜的那一个，父亲松开手，男孩就知道自己又猜错了。你当然可以把一根红线做成阴性的。但是这个对手不仅把整个玩意儿浇上水泥，而且把所有的部件都涂成了黑色。基普正被拽进一个心理学的漩涡。他用小刀把油漆刮掉，一根红的，一根蓝的，一根绿的。他的对手是否也把这些线调包了呢？他得用他自己的黑色导火线设置一个牛轭湖一样复杂的循环线路，然后测试这个环路，确定是正极电还是负极电。接着测试环路中的弱电流，查出危险的源头。

汉娜正举着一面长镜子向大厅走去。因为太重了，她会不时停下来，再继续往前，镜子里反射出走廊暗粉色的陈旧的墙壁。

英国人想照镜子。走进房间前，汉娜将镜面朝向自己，她不想让窗玻璃上的光间接地反射到英国病人的脸上。

他躺在那里，裹在黑色的皮肤中，唯一的一点儿淡色是他耳朵里的助听器，还有枕头上火焰般的反光。他伸手把被子往下推。这里，这样弄，越往下越好，汉娜则轻轻地把被子掀到床板上。

她站在床脚的一张椅子上，慢慢地把镜子往下对着他。她两只手僵直着伸向前，就是这样的一个姿势，这时她听到了隐约的叫喊声。

一开始她没在意。在屋里常常能听到山谷传来的声音。撤退部队使用的扩音器在她一个人跟英国病人住着的时候，总是让她神经紧张。

“别晃镜子，亲爱的。”他说。

“我觉得有人在喊。你听见了吗？”

他用左手提高助听器的音量。

“是那个男孩。你最好过去看看怎么回事。”

她把镜子靠在墙壁上，然后冲下楼梯。走到屋外，她停了下来，等着下一声呼喊。听到之后，她便穿过花园，来到了房子那一头的田野里。

他站着，双手过头，就像举着一个巨大的蜘蛛网。他正晃动脑袋，想把耳机甩掉。她向他奔过去的时候，他大声叫喊，让她绕到左面，到处都是地雷导火线。她停了下来。这条路她走过无数次，从来没意识到有什么危险。她提起裙子，向前挪动，看着自己的脚踏进长长的杂草中。

她走到他身边的时候，他的手仍然举在半空中。他遇到麻烦了，手里最后拿着的两根导火线都是活的，没法轻易放下任何一根。他需要第三只手帮忙，确定哪一根是阴性的，而且他得再回过头去找到引信头。他非常小心地把两根导火线交到汉娜手里，放下手臂，让血液流回去。

“我一会儿就接过来。”

“没问题。”

“一动也不要动。”

他打开包，找出盖格计数器和磁铁。他把标度盘靠近她手里的导火线，来回移动。指针没有指向负极。没有任何反应。什么都没有。他向后退了一步，心想问题到底出在哪里。

“我把这些线粘到树上，然后你就可以走了。”

“不要。我来拿着。拉不到树那边的。”

“不行。”

“基普——我能拿。”

“我们进了死胡同。这不是开玩笑的事。我不知道接下来该怎么办。我不知道这个玩意儿到底会怎么样。”

他撇下她，跑到最初看到导火线的地方。他拎起线，这一次一路跟着线走，用盖格计数器一路测试。然后他在离她大概十码远的地方蹲了下来，动脑筋，不时地抬头看一眼，目光穿越她的身体，只看着从她手里一泻而下的两根导火线。“我不知道，”他大声地说，说得很慢，“我不知道。我想我得把你左手那根线剪断，你必须走。”他把收音机的耳机戴到脑袋上，声音再次把他包围，这让他的思路重新清晰起来。他设想导火线的不同路线，钻进它们迂回盘绕的纠结之中，突然出现的转角，藏在某处的转换器把阳性变成阴性。火线盒。他记起那条狗，眼睛大得像两只茶碟。他的思绪在音乐的伴奏下沿着导火线飞奔，与此同时他的眼睛始终盯着那个女孩的手，一动不动地握着导火线的手。

“你最好走。”

“你要剪的话得有第三只手，不是吗？”

“我可以把它粘在树上。”

“我来拿着。”

他从她的左手接过导火线，好像那是一条细小的毒蛇一般。然后接过另一根。她没有动。他没再说什么，他此刻需要最清晰的思维，就像只有他一个人的时候。她走上前，接过一根导火线。他根本没有意识到她的动作，他的大脑已经抹去了她的存在。他的思绪沿着炸弹引信的路径又走了一遍，跟着亲手设计这一切的那个大脑走了一遍，所有的关键点，看到它后面的 X 射线，周遭的一切则被音乐淹没。

在大脑中的线路消失之前，他走到她身边，一刀剪断了她左拳下的线，听声音像是用牙齿咬断的。他看到她裙子的黑边，沿着她的肩膀，她的脖子。炸弹被拆除了。他扔下剪刀，把手放在她的肩膀上，他需要感觉到另一个人的存在。她说了一句什么话，他没有听见，她伸手把他的耳机拔了，世界安静了。风吹过，一阵窸窣声。他意识到自己根本没有听到导火线被剪断时的声音，只是感觉到了断裂的那一刻，一只小兔子的骨头断了。他没有松开手，而是沿着她的手臂往下，把那根七英寸的线头从她紧握的拳头里拔了出来。

她看着他，带着疑惑，她在等他的回答，她刚才问他的话，但是他没有听见那句问话。她摇摇头，坐了下来。他开始收拾身边的家什，重新放进他的书包。她抬头望着大树，等她低下头的时候，碰巧看到他的手在发抖，紧张而又僵硬，像是一个癫痫病人的手，他的呼吸很深很急，一分钟后颤抖停止了。他蹲着。

“你听到我说的话了吗？”

“没有。你说什么了？”

“我以为我要死了。我倒是想死。然后我想，如果我要死了，我希望跟你一起死。一个像你一样的人，和我一样年轻，过去的一年，我看着那么多人在我身边死去。我不觉得害怕。刚才我肯定不够勇敢。我对自己说，我们有这个别墅、这些草，我们应该一起躺下来，你躺在我怀里，在我们死之前。我想摸一下你脖子上的那根骨头，锁骨，它像是你皮肤下的一只又小又硬的翅膀。我想让我的手指挨着它。我喜欢的皮肤颜色一直都是像河水一样的，或者是岩石，或者是苏珊的棕色眼睛，你知道苏珊这种花吗？你见过吗？我太累了，基普，我想睡觉。我想睡在这棵大树下，让我的眼睛刚好看着你的锁骨，我只想闭上眼睛，什么都不想，我想找一个树洞，爬进去，然后睡一觉。多么仔细的大脑啊！知道应该剪哪一根线。你是怎么知道的？你一个劲儿地说我不知道，我不知道，但你是知道的。对吗？别发抖，你得做我的床，一张结实的床，让我蜷起身子，就好像你是一个好爷爷，可以让我抱着，我喜欢这个词，‘蜷起’，那么缓慢的一个词，你不可能说得很快……”

她的嘴唇贴着他的衬衣。他们并肩躺在地上，他一动也不敢动，他的眼睛亮亮的，看着头顶的一根树枝。他能听到她沉沉的呼吸。他伸手搂住她肩膀的时候，她已经睡着了，但她还是抓住了他的手，贴近自己的身体。低头看时，他注意到她手里还握着导火线，肯定是她又给拾起来了。

最鲜活的莫过于她的呼吸。他几乎感觉不到她的体重，肯定是她刻意保持平衡，不想压到他。这样的姿势他还能躺多久呢？不能动，不能翻身。保持静止是关键，那几个月他都是让自己像雕像一样一动不动，沿着海岸一路北上，攻破一座又一座城池，直到再也感觉不到任何差别，到处都是一样的狭窄街道，一样的血流成污，在梦里他相信一旦失去平衡，他就会滚下那些立在红色液体之上的斜坡，就会被甩下万丈悬崖。每天晚上，他会走进一座被占领的冰冷的教堂，找到一座雕像，那是今晚为他守夜的哨兵。这些石族人是他唯一能信任的，他们在黑暗中与他越靠越近，一个悲伤的天使，有着一条女人的完美的大腿，有着如此温柔的线条和阴影。他会把脑袋放在这些生灵的腿上，然后让自己沉入梦乡。

她的体重突然增加了些。这会儿她的呼吸也更沉了，仿佛大提琴的琴声。他看着她熟睡的脸。他心里还是有点儿不舒服，这个女孩竟然在他拆炸弹的时候留了下来，这样一来，他感觉好像自己欠了她一个人情似的。这让他事后想起来觉得自己对她负有责任，尽管当时他根本没有想到。好像她那样一来真能对他处理地雷时的决定带来有益的影响。

但是他感到自己此刻身陷某种东西，也许是他去年在某处看到过的一幅画。田野里一对无忧无虑的男女。这样的画面他看得太多了，除了慵懒的睡眠，什么都不想，不想工作，不想任何的世事险恶。他的身边是汉娜如同老鼠爬行般的呼吸；她的眉毛抬了起来，像在争吵，梦里为了什么在生气。他移开视线，望向大树和飘着白云的蓝天。她的手抓着他，就像摩罗河岸堤上的泥抓着堤坝，他的拳头插进湿湿的泥土，他不想滚下堤坝，摔进已经渡过的洪流。

倘若他是画里的一个人物，他自可以安心睡去。但是，他是岩石的褐色，是暴风雨中泥流滚滚的河水的褐色，就连她也是这样说的。他心里的什么东西让他即便面对这样一句无心的话都会后退一步。成功地拆除一个炸弹，意味着小说结束了。英明慈祥的白人互相握手，感谢，然后摇摇晃晃地走开，这样特殊的情况才能哄他们出场。可是他是专干这一行的。他也永远是个外国人，一个锡克人。与他唯一亲密接触的人是制造了炸弹的那个敌人，那个在离去前用一根树枝扫去自己行踪的敌人。

为什么他睡不着？为什么他不能转过身对着这个女孩？为什么他不能停止心里的念头，觉得一切都是半燃着的微火？在他想象中的那幅画里，围绕着这对相拥男女的田野正是一片火海。他曾经在望远镜里看着一个扫雷兵走进一个有地雷的房子。他看着他把桌角上的一盒火柴随手掸到地上，看着他在接下来的半秒钟被一片白光吞噬，接着他听到一声爆炸的巨响。就像一九四四年的闪电。即便是女孩手臂上连衣裙袖子的橡皮筋口，他又如何能信任呢，一个橡皮筋口？还有那只藏在她亲密呼吸里的老鼠，那深得仿佛河底石头般的呼吸。

那只蝴蝶从她裙子的领口飞到她脸颊上的时候，她醒了过来，睁开眼睛，看见他蹲在她身边。他把蝴蝶从她脸上抓走，没有碰到她的皮肤，把蝴蝶放进草丛里。她注意到他早就收拾好了自己的工具。他向后挪，靠着树干坐下，看着她慢慢翻过身，仰面躺着，然后伸了个懒腰，要多慢就有多慢。肯定是下午了，看太阳的位置就知道。她头向后仰，看着他。

"你应该抱着我的！"

"我抱了。直到你自己挪开。"

"你抱了我多久？"

"直到你挪开。直到你要动了。"

"我没被占便宜吧，有没有？"她又加了一句，"开玩笑的。"因为她看到他脸红了。

"你想回屋去吗？"

"是的，我饿了。"

她差点儿站不起来，阳光直晃眼，腿也麻了。他们在那里待了多长时间，她还是没搞清楚。她忘不了她睡得有多沉，也忘不了身边的人有多轻。

卡拉瓦乔拿出他不知从哪儿找来的一台留声机，于是一场晚会就在英国病人的房间里开始了。

“我要用它来教你跳舞，汉娜。你那个年轻的朋友是不会的。有些舞蹈我看过也没兴趣。但是这首曲子，《这样有多久》是最棒的，因为开场部分的旋律要比歌曲本身更单纯。只有伟大的爵士乐手才会肯定这一点。我们可以在阳台上开舞会，这样可以把狗也请来，或者我们可以在楼上的卧室里开，入侵英国人的地盘。你那个不喝酒的年轻朋友昨天在圣多梅尼科弄到了几瓶红酒。我们不止有音乐。把你的手给我。不对。我们先得在地板上画记号来练习。主要是三步——一、二、三——现在把你的手给我。你今天是怎么了？”

“他拆了一个大炸弹，很难的一个炸弹。让他跟你说。”

扫雷兵耸耸肩，倒不是谦虚，而是好像他觉得太复杂了，没法解释。黑夜很快降临了，夜色先是充满峡谷，然后漫过群山，他们又只剩下灯笼了。

三个人挤挤攘攘地沿着走廊往英国病人的卧室走去。卡拉瓦乔拿着留声机，一只手抓着留声机的手柄和唱针。

“好了，在你开始你的历史课之前，”他对床上那个静止的人影说，“我要给你放一曲《我的罗曼司》。”

“劳伦兹·哈特先生写于一九三五年，我想。”英国病人喃喃道。基普坐在窗台上，汉娜说她想跟扫雷兵跳舞。

“先等我把你教会了再说，亲爱的虫虫。”

她很不自在地看了卡拉瓦乔一眼，那是她父亲对她的昵称。他把她拉进自己的怀中，灰白的头发，又叫了一声“亲爱的虫虫”，然后开始了他的舞蹈课。

她换了一件干净的但是没有熨过的裙子。每次他们转圈的时候，她都看到扫雷兵在哼歌，他知道歌词。如果屋里有电，他们就可以听收音机，可以听到关于战争的新闻。他们只有那台晶体半导体，那是基普的，但是他很有礼貌地把半导体留在自己的帐篷里了。英国病人正在讨论劳伦兹·哈特的不幸命运。他给《曼哈顿》这首歌写的歌词中有些最好的句子被改过了，他说，并开始念起来：

我们去布赖顿游泳；
当我们跳进水里
会把鱼儿吓坏。
你的泳衣太薄
贝壳也会笑
开怀大笑。

“精彩的歌词，而且很色情，但是人们怀疑，理查德·罗杰斯[1]想要更庄重点的。”

“你得猜我下一步往哪里去，知道吧。”

“那为什么不是你猜我往哪里去呢？”

“等你知道该往哪里去了，我会猜的。目前只有我知道该往

1 理查德·罗杰斯（1902—1979）和劳伦兹·哈特（1895—1943）是美国著名的百老汇歌曲创作搭档，罗杰斯作曲，哈特填词。《曼哈顿》是他们的代表作之一。

哪里去。”

“我打赌基普也知道。”

“他也许知道，但他是不会跳的。”

“我想要点儿红酒。”英国病人说。扫雷兵拿起一只水杯，手一晃，把里面的水倒到窗外，然后给英国病人倒了一杯红酒。

“这是我一年来的第一杯酒。”

外面传来一声闷响，扫雷兵飞快地转身，朝窗外望去，黑漆漆的一片。其他人都默不作声了。有可能是地雷。他转过身，对大家说：“没事，不是地雷。声音好像是从安全地带传来的。”

“把唱片翻个身，基普。我给你介绍《这样有多久》，作者是……”这是卡拉瓦乔为英国病人做的开场白，后者被难住了，摇摇头，笑了，嘴里还含着红酒。

“这酒可能会要了我的命。”

“没有什么能要你的命，我的朋友。你就是一堆碳。”

“卡拉瓦乔！”

“乔治·格什温和艾拉·格什温的歌。快听。”

卡拉瓦乔和汉娜随着萨克斯管的悲伤曲调翩翩起舞。他是对的。音乐那样轻、那样拖沓，她能感觉到作曲家流连于前奏，迟迟不愿进入歌曲，只想停留在开场部分，在故事尚未开始的时候，仿佛前奏中有一位令他倾心迷恋的少女。英国病人喃喃地说，这类歌曲的前奏叫做“副歌”。

她的脸颊靠在卡拉瓦乔肩膀的肌肉上。她能感觉到那两只可怕的爪子贴着她背上干净的裙子，他们在狭小的空间里移动，床和墙壁之间，床和门之间，床和窗台之间，基普就坐在窗台上。转身的时候她不时会看到他的脸。他的膝盖弓着，手臂搭在膝盖上。有时他看着窗外的夜色。

“你们有谁知道那种叫做‘博斯普鲁斯拥抱’的舞蹈吗?”英国人问道。

“没有这种玩意。”

基普看着巨大的人影滑过天花板，滑过画着壁画的墙。他挣扎着站了起来，走到英国病人身边，给他的空杯子满上酒，然后用酒瓶碰碰他的杯沿，算是祝酒。西风吹进房间。他突然一转身，带着怒气。他闻到一股淡淡的火药味，隐隐飘在空气中，然后他溜出房间，做了个我累了的手势，丢下还在卡拉瓦乔怀里的汉娜。

他沿着黑暗中的大厅向前跑，没有灯。他抄起背包，出了房子，飞奔下三十六级教堂石阶，来到大路上，只是奔跑着，将疲惫的想法从身体里赶走。

那是个扫雷兵，还是个平民？路边墙角传来花草的芬芳，他的肋部起了撕痛的感觉。是意外还是错误的决定？扫雷兵大都自顾自。就性格而言，他们这群人都很怪，多少有点儿像干珠宝玉石那一行的人，他们体内有一种坚韧，一种决不含糊的劲儿，他们下起决心来甚至连同行都会害怕。这种特质基普在宝石切割工的身上感觉到过，但是在他自己身上倒从来没有发现，虽然他知道别人都能看见。扫雷兵互相从来都不亲近。他们说话只是为了传递信息，有什么新的装置，敌人的种种习惯。他们驻扎在镇上的行政楼里，等他走进大楼，他可能会一眼扫到三张脸，然后知道第四个已经不在了。也可能四个人都在，但是某处的田野里躺着一个老人或者女孩儿的尸体。

他参军后知道了命令的程序，越来越复杂的蓝图，就像一个巨大的绳结，或者乐谱。他发现他有三维视觉的本事，凭着他的火眼金睛，他每看见一个什么东西或者一页情报，就可以把信息重组，洞悉其中所有的奸诈。他本性很保守，但是他也能想象最可怕的圈套，想象藏在房间里的阴谋——桌子上的一颗李子，一个孩子走过去吃下有毒的核；一个人走进一间漆黑的房间，上床躺到妻子身边前，把一盏煤油灯从灯座上碰了下来。任何房间都可能遍布这样的精心设计。他的火眼金睛能看到埋在地下的导火线，一个看不见的线结是怎样缠绕而成的。推理小说他总是看不下去，因为太容易找到凶手了。跟那些自学成才的人在一起，他才最觉得自在，这些人都带些儿抽象的疯癫，就像他的精神导师萨福克勋爵，就像那个英国病人。

他对于书还没有什么信仰可言。最近这些日子，汉娜看到他坐在英国病人身边，感觉像是《吉姆》的颠倒版。年轻的学生是印度人，而年长睿智的老师则是英国人。但是晚上的时候待在老人身边的是汉娜，是她领着他越过群山，来到圣河边。他们甚至一起读了那本书，汉娜的声音慢慢的，风把烛火吹得很低，有那么一会儿书页上黑漆漆的。

> 他蹲在闹哄哄的休息室的一角，全神贯注；双手环抱，放在大腿上，瞳孔缩成针尖那么小。一分钟之后——半分钟之后——他觉得他找到了答案，那个巨大的谜团被他解开了……

她觉得，某种程度上，这些在朗读和倾听中度过的漫漫长夜，是他们在为迎接这个年轻的士兵做准备，这个成为他们中一员的长大成人的男孩。但是故事中的男孩是汉娜自己。要说基普，他就是军官克莱顿。

一本书，一张纠结的地图，一块火线板，一座住着四个人、烛光微暗的废弃别墅，时不时会有闪电划过，时不时也可能会有爆炸的火光闪过。没有电，大大小小的山，佛罗伦萨，全都沉浸在黑暗中。烛光照不了五十码之外。从远处看，这里没有什么属于外面的世界。这个傍晚，英国病人房间里一次短暂的舞会，他们庆祝了各自简单的冒险——汉娜睡了一觉，卡拉瓦乔“找到”了留声机，基普搞定了一个难拆的炸弹，虽然他早把那一刻给忘了。他属于不习惯任何庆祝场面的人，任何胜利的场面。

仅仅五十码之外的世界里，找不到任何属于他们的形迹。当汉娜和卡拉瓦乔的影子滑过墙壁，当基普舒适地坐在窗台上，当英国病人啜着红酒，感觉酒的魂灵渗透他沉睡的身体，迅速消失，当他模仿沙漠狐的口哨，说这会惊动丛林歌鸫，这种只有在英国的埃塞克斯郡才能找到的鸟，因为歌鸫的食物是附近的薰衣草和苦艾草，这些时刻，山谷里根本没有他们的声音，或是影子。这个烧焦的男人，他的欲望在大脑里，扫雷兵坐在石头窗台上这样想着。然后他突然一转头，他听到那个声音，立即知道发生了什么，确定无疑。他回过头，看着他们，生平第一次他撒了个谎——“没事，不是地雷。声音好像是从安全地带传来的。”——他做好了准备，等着火药味传来。

几个小时之后，基普再次坐在窗台上。如果他能穿过英国人的房间，穿过这七码的距离，把手放在她身上，如果可以那样，他就不会疯了。房间里光线那么暗，只有她身边的桌子上点着一支蜡烛，今晚她没念书；他想她可能有点儿醉了。

他从地雷爆炸的地方回来，发现卡拉瓦乔睡在藏书室的沙发上，怀里抱着那条狗。门开着，他站在门边，大狗盯着他，只是略微欠了欠身，表示它醒着，它还在守着门。它低沉的吼声盖过了卡拉瓦乔的鼾声。

他脱下靴子，把鞋带系在一起，挎在肩上，然后走上楼。下雨了，他需要一块油布盖在帐篷上。在大厅里，他看到英国病人的房间里还有光亮。

她坐在椅子里，一只胳膊放在桌子上，胳膊上洒着半截蜡烛的光，她的头向后仰着。他把靴子放到地上，轻轻地走进房间，三个小时前这里开过一个舞会。他能闻到空气里酒精的味道。他进来的时候，她把手放在嘴唇上，然后指指病人。他不会听到基普无声的脚步。扫雷兵又把自己嵌进窗台里。如果他能穿过房间，把手放在她身上，他就不会疯了。但是在他们之间，横亘着一段变化莫测、错综复杂的旅程。这个世界很大。英国人一听见声音就会醒过来，他睡觉的时候总是将助听器开到最响，好让他确定自己的安全。女孩的眼睛四下扫了一遍，然后她的脸对着窗台上的基普，视线就此停住。

他找到了炸死人的位置，看到现场的残迹，他们埋了他的副手，哈代。之后他一直想着这个女孩，想着这天下午的事，他突然感到很害怕，她这样掺和进来让他觉得很生气。她那么不把自己的性命当回事。她瞪着眼睛。她同他最后的交流是把手指放在嘴唇上。他靠向前，把他一边的脸在肩膀的绶带上擦了一下。

他穿过小镇走回来，雨落在小镇广场的树上，树梢被截去了，战争一打响就没有人再来修整这些树。他经过一个奇怪的雕像，两个骑在马背上的人在握手。这会儿他在这里，烛光摇曳，她的脸忽明忽暗，他看不出她在想什么。是智慧、悲伤，还是好奇。

如果她在读书，或者她弯着腰在为那个英国人忙活，他就会跟她点点头，可能就离开了，但这会儿他看着汉娜，一个年轻而又孤单的人。今晚，盯着地雷爆炸后的现场，他开始为她害怕，下午他拆弹时她竟然一直在场。他得把这个画面抹去，不然以后每次拿起一根导火线，她都会出现在他的身边。她将进入他的身体。工作的时候，充满他身体的应该是清晰的思维和音乐，人的世界不再存在。而此刻她在他的体内，也可能骑在他的肩头，就像有一次他看见的一只活山羊，被一个军官扛在肩头，扛出一个他们正要放水淹没的隧道。

不是的。

不是这样的。他需要汉娜的肩膀，他想把他的手掌放在她的肩膀上，就像她在阳光下睡觉时那样，他躺在那里，好像有人透过步枪的瞄准器盯着他似的，浑身不自在。躺在那个想象中的画家笔下的风景里。他不是想要安慰，但是他想用安慰包围那个女孩，带着她离开这个房间。他拒绝承认自己的软弱，面对她，他尚未找到自己的软弱之处。他们俩都不愿意让对方看到自己软弱的可能性。汉娜静静地坐着。她看着他，烛光摇曳，她的脸忽明忽暗。他不知道，对她而言，他只是个侧影，他瘦小的身躯，他的皮肤，都只是黑暗的一部分。

之前，她看到他离开窗台，她很愤怒。他想保护他们，不受地雷的惊吓，就好像他们是孩子一样。她把卡拉瓦乔搂得更紧了些。这是对她的侮辱。卡拉瓦乔去睡觉了，而她却因为傍晚的兴奋没法继续读书，她先是翻了一遍自己的药箱，然后英国病人伸出他瘦削的手指在空中挥了一下，她弯下腰去，他亲了一下她的脸颊。

她吹灭了其余的蜡烛，只在床边的桌上点了一支，然后坐在那里。英国人喝醉了，发了一通疯言疯语：“时而我是一匹马，时而为灰狗。为猪，为无头之熊，时而为火。”然后她的面前只剩下他安静的身体。她能听到烛油落进金属盘里的声音。扫雷兵穿过镇子，去了山上发生爆炸的某个地方，他毫无必要的沉默仍然让她气恼。

她没法读书。她坐在房间里，身边是她那个永远在死去的男人，她的后腰还在隐隐作痛，那是跟卡拉瓦乔跳舞的时候不小心在墙上撞了一下。

现在，如果他朝她走过来，她会盯着他，直到他退下，她会用同样的沉默来对付他。让他去猜吧，下一步该怎么样。她不是没有被当兵的追求过。

但是他是这样做的。他走到房间的中间，手伸进打开的背包，只露出手腕，背包还挂在他的肩上。他的脚步悄无声息。他在床边停了下来，转过身。等着英国病人长长地呼出一口气，他用剪刀把他助听器的电线剪断了，然后把剪刀扔进背包。他转身，对着她咧嘴一笑。

“我早上会帮他再把线接上。”

他把左手放在她的肩头。

“大卫·卡拉瓦乔，对你来说，真是个荒诞的名字……”

“至少我有一个名字。”

“是的。”

卡拉瓦乔坐在汉娜的椅子上。午后的阳光洒满了房间，空气里游弋的尘埃清晰可见。英国人的脸黑而长，配上瘦削的鼻子，就像一只裹在被单里的静止不动的老鹰。老鹰的棺材，卡拉瓦乔心里想。

英国人转身面向他。

“卡拉瓦乔[1]画过一幅画，在他创作晚期。《手提歌利亚首级的大卫》。在这幅画里，年轻的武士伸长手臂，手里提着歌利亚的头，一张狰狞而苍老的脸。但是这不是画面真正的悲哀之处。一般认为大卫的脸是年轻时的卡拉瓦乔，而歌利亚的脸则是年长一些的卡拉瓦乔，也就是他画这幅画时的样子。青春伸长的手对岁月做出审判。对自我之必死性的审判。我觉得当我看到基普站在我床脚的时候，他就是我的大卫。”

卡拉瓦乔静静地坐着，他的思绪随着飘荡的尘埃不知去了何处。战争让他失去了平衡，在吗啡的帮助下他尚能感觉到肢体虚幻的存在，却再也找不到一个可以接纳他的世界。他是一个始终没能习惯家庭生活的中年男人。这辈子他一直在躲避天长地久的感情。直到战争爆发，作为情人的他总是比作为丈夫的他更称

1　此处卡拉瓦乔是指16世纪意大利文艺复兴时期早期巴洛克画家。

职。他习惯了无声地走开，正如情人远离混乱、小偷远离早已光顾过的屋子。

他看着床上的男人。他需要知道这个来自沙漠的男人到底是谁，为汉娜揭开他的面纱。或者为他设计一个身份，正如那层遮盖着烧焦者皮肉的鞣酸。

战争初期他在开罗做事，受的训练就是编造双重间谍或者幽灵的存在，逐渐赋予他们血肉。他曾经负责一个名叫“奶酪”的虚幻间谍，他花了几个星期构思他的背景、他的性格特征——比如贪婪，比如在对敌方散布谣言时会禁不住酒精的诱惑。跟开罗的一些人一样，他在沙漠里为编造出来的军队工作。他所经历的那段战争时期，他身边的人所获得的一切信息都是谎言。他感觉自己就好像在一个漆黑的房间里学鸟叫。

但是身处别墅的他们正在蜕皮。他们什么也无法模仿，除了真实的自己。没有什么自卫可言，除了探寻他人身后真实的故事。

她从藏书室的书架上取下《吉姆》，站在钢琴边上，开始在书最后的空白页上写字。

> 他说那把枪——“火龙”大炮——还在拉合尔博物馆外面放着。本来有两把枪，用金属杯和金属碗做材料，从城里每一户印度教人家里搜罗来的——作为税收。然后把它们熔化做成枪。十八、十九世纪对锡克人的战争中，这两把枪都派了大用场。另一把枪是在渡齐纳布河的一场战斗中丢失的——

她合上书，登上一把椅子，然后把书插进高得看不见的一格书架上。

她走进画着壁画的卧室，拿着一本新书，宣读书名。

“这会儿不要书，汉娜。”

她看着他。即便是现在，他的眼睛还是很美，她心想。一切都在他灰色的目光中发生，来自黑暗深处的凝视。有那么一瞬间，她感到无数的凝视向她袭来，接着又如灯塔的光一般扫向了别处。

“不要书了。就给我希罗多德吧。”

她把那本又厚又旧的书放进他手里。

“我见过《历史》的其他版本，封面上是作者雕像模样的肖像。那是在法国一家博物馆里发现的头像。但是我想象中的希罗多德不是那样的。我觉得他更像一个在沙漠里游走的闲人，穿行于绿洲之间，与人交换传奇故事，好像那是种子一般，毫不怀疑地一网打尽，拼凑出一个海市蜃楼。‘我的历史，’希罗多德这样说，‘从一开始就是在寻找对主流叙述的补充。’他描述的都是历史长河中的种种绝境和僵局——人们如何为了国家而彼此背叛，人们如何陷入爱河……你说你几岁来着？”

“二十。”

“我爱上一个人时比你现在大多了。”

汉娜愣了一下。“她是谁？”

但是他的眼睛已经不再看着她了。

“鸟儿都喜欢枯死的树枝，”卡拉瓦乔说，“停在那里它们能俯瞰一方。想往哪个方向飞都行。”

“如果你是在说我，”汉娜说，“我可不是一只鸟。楼上那一位才是一只真正的鸟。”

基普想把她想象成一只鸟。

“告诉我，爱上一个不如你自己聪明的人，这可能吗？”由于吗啡的作用，卡拉瓦乔正处于好斗的情绪之中，他想找人争论一番。“我的性爱生活，大部分都为这个问题所困扰——我很晚才有性爱经历，这一点我必须向在座的各位澄清。谈话能带来的性快感也是直到结婚之后我才初次体会。我以前从来没觉得语言有什么色情可言。有时候我真的宁愿说，而不是操。说句子。一堆这个，一堆那个，然后又是一堆这个。语言的麻烦在于你真能把自己说进一个死胡同里去。可是你不可能把自己操进一个死胡同去。”

“这像是个男人说的话。”汉娜喃喃道。

“反正，我没把自己操进死胡同里去过，”卡拉瓦乔还在继续，“也许你有过，基普，在你从山里来到孟买的时候，来英国接受军事训练的时候。有没有人，我真怀疑，曾经把自己操进过死胡同里。你多大了，基普？”

“二十六。”

“比我大。”

“比汉娜大。如果她没你聪明，你能爱上她吗？我是说，她有可能没你聪明。但是对你来说，为了爱上她，你是不是得认为她比你聪明？想想这个问题。她放不下那个英国人，因为他懂的比她多。一跟那个家伙说话，我们的世界就大了去了。我们甚至不知道他是不是英国人。也许他不是。你看，我觉得爱上他比爱上你容易。为什么？因为我们总想了解事物，想知道是怎么回事。说话即引诱，语言把我们领进死胡同。我们最想要的就是成长和改变。美妙的新世界。”

“我不这样想。”汉娜说道。

“我也不这样想。我跟你说说我这个年纪的人。最糟糕的事情是别人认为到了这把年纪，你的性格应该已经成熟了。中年的麻烦就在于别人认为你已经完全定型了。看这里。”

说着，卡拉瓦乔举起手对着汉娜和基普。她站起来，走到他身后，用两个手臂围住他的脖子。

“别这样，好吗，大卫？”

她温柔地用自己的手盖住他的手。

“楼上已经有一个爱说话的疯子了。”

“看看我们——我们坐在这里，活像土豪有钱人，坐在他们的土豪别墅里，待在土豪山上，因为城里太热了。现在是早晨九点——楼上那个老家伙睡着了。汉娜放不下他。我放不下汉娜的身心健康，我放不下我自己的‘平衡’，而基普有可能不知哪一天就被炸飞了。为什么？这是为了谁呢？他二十六岁。英国军队教他技术，美国人又教他更多的技术，给扫雷兵小组开讲座，把他们全副武装，然后送到富人的山上去。你被利用了，小子，像威尔士人说的那样。我不会在这里再待多久了。我要带你回家。离开这个危险的鬼地方。”

“别说了，大卫。他不会死的。”

“那天晚上被炸死的那个扫雷兵，他叫什么名字？”

基普没有反应。

“他叫什么名字？”

“山姆·哈代。”基普走到窗边，向外看去，不想加入对话。

“我们所有人的问题就是，我们不应该在这里。我们在非洲干吗，在意大利干吗？基普在花园里拆炸弹，这算怎么回事，看在上帝的分上？他帮英国人打仗，这算怎么回事？在西部前线修剪树枝的农民，没一个不弄坏锯子的。为什么？因为树上有太多的炮弹碎片，是上一次战争留下的。连树都被我们弄得半死不活了。这些军队给你洗了脑，把你扔在这里，然后拍拍屁股跑到别的地方去惹事，唱着军中小调。我们都应该一起搬出去。”

“我们不能扔下英国人不管。”

“这个英国人几个月前就走了，汉娜，他跟贝都因人在一起，他在一个英国花园里，跟花园里的福禄考花和狗屎在一起。他也许都不记得那个女人了，他一直绕着弯子要说不说的那个女人。他就他妈的不知道他自己在哪里。

“你以为我跟你生气，是吧？因为你恋爱了。是不是？一个嫉妒的叔叔。我是为你害怕。我想杀了那个英国人，因为这是唯一能救你的办法，把你从这里弄出去。而我已经开始喜欢他了。放弃你的岗位吧。基普是在玩命，如果你连阻止他玩命的这点聪明都没有，你让他怎么爱你呢？

“因为——因为他相信一个文明的世界。他是个文明人。”

“第一步，错。正确的做法是上火车，走人，一起生孩子。我们要不要去问那个英国人，问那只鸟，问他怎么看？

“为什么你不能更聪明点儿呢？只有有钱人才聪明不起来。他们没戏了。他们被特权捆住手脚太多年了。他们得护着自己的那点东西。没人比有钱人更坏的了。相信我。但是他们得遵守他们那个该死的文明世界的规则。他们宣布战争，他们有荣誉感，他们不能走人。但是你们俩，我们三个，我们是自由的。死多少扫雷兵了？你怎么还没死？少点责任感吧。不会一直这么走运的。”

汉娜正往自己杯子里倒牛奶。倒完后，她把壶嘴对着基普的手，往他棕色的手上倒牛奶，然后他的手臂，他的手肘，然后停住了。他没有把奶壶推开。

房子的西面有一个长而窄的两层花园。一个大露台，高处是黑黢黢的花园，石阶和水泥雕像几乎消失在雨水留下的绿色霉斑中。扫雷兵的帐篷就支在这里。雨落进山谷，雾从谷底升起，柏树和杉树枝头的雨滴落在大露台上，就像山坡上一只半明半暗的口袋。

这个高处的花园永远那么潮湿，永远处在阴暗中，只有篝火能把它烘干。废木料、炮击留下的椽木屑、折断的树枝、汉娜在午后拢起来的草堆、她用镰刀割下来的杂草和荨麻——全都被他们堆到这里点上火，从正午一直烧到黄昏。潮湿的火堆冒着蒸气，燃烧着，带着植物香气的黑烟钻进灌木丛里，升上树梢，飘到房子正面的阳台，在那里渐渐消失。烟味飘进英国病人的窗户，他能听到隐约的说话声，从烟雾缭绕的花园传来，偶尔还夹着一阵笑声。他琢磨着烟味儿，试图辨别他们烧的是什么植物。迷迭香，他心说，马利筋、苦艾，还有别的什么，一种没有味道的植物，也许是犬堇菜，或者小菊芋，这种花喜欢偏酸的土壤，这山上的泥土就偏酸。

英国病人给汉娜提种花的建议。“让你的意大利朋友给你弄点儿种子来，这种事他看起来在行的。你需要李树叶，还有石竹花和印度石竹——拉丁名是 Silene virginica，你可以告诉你的拉丁裔朋友。红薄荷不错。如果你想把雀儿引来，就种榛树和美国稠李。”

她一字不差地记下来。然后把水笔放进小桌的抽屉里，那里还放了她给英国病人念的书、两支蜡烛、一些短火柴。这个房间里没有医药用品。药品都被她藏在别的房间。她不希望卡拉瓦乔在找这些东西的时候打扰到英国人。她把记着植物名字的纸条放进裙子口袋，然后交给卡拉瓦乔。来自身体的诱惑一旦抬头，她跟三个男人在一起便开始感觉别扭。

如果这就是身体的诱惑的话，如果这都是因为对基普的爱的话。她喜欢把脸靠在他的胳膊上，一条棕色的大河，醒来时淹没在河流中，他的身体贴着她，她能感觉到他的脉搏，在一根看不见的血管里跳动着。如果他就快死了，她就不得不找到那根血管，给他注射盐水。

凌晨两三点的时候，她从英国病人的房间出来，穿过花园，朝扫雷兵的防风灯走去，灯挂在圣克里斯多夫雕像的手臂上。在她和灯之间隔着沉沉的黑夜，但是她对自己脚下的一草一木了如指掌，她知道篝火的位置，篝火几乎已经烧尽，只剩点点粉色的火星。有时候她会把手拢在玻璃罩上把灯吹灭，有时候她就让它亮着，弯腰从灯下过去，钻进敞着的帐篷，睡到他身边，睡到她需要的那只手臂上。这一次没有镊子，没有针头，没有浸了可待因的口罩，有的是她的舌头，她的牙齿，她的嘴唇，这些足以让他睡去，让他那永无休止地转动着的大脑终于沉入睡眠。她把她的花呢裙折好，放在网球鞋的上面。她知道对他来说只要几条关键线索，这个世界就会在他们周围燃烧。你用蒸气去代替炸药，你把它耗尽，你——当她像修女一样贞洁地躺在他身边时，她知道的所有这些都在他的头脑里。

围裹着他们的是帐篷，还有漆黑的树林。

在奥托纳或蒙特尔基的临时医院里，她也曾给过别人温暖，与那种温暖相比，他们之间只不过再近了一步而已。她的身体给人最后的温暖，她的耳语给人安慰，她的针头让人入睡。然而这个扫雷兵的身体却不会接受任何来自另一个世界的东西。这个陷入爱情的大男孩不肯吃她拿来的食物，他不需要也不愿意让她把针头插进他的臂膀，像卡拉瓦乔那样。或者像英国病人那样渴望沙漠里的药膏，用药膏和花粉把他自己重新拼凑起来，像贝都因人所做的那样。他只要睡眠的慰藉。

他会在身边放一些小小的装饰品。她给他的几片叶子，一截蜡烛头，帐篷里放着那台晶体收音机，还有装满了工具的背包。他与之作战的对象是一片宁静，哪怕只是假象，这份宁静对他来说意味着秩序。他一如既往地按部就班，透过步枪的V型瞄准器，他的目光追随在山谷滑翔的雄鹰，拆掉一个炸弹，眼睛永远不会离开他在搜寻的东西，与此同时他会拿起热水瓶，打开盖子，然后喝一口水，甚至不会看一眼手里的金属杯。

对他来说我们都是边缘人，她心想，他的眼睛里只有危险，他的耳朵只关注短波传送的新闻，赫尔辛基或者柏林正在发生的事情。即便他与她温柔做爱时，当她的左手握着他的手臂，在钢镯子的上面一点，也就是肌肉紧绷的位置，直到他呻吟，然后脑袋倒在她脖子边上；即便在这样的时刻，她仍然觉得他迷茫的眼神里根本没有她。除了危险，一切都属于边缘。她教会他如何呻吟，她渴望他的呻吟，这是他唯一放松的时刻，仿佛他终于愿意承认自己在这黑暗中的一席之地，终于愿意用一个属于人类的声音来表达他的快感。

她有多爱他，或者他有多爱她，我们不知道。抑或在多大程度上，这是一场秘密的游戏。随着他们日渐亲密，白天时两人间的距离也越来越大。她喜欢他与她保持的这份距离，这份距离是他们两人的权利。这份距离给了他们属于各自的私密能量。当他一言不发地经过她的窗户，当他步行半英里去跟镇上其他的扫雷兵碰头，这份距离就是一道密码。他把一只盘子或者什么吃的东西递到她手里。她把一片叶子放在他棕色的手腕上。或者一起用砂浆涂抹一堵摇摇欲坠的墙壁，卡拉瓦乔站在他们的中间。扫雷兵唱着他的英文歌，卡拉瓦乔很喜欢，偏又装出不喜欢的样子。

“宾夕法尼亚，六——五——哦——哦——哦。”年轻的士兵在唱。

他皮肤的棕色分好几个层次，这她谙熟于心。前臂的颜色和脖子的颜色。手掌的颜色，脸颊的颜色，包头巾下面的皮肤的颜色。手指的颜色，当他用手指把红色和黑色电线分开的时候，从盘子上抓起面包的时候，他还用那个炮合金的盘子。然后他站起身。他的自顾自对他们来说有点不礼貌，但是他自己觉得已经礼貌到了极点，这是毫无疑问的。

她最喜欢他洗澡的时候，脖子湿漉漉时的颜色。还有他胸膛的颜色，当他在她上面的时候，她会用手指去捏他胸口的汗珠，还有黑暗的帐篷中他那两只黑色的坚硬的手臂。还有一次，在她的房间里，镇上的宵禁终于结束的那一刻，光从山谷里升起来，仿佛曙光一般点亮他身体的颜色。

后来她会明白他从来不曾允许自己被她依附，同样也不允许自己去依附她。她在一本小说里看到这个词，把它挑了出来，查词典。被某人依附。对某人负有义务。这个，她知道，在他是不允许的。如果她穿过两百码的花园，来到他的身边，那是她的选择，他可能正在睡觉，不是因为他不够爱她，只是因为他需要睡觉，明天还要对付那些谁都说不准的玩意儿，为此他得保持头脑清醒。

他觉得她棒极了。他醒过来，看到她沐浴在灯光里。他最喜欢她脸上透着的那股子聪明劲儿。傍晚的时候，他喜欢听她训斥卡拉瓦乔争论的声音，他又犯傻劲了。还喜欢她爬进来靠着他身体，像个圣人一般。

他们在他的帐篷里说话，他的声音节奏单调，散发着帆布味儿的帐篷一直跟着他，从意大利这场战争的开始到结束。他伸出纤细的手指去碰帐篷，仿佛那也是他身体的一部分，夜晚来临，他便披上这张卡其布的翅膀。这里是他的世界。那些夜晚，她觉得自己远离加拿大，无所适从。他问她为什么睡不着。她躺在那里，心里有些烦，因为他可以那样自给自足，他可以那样容易地只将背影留给这个世界。她需要一个挡住风雨的锡皮屋顶，窗外有两棵摇摆的杨树，她要枕着雨声和树声入睡。睡觉的大树，睡觉的屋顶，在多伦多的最东面，它们曾经陪伴她度过童年。然后是跟帕特里克和克拉拉一起生活的那两年，在斯古塔玛塔河边，后来又搬到乔治亚湾。这里的花园如此枝繁叶茂，她却连一棵能靠着睡眠的树都没有找到。

“吻我。我最爱最爱你的嘴唇，你的牙齿。”后来，他的脑袋倒向一边，帐篷敞着的那一边，她喃喃出声，只有她自己能听见。“也许我们应该问问卡拉瓦乔。我父亲有一次告诉我，卡拉瓦乔是个总在恋爱的人。不单单是爱，而且总在陷入爱。总在困惑着。总在幸福着。基普？你听到我的话了吗？跟你在一起我真幸福。就这样跟你在一起。”

她最大的愿望是有一条河，他们可以一起在河里游泳。游泳带有一种正式感，她觉得就像进入舞池一样。但是他对河的感受截然不同，他曾经一言不发地跳下摩罗河，拉开活动军用便桥上的钢索，带螺栓的钢板在他身后滑进水中，像只动物，天空被炮火点亮，身边有人正在沉入河底。扫雷兵们一次又一次潜到水底去找丢失的滑轮，紧紧握住水中的钩子。淤泥，水面，被天空中的磷光照亮的一张张脸。

整个晚上，哭声，叫声，他们得相互阻止发疯。他们的衣服浸透冬天的河水，他们的脑袋上一架大桥正在逐渐铺开。两天后，又是另一条河。没有一条河上是有桥的，仿佛河流不再有名字，仿佛天空不再有繁星，仿佛家家户户都不再有大门。扫雷兵部队摸着绳子滑进河里，他们的肩上扛着钢索，扳动为了防止出声而涂满机油的螺栓，然后整个队伍从河上昂首而过。车子从刚搭好的桥上开过，底下是依然浸在水中的扫雷兵们。

子弹会在他们趟在水中央的时候袭来，河边的泥滩一片火光，被击碎的钢铁碎片飞进石头里。这样的时刻，没有任何东西可以保护他们，棕色的水面仿佛一层丝绸，被金属无情地撕破。

他转过身。他知道可以用迅速入睡来对付身边这个人，她有属于她的河流，她会迷失其中的河流。

是的，卡拉瓦乔可以向她解释如何陷入爱情，甚至如何陷入小心翼翼的爱情。“我想带你去斯古塔玛塔河，基普，”她说，“我想带你看烟湖。我父亲心爱的那个女人住在湖边，她坐进小划子比坐进小车拿手得多。我想念那里的阵雷，闪电霹雳。我想让你见见坐小划子的克拉拉，她是我现在唯一的家人。再没有别人了。我父亲为了一场战争抛弃了她。”

她朝他的帐篷走去，一步不错，一步不停。树叶把月光滤了一遍，她就好像被舞池里的闪灯照着一样。她进入他的帐篷，一只耳朵贴到他的胸口，听着他的心跳，就像他听地雷的计时器那样。凌晨两点。所有人都睡了，除了她。

四

开罗以南，一九三〇年至一九三八年

希罗多德之后的几百年间，西方世界对那个沙漠几乎失去了兴趣。从公元前四二五年[1]直到二十世纪初，人们的目光始终投向别处。那里一片沉寂。十九世纪是属于大河探索者的时代。进入二十世纪二十年代，这个地球的一隅有了一段短小甜蜜的后续史，主要是由私人资助的探险队来到这里，然后他们会在伦敦的地理学会开几个小讲座，协会位于肯辛顿地区。做讲座的人一个个晒得蜕皮、神情憔悴，活像康拉德笔下的水手，无论出租车上的礼节，还是公车售票员的俏皮话，他们都有些不适应了。

去地理学会开会的路上，这些人会坐火车从郊区到骑士桥，一副心神恍惚的模样。他们经常迷路，找不到车票，唯一在意的是那几张发黄的地图，还有讲稿——写得很慢、很痛苦的讲稿——放在背包里，这个背包早已是他们身体的一部分。傍晚时分，六点整，这些来自世界各地的男人纷纷上路，走进属于孤独者的暮色。傍晚六点，一个平淡无奇的时刻，一个城市人归家的时刻。探险队成员到达肯辛顿，时候还早，他们在莱昂斯饭店吃过饭，走进地理学会，坐在楼上毛利人大独木舟旁的厅里，再看一遍讲稿。讲座八点开始。

这样的讲座每两个星期一次。有人做介绍，有人致谢。总结陈词的人通常会质疑或者证明讲座内容的准确性，总是带有相关的批判性，但从不过分。主讲者尊重事实，这一点所有人都觉得理所当然，即便是主观臆断，说的人也知道把握分寸。

1　公元前425年是希罗多德去世的那一年。

> 我从地中海边的苏克沐到苏丹的乌拜伊德，这段穿越利比亚沙漠的行程是地球上为数不多的、能呈现很多有趣的地理问题的路线……

在这些橡树木的房间里，人们从来不会提及曾经做了多少年的准备工作、多少年的调查研究、多少年的资金筹集。上一周的演讲人在报告里提到有三十个人在南极的冰雪中遇难。像这样发生在极热或风暴地区的类似损失，每次宣布时都尽量言简意赅。地球的表面以及地球上“有趣的地理问题”，这是眼下的议题——所有属于人的以及经济的行为与这个议题都是南辕北辙。

> 这个地区的洼地，除了颇多论及的拉扬谷，是否可以考虑在尼罗河三角洲的灌溉和排水方面发挥作用呢？这部分绿洲的自流水供应是否正在减少？我们到哪里去寻找神秘的“扎苏拉”呢？还可能发现其他“失落”的绿洲吗？托勒密王朝的乌龟沼泽在哪里呢？

这些问题是埃及沙漠观察协会的会长约翰·贝尔在一九二七年提出的。到了二十世纪三十年代，相关的文章越发审慎。“关于‘哈里杰绿洲的史前地理’所展开的讨论十分有趣，我想就其中的几点补充几句。”二十世纪三十年代中期，拉迪斯劳斯·德·艾尔麦西和他的同伴们发现了失落的扎苏拉绿洲。

利比亚沙漠探险的伟大十年结束于一九三九年。这一年，这一望无际、渺无人烟的地球一隅沦为战场。

藤蔓交错的卧室里，烧伤的病人可以看得很远。就像拉韦纳的死亡骑士，大理石的身躯栩栩如生，呼之欲出，脑袋靠在石枕上，以便他的目光越过自己的双脚，望向遥远的风景。越过非洲久违的雨水，抵达开罗的芸芸众生。他们的日出而作，他们的日落而息。

汉娜坐在病人床边，像个侍从般陪着他走过一段段旅程。

一九三〇年我们开始给大吉勒夫高原绘制地图，寻找名叫扎苏拉的失落的绿洲。刺槐之城。

我们是沙漠里的欧洲人。约翰·贝尔一九一七年就曾观测过吉勒夫。然后是凯末尔·丁。然后是巴格诺德，一路向南直到沙海。还有麦多克斯、沙漠观察协会的沃波尔、瓦斯菲贝伊[1]、摄影师卡斯帕瑞斯、地质学家卡达尔博士以及伯尔曼。大吉勒夫——那个躺在利比亚沙漠中的大高原，麦多克斯总爱说有一个瑞士那么大——它是我们的心肝儿，高原东西两面的斜坡十分陡峭，北面逐渐往下倾斜。高原在沙漠中横空出世，位于尼罗河以西四百英里。

古代的埃及人认为绿洲以西没有水。那里是世界的尽头。沙漠的腹地是没有水的。但是空旷的沙漠往往埋藏着失落的历史。图布部落和赛努西教团的部落曾经在那里出没，他们知道哪里有水井，这是他们严守的秘密。传言沙漠的腹地隐藏着肥沃的土

1　贝伊是阿拉伯国家的一种贵族级别，仅次于帕夏。

地。十三世纪的阿拉伯作家曾经说起扎苏拉。“小鸟的绿洲。”“刺槐之城。”在《秘密宝藏》一书[1]中，扎苏拉被描写成一座白色之城，“雪白如鸽”。

打开一幅利比亚沙漠的地图，你可以看到名字。一九二五年，凯末尔·丁几乎独自一人开始了现代史上第一次伟大的探险。巴格诺德，一九三〇年到一九三二年。艾尔麦西和麦多克斯，一九三一年到一九三七年。北回归线以北。

我们是战火夹缝中的一个小团体，我们画地图，我们探索，再探索。我们在达赫莱和库夫拉聚会，把那里当成酒吧和咖啡馆。巴格诺德起的名字，绿洲协会。我们知道彼此的秘密，知道彼此擅长什么，有什么弱点。不管巴格诺德做什么，我们都会原谅他，因为他可以这样描写沙丘：“沙丘表面的沟槽和波纹，形似狗嘴上颚的空凹。”这是真实的巴格诺德，他那只探索的手可以伸进狗嘴深处。

一九三〇年。我们的第一次旅程，从杰格布卜向南行，进入沙漠，那里是祖韦和马加布拉部落的保护区[2]。行程为七天，目的地是塔杰[3]。麦多克斯和伯尔曼，另外还有四个人。几匹骆驼，一匹马，一条狗。我们出发前，他们讲了一个老掉牙的笑话。“如果旅程一开始就遇到沙尘暴，那是好运气。”

第一个晚上，我们在南面二十英里的地方扎营。第二天早晨

1 《秘密宝藏》是15世纪一部阿拉伯手稿，作者不详。书中提到了失落的扎苏拉绿洲。

2 祖韦和马加布拉是利比亚东部昔兰尼加地区两个皈依赛努西伊斯兰教团的部落。

3 塔杰（El Taj）是库夫拉绿洲中的一个小镇，也是赛努西教派的圣地。Taj在阿拉伯语中意为“皇冠”。

我们醒过来，钻出帐篷，五点钟。冷得没法睡觉。我们走到篝火边，坐在火光里，背后是广漠的黑暗。头顶有最后几颗星星。日出还得再过两个小时。我们喝着热茶。骆驼在吃食，半睡半醒，嚼着枣子，连枣核一起。我们吃了早饭，然后又喝了三杯茶。

几个小时后，遭遇沙尘暴。明朗的清晨，不知从哪里就来了沙尘暴。本来清新的微风逐渐变得强劲。最后我们低头一看，沙漠的表面已经变样了。把那本书给我……在这里。哈桑尼贝伊[1]对这类风暴也有过描写，写得棒极了——

> 底下仿佛埋着蒸气管，蒸气从成千上万的小孔里喷出来。沙粒在跳动，形成一股股旋转着的微型喷射流。随着风力的增强，沙瀑也一寸寸增大。整个沙漠的表面正在上升，仿佛是遵循来自地底下的某种上冲力。鹅卵石状的沙块打在小腿上、膝盖上、大腿上。沙子爬到人身上，直至面部，然后没过脑袋。天空已经闭合，除了最近的物体，什么都看不见，整个宇宙充满了沙粒。

我们不得不继续前进。沙子会把任何固定的物体完全覆盖住，如果你停下来，也是一样的结果，被锁在沙子里。永远地消失。一场沙尘暴可以持续五个小时。后来我们有过在卡车里遇到沙尘暴的经历，也不得不继续往前开，尽管什么都看不见。最可怕的是到了晚上。有一次，在库夫拉以北，我们在黑暗中遭遇沙尘暴。那是凌晨三点。大风把帐篷连同固定用的缆索一并卷起，

1　历史上的哈桑尼贝伊名叫艾哈迈德·哈桑尼（1889—1946），是埃及著名的探险家、外交官、击剑运动员、摄影师，具有传奇色彩。他曾于1923年进行了一次穿越利比亚沙漠的探险旅行。

人跟着帐篷往前翻滚，沙子不断涌入，仿佛水涌入沉船，越来越重，越来越窒息，直到一个赶骆驼的人把我们救了出来。

九天里，我们遇到三次沙尘暴。我们错过了沙漠里的小镇，原本想在那里置备必需品。马不见了。三峰骆驼死了。连着两天没有吃的，只有茶。漆黑的茶缸，一把长勺，一只玻璃杯，清晨的黑暗中我们互相传递着，茶具发出的叮当声是我们与世界唯一的连结。过了第三个晚上，没有人再说话。重要的只是火和那少得可怜的棕色液体。

我们跌跌撞撞地走进塔杰镇，这纯粹是运气。我穿过露天集市，穿过回响着钟声的小巷，走到卖晴雨表的街上，路过卖步枪子弹的货摊，卖意大利番茄酱和其他来自班加西的罐头食品的小摊，还有埃及棉布，鸵鸟尾巴做的装饰品，街边的牙医和书商。我们仍然说不出话来，每个人走他自己的路。我们慢慢地接受眼前的新世界，好像溺水的人刚刚被救起。在塔杰的中心广场坐下来，吃了羊肉、米饭、粑挞饼，还喝了杏仁牛奶。在这之前我们仪式性地要了三杯茶，琥珀和薄荷味的茶，等了很久。

一九三一年，我加入一个贝都因人的商队，他们告诉我队伍里还有一个我们的人。原来是菲尼罗-巴恩斯。我走进他的帐篷。那天白天他正好出去了，给化石树编目。我环视他的帐篷，有一捆捆的地图、他随身带的家人照片等等。正要走的时候，我看见一面镜子，高高地挂在帐篷壁上，我从镜子里看到那张床。被子下面好像有一团东西，可能是条狗。我拉开那件杰拉巴长袍，下面是一个小小的阿拉伯女孩，手脚被绑着，睡在那里。

一九三二年，巴格诺德结束了他的探险，麦多克斯和我们其他人散布在沙漠里。寻找失踪的冈比西斯部队[1]。寻找扎苏拉。一九三二年，一九三三年，一九三四年。我们会一连几个月见不着面。只有贝都因人和我们自己，在“四十天之路”上往返交叉。有沙漠部落的河流，有我一辈子见过的最美丽的人。我们中间有德国人、英国人、匈牙利人、非洲人——我们所有的人对贝都因人来说都无足轻重。慢慢地，我们成了没有民族的人。我开始憎恨民族。民族、国家使我们变得畸形。麦多克斯死于民族之分。

没有人可以宣布他是沙漠的主人——沙漠是一片沙布，随风飘扬，永远不会被石头钉住；早在坎特伯雷存在之前，早在战争和协约拼画出欧洲和东方之前，沙漠已经有过一百个不同的名字。沙漠中的商队，那些奇奇怪怪的行走中的盛宴和文明，什么都没有留下，连一块篝火的余烬都没有留下。我们中的每一个，甚至那些在远方有着欧洲家庭和欧洲孩子的人，全都希望脱掉国家的外套。这里是信仰之地。我们消失在风景中。烈火与黄沙。我们离开绿洲的港湾。那些有水流过的地方……泉水、小镇、河谷、灌溉渠、汲水吊杆。我不想让我自己的名字出现在这些美丽的名字边上。擦掉姓氏！擦掉国家！这些都是沙漠教给我的。

还是有一些人想在那里留下他们的印记。在那个干枯的水道上，或者这个砂石圆丘上。在苏丹西北部、昔兰尼加之南的一小块地方，满足小小的虚荣心。菲尼罗-巴恩斯想用自己的名字来命名他发现的那些化石树。他甚至想让一个部落以他命名，为此花了一年的时间谈判。结果巴奥肯捷足先登，有一种沙丘以他为

1　希罗多德在《历史》中记载，波斯帝国皇帝居鲁士之子冈比西斯在公元前525年征服埃及后，曾派一支五万人的军队从底比斯出发，向埃及西边的阿蒙进军，他们在利比亚沙漠中遭遇沙暴而失踪。

名。可我只想擦掉我的名字，还有那个生我的地方。战争开始的时候，我已经在沙漠里待了十年；穿越国境，不属于任何人，不属于任何国家，对我来说易如反掌。

一九三三年，或是一九三四年。我忘了是哪一年。麦多克斯、卡斯帕瑞斯、伯尔曼、我、两个苏丹司机和一个厨师。那时我们坐A型福特车，车身像盒子一样，也第一次开始用很大的充气轮胎，叫气轮。适合在沙地里行驶，但是也有风险，那就是不知道这些轮胎到了石地和碎岩石地会怎么样。

我们三月二十二日从哈里杰出发。我和伯尔曼已经有了这样一个理论，扎苏拉是由威廉森一八三八年写到的三个干河谷组成的。

大吉勒夫的西南部平原上有三个独立的花岗岩地块——阿卡努山、乌维纳特山、季苏山。这三个地块各自相距十五英里。有几个沟壑里的水是好水，不过阿卡努山的水井里的水是苦的，除非是紧急情况，一般不能喝。威廉森说扎苏拉是由三个干河谷组成的，但是他从来没有说明这些干河谷的地理位置，大家认为那是他虚构的。但是在这些火山口形状的山上，只要有一个绿洲，就可以解开冈比西斯部队试图穿越这样一个大沙漠的谜团，解开一战期间赛努西的入侵之谜，一个被认为既没有水也没有牧草的沙漠，这些高大的黑衣袭击者如何能穿越它呢[1]。这是一个有着几个世纪文明的世界，有成百上千条大路小路。

---

1 一战期间，利比亚的赛努西教团受奥斯曼帝国、德意志帝国的挑动，出兵进攻英国占领下的埃及。进攻的第一步就是像冈比西斯的军队那样穿越利比亚沙漠。

我们在阿布巴拉斯[1]找到了经典的古希腊细颈椭圆土罐。希罗多德描述过这样的土罐。

我和伯尔曼在焦夫的城堡里遇到一个长得像蛇的老头——我们在石头大厅里跟他说话，那里曾经是伟大的赛努西酋长的图书馆。他是一个图布人，商队的向导，说着带口音的阿拉伯话。后来伯尔曼引用希罗多德的话，“如蝙蝠嘶叫”。我们跟他聊了一天一夜，他什么都没有透露。赛努西教义——他们的首要信条——仍然是不向陌生人透露沙漠的秘密。

在马利克河谷，我们见到了叫不出名字的鸟类。

五月五日，我爬上一个石头悬崖，从一个新的方向往乌维纳特高原走。我发现自己身处一个广阔的干河谷，周围刺槐遍布。

地图绘制者一度用爱人的名字来命名他们经过的地方，而不是他们自己的名字。一个沙漠车队里的浴女，一只手举着纱布挡在身前。一个阿拉伯老诗人的女人，因为她那雪白如鸽的肩膀，诗人用她的名字来描述一片绿洲。兽皮水袋里的水洒在她身上，她用布把自己裹起来，老作家转过身，开始描写扎苏拉。

就这样，沙漠里的男人滑进一个名字，就像滑进一口刚刚发现的水井，再也不想离开这阴凉的包围。我最大的欲望就是留在那里，留在那些绿洲之间。我不是走在一个从来没有人走过的地方，几个世纪以来人们在这里有过突然而短暂的停留——一支十四世纪的军队，一支图布人的商队，一九一五年的赛努西入侵

1　阿布巴拉斯又名陶瓷山，是从埃及纳特闰谷到埃及西南部的商队路线上的重要驿站。20世纪初凯末尔·丁亲王在这里发现大量古代陶器。

者。在这些停留之间——什么都没有。没有雨水的时候，刺槐枯萎，河谷干涸……直到五十年或者一百年之后水突然再次出现。零零星星地发生，零零星星地消失，仿佛穿越历史的传说和谣言。

在沙漠里，最受珍爱的水是那些捧在手心里、送进喉咙的蓝色液体，像一个爱人的名字。咽下的是缺席。开罗，一个女人白色的躯体蜿蜒着，从床上伸出窗口，用她的裸体迎接暴雨。

汉娜靠向前，感觉到他走神了，她看着他，不发一言。她是谁，这个女人？

地球的尽头从来都不是地图上那些殖民者为了扩大势力范围而推动的黑点。一头是仆人、奴隶、权力的消长、地理学会的通讯。另一头，某个白人最早跨过的那条大河、（某双白人的眼睛）最早看见的那座山，其实一直都在那里。

年轻的时候，我们不照镜子。一直到老了，我们开始在意我们的名字、我们的传奇、我们的生命对未来意味着什么。我们随着我们的名字变得虚荣，声称我们是最早的见证者、最强大的军队、最聪明的商人。纳喀索斯老了以后，才会想起要一幅他自己的刻像。

但是我们感兴趣的，是我们的生命对过去意味着什么。我们驶进过去。我们还年轻。我们知道权力和巨大的财富都是过眼云烟。我们都曾和希罗多德同床而眠。“曾经伟大的城市如今已变得渺小，而当下伟大的城市也曾一度渺小……人的运气从来不会只在一处停留。”

一九三六年，有一个名叫杰弗里·克里夫顿的年轻人，他在牛津大学的一个朋友跟他提起我们这群人。他在跟我取得联系后的第二天结婚，两个星期后带着他的妻子飞到开罗。

这对夫妻进入了我们的世界——我们的四人世界，凯末尔·丁亲王、贝尔、艾尔麦西，还有麦多克斯。大吉勒夫这个名字仍然经常挂在我们的嘴边。在吉勒夫的某个地方藏着扎苏拉，这个名字早在十三世纪的阿拉伯文献里就有记载。如果你想旅行到那样遥远的过去，你需要一架飞机。年轻的克里夫顿很富有，他会开飞机，他有一架飞机。

克里夫顿在乌维纳特山以北的焦夫跟我们碰头。他坐在他双人座的飞机里，我们从营地向他走去。他在座舱里站起身，从酒瓶里倒了一杯喝的。新婚妻子坐在他边上。

"我要把这里命名为比尔麦萨哈乡村俱乐部。"他宣布道。

我看着他妻子的脸，她显出一些善意的犹豫，一面摘下皮质的飞行帽，露出狮子一样乱蓬蓬的头发。

他们那么年轻，感觉像我们的孩子。两人爬出飞机，跟我们握手。

那是一九三六年，我们的故事开始了……

两人跳下虎蛾式飞机的机翼。克里夫顿朝我们走来，把酒瓶递给我们，大家都喝了几口暖暖的酒。他是来庆功的。他给自己的飞机起名为"鲁珀特熊"[1]。我不觉得他热爱沙漠，但是他对沙漠怀着某种感情，这是因为他对我们严酷的生活秩序感到敬畏，他想让自己融入这种秩序中——就像一个乐呵呵的大学生对图书馆里的安静心存敬意。我们没想到他会把妻子也带来，但是我想

1　鲁珀特熊是当时英国流行的漫画形象。

我们对此还是表示尊重的。她站在那里，沙子慢慢拢进她的一头长发。

对于这对年轻的夫妇来说，我们这些人意味着什么呢？我们中有人写过关于沙丘形成的书，关于绿洲的消失和重现，关于沙漠里失落的文明。我们似乎只对无法买卖的东西感兴趣，对外面的世界我们毫无兴趣。我们争执的对象是纬度，是七百年前发生的事情。探索的定理。住在祖克绿洲放牧骆驼的阿比德·马利克·易卜拉欣·兹瓦亚，他是这些部落里第一个弄明白照片是怎么回事的人。

克里夫顿小两口的蜜月已近尾声。我离开他们，独自去库夫拉找一个人，跟他一起待了很多天，试图验证几个理论，这些理论我没有告诉我们这些人。三天之后我回到焦夫的营地。

我们围着篝火坐在沙漠里。克里夫顿和他的妻子、麦多克斯、贝尔，还有我。只要向后靠几寸，人就会消失在黑暗中。凯瑟琳·克里夫顿开始背诵什么东西，我的脑袋便从营地篝火的光圈里消失了。

她的脸上透着书香门第的神气。她父母在法律史领域很有名。我从来没有喜欢过诗，直到我听到一个女人念诗的声音。在那个沙漠里，她把她的大学时代拽进我们之中，用那些岁月来描述天上的星星——如同亚当用优美的隐喻温柔地教一个女人。

深夜里，人虽然看不见这些星月，
但也不是白白照耀；也不要以为
没有人，便没有观赏天空者和赞颂神灵者。
无论我们醒时或睡时，都有
不可见的千百万灵物在地上行走，

他们昼夜瞻仰神功而赞叹不止：
我们岂不常听见回声在悬崖
或茂林的山坡上，响彻夜空，
天人的声音，独唱，或互相应和，
歌颂伟大的造物主吗？[1]

那天晚上，我爱上了一个声音。只是一个声音。我不想再听别的什么。我站起来，走开了。

她是一棵柳树。到了冬天她会是什么样子，到了我的年纪？我眼中的她一动不动，总是那样，在我这亚当的眼中。她爬出飞机时笨拙的手和脚，弯下腰去拨动篝火，从水壶里喝水，抬起的胳膊肘对着我。

几个月后，我们在开罗跳舞，她跟着我滑翔。尽管微醉，她一脸不可征服的表情。即便现在，我还是相信那一次我见到的是她最真实的脸，在我们都微醉的时候，还不是情人的时候。

这么多年来，我一直在努力挖掘她那个表情究竟是要告诉我什么。看上去像是轻蔑。那时我是这种感觉。现在我觉得她是在研究我。她不谙世故，惊讶于我身上的某种东西。我的举止是我通常在酒吧里的样子，但是，我不该对她那样。我对自己的行为有不同的原则。我忘了她比我年轻。

她在研究我。她太简单了。我是在观察她，等着她那雕像般的凝视出错的一刻，将她出卖的一刻。

---

1 这是弥尔顿长诗《失乐园》第四卷中的片断，译文引自朱维之译《失乐园》（上海译文出版社 1984 年版）。

给我一幅地图，我给你建一座城市。给我一支铅笔，我给你画一个房间，在开罗以南，墙上挂着沙漠的地图。沙漠总是在我们之间。我醒过来，抬眼便看到那幅地图，画着地中海沿岸的古老城池——加查拉、图卜鲁格、马特鲁港——南面是手绘的干河谷，四周的黄色部分是我们侵入的地方，试图让自己迷失的地方。“我的任务是简要描述一下在大吉勒夫的几次远征。一会儿伯尔曼博士会把我们带回到几千年前的沙漠……”

麦多克斯在肯辛顿对其他地理学家这样说。但是你不会在地理学会的会议记录里找到通奸。详细的报告注明每一座沙丘、每一个历史事件，我们的房间不会出现在这些报告里。

开罗有一条卖进口鹦鹉的街，在那里你会被口齿伶俐的鸟儿欺负。这些鸟排成一列列，嘈嘈切切，就像一条羽毛大道。我知道是哪个部落把这些鸟装在他们的小车里，我也知道他们走的是哪条丝绸之路、哪条骆驼之路。这些鸟被奴隶们抓住，或者在赤道的花园里像摘花一样捡起，然后放进竹笼里，再走四十天的路，就能出现在集市上了。他们看上去就像中世纪求婚时的新娘。

我们站在鸟群之中。我在带她游览一个她从来没见过的城市。

她的手碰碰我的手腕。

“如果我把我的生命给你，你会扔掉的。对不对？”

我什么也没说。

五

凯瑟琳

她第一次梦见他的时候，尖叫着醒过来，身边躺着她的丈夫。

在卧室里，她眼睛盯着被单，嘴巴还张着。丈夫伸手放在她背上。

“是噩梦。别担心。”

“是。”

“我给你拿点儿水吧？”

“好。”

她不想动弹。不想躺回去，不想再回到同床异梦的境地。

梦就发生在这个房间里——他的手在她的脖子上（她摸了摸自己的脖子），他的怒气，刚遇到他的那几次她就感觉到了那股子怒气。不，不是怒气，是兴趣的缺失，是对一个已婚妇人出现在他们中间的不满。他们俩像动物一样弓着身，他把她的脖子向后扳，她处于兴奋中，无法呼吸。

丈夫端给她一杯水，放在杯碟上，她却提不起胳膊，两只胳膊都在发抖，没有力气。他笨拙地把杯子送到她嘴边，她喝了一大口经过氯化处理的水，水沿着她的下巴往下流，滴在她肚子上。等她躺下的时候，她几乎没有时间去想自己看到了些什么，便沉入了深深的睡眠。

那是第一次关于他的梦。第二天她记起来了，但是她正忙着别的事，也不想过多琢磨梦的含义，就把它搁在了一边；那不过是一次偶然的碰撞，那晚她太累了，仅此而已。

一年后，其他的梦开始了，更危险、也更平静的梦。那样的梦一出现，她就回忆起那双放在她脖子上的手，他们之间的平静终归会转向暴力，她等待着。

是谁撒下吃食的这些碎屑来诱惑你的，诱你走向一个你从来没去注意过的人？一个梦。然后是更多的梦。

后来他说这是因为狎昵。沙漠中的狎昵。在沙漠里就是这样的，他说。他喜欢这个词——水的狎昵，在沙海里开六个小时的车，两三个身体挤在车里的狎昵。她汗淋淋的膝盖挨着卡车的变速箱，膝盖突然偏向一边，跟着车子颠簸。在沙漠里，你有时间看所有的地方，有时间对周围一切事物的编排做一番理论性的思考。

他那样说话的时候，她很恨他，她的眼神保持礼貌，但在心里她想扇他一个耳光。她总是有扇他耳光的冲动，她意识到即便这样的冲动也带有性的意味。对他而言，所有人与人的关系都可以归类。要么是狎昵，要么是疏远。就好比对他而言，希罗多德的历史书把所有的社会都解释得一清二楚。他自以为早就经历了世事百态，自从几年前选择远离尘世，他便开始了在沙漠中探索一个幻想世界的征程。

在开罗机场，他们把设备装上飞机，她的丈夫留下来检查这架虎蛾式飞机的汽油管，第二天一早他们三个男的要出行。麦多克斯去一个大使馆发一份电报。而他则准备去城里喝个痛快，在开罗的最后一晚通常都是这样度过的，先去“巴丹夫人歌剧院”赌场，然后消失在帕夏酒店后面的街道上。他会在黄昏前打好包，这样第二天一早他就能直接爬进卡车，带着宿醉。

于是他开车带她进城，空气湿热，交通正值高峰期，街上很堵。

“太热了。我想来杯啤酒。你要吗？”

“不了，我接下来还要安排很多事情。请你见谅。”

“没事，”她说，“我不想干涉你。”

“等我回来再跟你喝一杯。”

“三个星期以后，是吗？”

“差不多。”

“真希望我也能去。”

他没有回答。他们过了布拉克桥，交通更堵了。太多的手推车、太多的行人占领了各条街道。他沿着尼罗河向南，她住在塞弥拉弥斯酒店，就在兵营后面。

“这次你会找到扎苏拉，是不是？”

“这次我会找到扎苏拉。”

他还是老样子。一路上他几乎没有看她一眼，哪怕是在某处停上五分钟的时候。

到了酒店，他格外彬彬有礼。他这个样子，她越发不喜欢他；他们都得假装这样的姿态便是礼节，是优雅。这让她想起穿着衣服的狗。让他见鬼去吧。要不是她丈夫得跟他一起工作，她宁愿别再见到他。

他从车后箱拿出她的箱子，正准备提到大堂。

“不用了，我自己能行。”她从车座上下来，后背的裙子湿了一块。

门童要来提箱子，但是他说：“不用了，她想自己拿。”他的自作主张让她心里又是一阵愠怒。门童走开了。她转过身，他把她的包递给她，她面向他，两只手伸在身前，笨拙地提着沉沉的箱子。

“行了。再见。祝好运。”

“好。我会照顾他们每一个。不会有事的。”

她点点头。她在阴处，他则站在阳光里，好像没意识到太阳有多晒。

然后，他向前一步，靠近她，有那么一刹那，她以为他要拥抱她。他没有，他伸出右手，搂住她裸露的脖颈，她的皮肤能感觉到他整个湿漉漉的前臂。

“再见。”

他走回卡车。此刻她能感觉到他的汗水，就像刀锋留下的血滴，他的手臂似乎就是一挥而下的刀。

她捡起一个靠垫，放在大腿上，像是一块保护自己的盾牌。“如果你向我示爱，我不会说谎。如果我向你示爱，我也不会说谎。”

她把靠垫靠近自己的心口，仿佛是想按住已经挣脱束缚的那部分自己，让她窒息而死。

“你最恨什么？”他问。

“谎言。你呢？”

“占有，”他说，“等你走了，就把我忘掉。”

她的拳头挥向他，重重地打在他眼睛下面的骨头上。她穿上衣服，走了。

每天回到家，他会看着镜子里的乌青。他变得好奇起来，不是对乌青好奇，而是对自己的脸型。长长的眼睫毛，这是他以前从来没有注意到的，粘着沙粒的头发正在变白。他有好几年没有这样看镜子里的自己了。这眉毛真是长啊。

没有什么能让他离开她。

除了跟麦多克斯在沙漠里，或者跟伯尔曼在阿拉伯图书馆，其他时候他就在格洛皮公园里跟她见面——就在浇水很多的李树园旁边。在那里的时候她是最快乐的。她是个想念湿润土地的女人，她一直都喜欢矮树丛和蕨类植物。而对他来说，这么多的绿色植物，就像一个嘉年华会。

从格洛皮公园，他们会转个圈走进老城区，开罗以南，那里的集市很少有欧洲人去。他房间的墙上贴满了地图。尽管他也努力置备了一些家具，他的住处还是感觉像个营地。

他们躺在彼此的怀里，身上是扇子一阵一阵的扇动和影子。整个早上，他和伯尔曼都在考古博物馆里工作，把阿拉伯文献跟欧洲历史文献一字排开，试图寻找回声，寻找巧合，寻找名字的变化——回到希罗多德，再到《秘密宝藏》，在这本书中，扎苏拉以一个在沙漠商队里洗浴的女子命名。那里也有扇子缓缓的扇动。也有亲密的交流，也有童年历史的回音，有伤痕，有接吻的礼节。

“我不知道该怎么办。我不知道该怎么办！我怎么能做你的情人呢？他会疯掉的。”

一张伤口清单。

各种颜色的乌青——从酱紫色到咖啡色。她穿过房间，手中拿着盘子，把里面的食物往外一倒，盘子砸在他头上，血涌进稻草般的头发。插进他后肩的叉子留下的咬痕令医生都怀疑是狐狸干的。

他会一面拥抱她，一面先观察附近有没有可以移动的物品。两人也会在公众场合见面，他常常带着乌青，或者头上绑着绷带，然后解释说出租车一个急刹车，他撞在打开的车窗上。或者手臂上带着涂了碘酒的伤痕。麦多克斯担心他，他怎么突然变得那么容易出事故。她默默嘲笑他苍白无力的解释。可能是上年纪了，该配一副眼镜了，她的丈夫一面说，一面用手肘搡搡麦多克斯。可能是个女人，她说。看，那不是女人抓的吗，还是咬的呢？

是一只蝎子，他说，黄肥尾蝎。

一张明信片。长方形的纸面上，笔迹干干净净的。

有一半的时间，我无法忍受不能抚摸你。
剩下的时间，我觉得如果能再见到你
也没什么。不是道德的问题，
是你能忍受的程度。

没有时间，也没写名字。

有时候她可以在他这里过夜，开罗的三座宣礼塔在日出前呼唤信众祷告，祷告的声音会把他们弄醒。他陪着她穿过染料集市，集市两头是开罗城南和她的家。他们走在早晨清冷的空气里，美丽的圣歌像射入空中的飞箭，一座宣礼塔呼应另一座宣礼塔，仿佛是在传播关于他俩的谣言，空气已经因为木炭味和大麻味而变得深沉起来。圣城里的两个罪人。

在饭店里，他伸出手臂，把桌上的盘子杯子一扫而空，因为她在这座城市的别处，他想让她抬起头听到这噪声的源头，当他身边没有她的时候。他，一个在相距几十、几百英里的沙漠小镇之间行走、从来没有感觉到孤独的人。沙漠里的人能双手空捧，他知道这比水更能充饥。在塔杰附近，他认识了一种植物，如果把它切开，会发现它的心就是一种有药物疗效的液体。每天早晨，你可以喝下这些液体，喝完，植物的心就没了。这棵植物还能再长一年，然后枯萎，因为缺了什么。

他躺在自己的房间，被褪色的地图包围着。他的身边没有凯瑟琳。他是那样饥渴，想把所有的社会伦理付之一炬。

至于她同别人的生活，他已毫无兴趣。她的昂昂然的美，她的来势汹汹的爱，才是他唯一的渴望。他渴望彼此的映照，细微而隐秘，极小范围内的深度，彼此亲密的陌生，就像一本合拢的书里紧紧挨着的两页纸。

他已经被她瓦解了。

如果她让他到了这样的地步，那么他又对她做了什么呢？

在人群里，她用礼仪把自己包裹起来，他便在她身边一脸肃穆地说笑话。他狂躁不安，一反常态地攻击沙漠探险的历史。他不开心的时候才会这样。只有麦多克斯能发现。但是她甚至都不会跟他有视线接触。她对所有的人微笑，对屋子里的摆设微笑，夸赞插花装饰，一钱不值的东西。她误解了他的行为，以为这是他想要的，于是加倍的仪态万方。

但是现在，他已经无法忍受她这样的伪装。你也有你的伪装，她对他说，所以我有我的。说这话的时候，她明艳动人，美得让他忍无可忍。华丽的衣袍，苍白的脸，有人冲她微笑示意，她便大笑着回应；对他那些愤怒的笑话，她则疑惑地咧咧嘴。他恶劣的攻击还在继续，关于某一次大家全都熟悉的远足。

在格洛皮酒吧大堂，他跟她打了个招呼，她转身就走，那一刻他觉得自己快疯了。他知道他唯一能接受的失去她的方式是让他继续抱着她，或者被她抱着。解脱是在互相爱抚中获得的，而不是在伪装里。

阳光洒进他在开罗的房间。他的手有气无力地搭在希罗多德的书上，身体的其他部分却分外紧张，所以他写下的字都是错的，笔在挣扎中爬行，好像没了脊梁。他几乎没法写下“阳光”两个字，“恋爱中”三个字。

房间里只有来自河面的亮光，还有河对岸的沙漠。光影落在她的脖子上、脚上，还有右胳膊接种疫苗留下的疤痕上，他喜欢那个疤痕。她坐在床上，抱着自己的裸体。他摊开的手掌抚摸着她肩膀上的汗水。这是我的肩膀，他心想，不是她丈夫的，这是我的肩膀。作为情人，他们就像这样把各自身体的某些部分献给对方。在这个房间里，在大河之畔。

他们一起度过的几个小时里，房间已经暗得只剩眼前的一点儿光亮。只是河水和沙漠的光。只有偶尔下雨的时候，他们才会走到窗边，在惊奇中伸出手，伸到窗外尽情地感受雨水的滋润。街道上充满了阵雨引发的尖叫。

“我们不能再爱下去了。我们不能再见面了。”

“我知道。”他说。

那天晚上她坚持要分手。

她坐着，良心的盔甲把她裹得牢牢的。他无法穿透这层盔甲。只有他的身体还离她很近。

“再也不行了。无论如何。”

“是的。”

“我觉得他会发疯的。你明白吗？”

他什么也没说，放弃了把她拉进他的世界的企图。

一个小时后，他们走进干燥的夜晚。他们能听到远处大众音乐剧院传来的留声机里的歌声，剧院的窗户为了散热而打开着。他们必须在音乐结束前分手，散场出来的人里可能有她认识的。

他们在植物园里，万圣大教堂的附近。她看到一颗泪珠，她靠过去，伸出舌头，把泪水舔进嘴里。就像那次他为她做饭的时候切到了手，她舔去他手上的血一样。血。泪。他感觉一切都在从他身体里流走，感觉他的身体里藏着烟。唯一鲜活的意识是以后的欲望和需求。面对这个女人，他想说的都不能说，她敞开的胸怀仿佛是个伤口，她的青春仍是一只不死鸟。他无法改变他最爱的那部分她，她的毫不妥协，她热爱的诗歌仍然与真实的世界相安无事。除此之外，他知道这个世界没有规则。

这个晚上，她坚持要分手。九月二十八日。炽热的月光已经把街道上的雨水蒸干了。一滴凉凉的雨都没有，他身上不曾落到一滴泪珠般的雨水。格洛皮公园里的分手。他没有问她的丈夫是否在街对面高高的灯火下的家里。

他看到在他们上方，有一排高高的旅人蕉，叶片如伸出的手腕。当她是他情人的时候，她的头和头发也曾这样在他的上方。

此刻没有吻。只有一个拥抱。他好不容易掉转头，从她身边走开。却又再次回过身。她还在那里。他往回走，停在离她几码的地方，伸出一个手指为了强调他要说的话。

"我就是想告诉你。我还没有想你。"

他脸色吓人，努力想挤出一个微笑。她头一摇，撞在门柱边上。他看到她撞疼了，注意到她痛苦的表情。但是他们此刻已经是两个人了，在她的坚持下各自套上伪装。她的抽搐，她的疼痛，是意外，是故意的。她的手放在太阳穴上。

"你会想的。"她说。

她之前曾在他耳边说：从这一刻起，我和你的灵魂，找到便找到，找不到就是没有了，再也没有了。

这是怎么发生的？陷入爱情然后被瓦解。

我曾经在她的怀里。我把她衬衫的袖子推到肩膀上，为了想看她打疫苗留下的疤痕。我喜欢它，我说。她手臂上的淡淡的光环。我看到针筒在摩擦，免疫血清涌进她的身体，拔出来，离开她的皮肤。很多年以前的事了，她九岁的时候，在一所学校的体育馆里。

六

埋藏的飞机

他瞪着眼睛，两道目光沿着长长的床沿，汉娜坐在床尾。她刚给他洗了澡，然后打开一支安瓿，里面是吗啡。一个雕像。一张床。他乘着吗啡之船。吗啡在他体内肆虐，引爆时间和空间，一如地图将世界压缩到一张二维的纸上。

漫长的开罗之夜。星空如水，夜鹰成行，在暮色中冲向沙漠最后的绚烂。仿佛手中撒出的一把种子，一部雄鹰协奏曲。

一九三六年的开罗城，什么都能买到——从一声口哨便能招来的小狗和小鸟，到那些可怕的皮绳，绕在女人的小指上，这样就可以在拥挤的集市上把她拴在你身边。

开罗东北部是教会学校的大操场，在操场后面就是哈里里可汗大市场。我们往下看，狭窄的大街，几只猫蹲在锡瓦屋顶上，它们也在往下看，十英尺以下就是街道和店铺。位于所有这一切之上的是我们的房间。打开窗户就是宣礼塔、小帆船、猫，还有人声鼎沸。她跟我说她童年时的花园。她睡不着的时候，就给我描述她母亲的花园，一字一句，一个花床挨着一个花床，鱼池上飘着十二月的冰霜，玫瑰花架吱嘎作响。她会握住我的手腕，握在血管汇合的地方，然后把我的手按在她脖子上，那个深陷的凹口。

一九三七年三月，乌维纳特。麦多克斯有点儿烦躁，是空气稀薄的缘故。海拔一千五百英尺，这点儿小小的高度他就受不了了。他毕竟是个属于沙漠的人，离开家乡萨默塞特郡的马斯顿马格纳村，改变所有的风俗习惯，就是为了靠近海平面，靠近沙漠的干燥。

“麦多克斯，女人脖子根的那个凹口有什么叫法吗？在前面的。这里。这是什么，有专门的名字吗？大约一个拇指印大小的凹口？”

麦多克斯神情恍惚地看了我一会儿。

“你该振作点儿了。”他喃喃道。

“我给你讲个故事，”卡拉瓦乔对汉娜说，“有一个匈牙利人，名叫艾尔麦西，战争期间给德国人做事。他也跟着德国的非洲军团飞，但是他还有更重要的用场。他三十年代的时候是最伟大的沙漠探险家之一。他知道每一个水洞的位置，还帮着绘制了沙海的地图。他知道关于沙漠的一切。他什么方言都会。这听起来耳熟吗？两次战争之间他一直都在开罗一带执行探险任务。一次是寻找扎苏拉——失落的绿洲。后来战争爆发，他加入德军。一九四一年他成了间谍向导，带着他们穿越沙漠，进入开罗。我想跟你说的是，我觉得这个英国病人不是英国人。”

“他当然是英国人，他知道格洛斯特郡所有的花床，那怎么说？”

“一点儿没错。这是无可挑剔的背景知识。两天前，我们想给狗起名字。记得吗？”

“记得。”

“他是怎么建议的？”

“那天晚上他很奇怪。”

“他非常奇怪，因为我给他多注射了两剂吗啡。你记得那些名字吗？他提了大约八个名字，五个明显是开玩笑。剩下三个名字：西塞罗、扎苏拉、大利拉。”

“那又怎么样？”

“‘西塞罗’是一个间谍的代号。英国人把他挖出来了。一个双重间谍，后来成了三重间谍。‘扎苏拉’就更复杂了。”

“我知道扎苏拉。他讲起过扎苏拉。他也讲过花园。”

“但现在主要是讲沙漠。他对英国花园厌倦了。他快死了。我觉得你楼上那位就是给间谍帮忙的艾尔麦西。”

他们坐在洗衣房的一个老藤条篮上，相互看着。卡拉瓦乔耸耸肩。“还是有可能的。”

“我觉得他是英国人。”她说，两片脸颊往里吸进去，每次心里想着自己的事儿，她就会这样。

“我知道你爱这个男人，但他不是英国人。刚开始打仗的时候，我在开罗干——对付的黎波里的轴心国军队。隆美尔的间谍‘蝴蝶梦’……”

“你说什么，‘蝴蝶梦’？”

“一九四二年阿拉曼战役前，德国人派了一个名叫艾普勒的间谍到开罗。他用杜穆里埃的小说《蝴蝶梦》做密码本，把部队行军的情报发给隆美尔。听着，英国情报人员一度都把这本书放在床头。连我都读过。”

“你还读过书？”

“谢谢夸奖。隆美尔亲自下命令，让一个向导带领艾普勒穿越沙漠，进入开罗——从的黎波里一直到开罗——这个向导是拉迪斯劳斯·德·艾尔麦西伯爵。这片沙漠，一直被认为是不可穿越的。

“两次大战之间，艾尔麦西交了些英国朋友。一群杰出的探险者。但是战争爆发后，他跟了德国人。隆美尔让他带着艾普勒越过沙漠进入开罗，因为如果坐飞机或者跳伞就太惹眼了。他和这个人一起穿过沙漠，把他带到了尼罗河三角洲。”

“你知道的还不少。”

“我就驻扎在开罗。我们在跟踪这伙人。他从贾卢出发，带领一伙八个人进入沙漠。他们的卡车一次次被沙暴淹没，他们总在不停地挖卡车。他的目标是把人带到乌维纳特，那里有花岗岩高原，这样他们就能有水喝，还能住在山洞里。到了那里就走了一半了。他在三十年代发现了这些山洞，里面的岩壁上有壁画。但是高原上都是盟军，他没法用那里的水井。他继续深入沙漠。他们抢了英国人的临时石油储备，加满自己的油箱。他们在哈里杰绿洲换上英国军装，在车子上挂了英国部队的番号。被空军发现之后，他们在干河谷里整整躲了三天，一动不动。在沙堆里差点儿被烤成焦炭。

"他们花了三个星期才到开罗。艾尔麦西跟艾普勒握手告别。这之后我们就没了他的音讯。他转身一个人又进了沙漠。我们认为他又穿过沙漠，回到了的黎波里。但那是最后一次有人看见他。英国人最后抓到了艾普勒，用'蝴蝶梦'密码给隆美尔发了关于阿拉曼的假情报。"

"我还是不相信，大卫。"

"在开罗协助逮捕艾普勒的人名叫参孙。"

"大利拉[1]。"

"没错。"

"也许他是参孙。"

"我一开始也是这么想的。他跟艾尔麦西很像。那人也是个沙漠狂。小时候住在黎凡特，认识贝都因人。但是艾尔麦西会开飞机。我们说的是个开飞机撞地的人。这个男人，烧得面目全非，不知怎么回事最后落在比萨的英国部队手里。而且听他口音也像英国人。艾尔麦西是在英国上的学。在开罗别人叫他英国间谍。"

1 《圣经》中有一位犹太人大力士参孙，被他的情人大利拉所出卖。

她坐在篮子上看着卡拉瓦乔。她说："我觉得我们就别管他了。他曾经站在哪一边又有什么关系，是不是？"

卡拉瓦乔说："我想跟他再谈谈。给他多用点儿吗啡，让他把该说的都说出来。我们俩都一样。你明白吗？看看究竟能说出些什么来。大利拉，扎苏拉。你得给他加大剂量打一针。"

"不行，大卫。你别纠缠不休了。他是谁都无关紧要。战争已经结束了。"

"那我去给他打。我来弄一个布朗普顿混合麻醉剂。吗啡加酒精，这是伦敦的布朗普顿医院为癌症病人发明的。别担心，不会要他的命。身体吸收起来很快。我可以把它跟我们手头有的东西混在一起。让他喝下去，然后再让他用正常剂量的吗啡。"

她看着他，坐在篮子上，两眼放光，微笑着。战争后期，卡拉瓦乔成了无数吗啡小偷中的一员。他刚来这里才几个小时，就已经闻出她的医疗设备放在哪里。小瓶装的吗啡现在就是他的货源。她刚看到这些小瓶吗啡时，觉得它们就像给洋娃娃用的牙膏管，特别稀奇。卡拉瓦乔的口袋里整天装着两三瓶，不时往自己身体里输入这些液体。她有一次撞见他因为用量过度而呕吐，蜷缩在别墅的一个黑暗的角落里，浑身发抖，抬起头几乎认不出她是谁。她试着跟他说话，而他只是瞪着她。他自己找到那个金属药盒，把它撬开，天知道那得凭多大的力气。有一次，扫雷兵在一个铁门上划伤了手掌，卡拉瓦乔用牙齿咬开小瓶的玻璃盖，吸出吗啡然后吐在那只棕色的手掌上，基普都来不及弄清楚是什么东西。基普把他推开，生气地瞪着眼睛。

"别碰他。他是我的病人。"

"我又不会把他怎么样。吗啡和酒精能给他止痛。"

（三毫升布朗普顿混合麻醉剂。下午三点。）

卡拉瓦乔把书从病人的手里抽出来。

“你在沙漠里坠机的时候——你是从哪里起飞的？”

“从大吉勒夫。我是去那里接一个人。八月底。一九四二年。”

“战争期间吗？那时候所有人都已经撤离了。”

“是的。只剩下军队。”

“大吉勒夫？”

“是的。”

“在哪里？”

“把吉卜林的书给我……这里。”

《吉姆》的扉页上有一张题图，上面标记着书中男孩和圣人经历的旅途。地图上只有一部分印度——带阴影的阿富汗，以及位于山坳里的克什米尔。

他焦黑的手沿着努米河，直到北纬二十三度三十分的入海口。手指继续向西滑了七英寸，离开书页，落在自己胸口；他摸着自己的肋骨。

“这里。大吉勒夫，北回归线以北。埃及和利比亚的边境上。”

一九四二年那年发生了什么？

我去了趟开罗，正从那里回来。我与敌人擦肩而过，我靠记忆中的老地图找到战前藏着汽油和水的秘窖，开车往乌维纳特去。只有我一个人，行动简单多了。离大吉勒夫几英里的地方，卡车炸了，我翻出车子，滚进沙子里，不能沾上火星。在沙漠里，总是最怕着火。

卡车炸了，可能是遭遇伏击。贝都因人里面也有间谍，贝都因人城池般的商队继续四处飘移，无论去哪里都带着香料、房间，还有政府顾问。那些打仗的日子里，贝都因人中随时都有可能混杂着英国人和德国人。

我离开卡车，开始步行，往乌维纳特走去，我知道那里有一架被埋着的飞机。

等等。什么意思，一架埋着的飞机？

麦多克斯以前有一架老飞机，他把多余的部件统统卸了，只剩下精华部分——唯一的“多余体”是座舱的透明圆顶，这对沙漠飞行来说是必不可少的。我们在沙漠里的时候，他教会我开飞机，这个大家伙被绳子固定在地上，我们两人一面绕着它转圈，一面讨论从理论上来说，飞机遇到风是如何悬空或者打弯的。

克里夫顿的飞机“鲁珀特熊”来了之后，麦多克斯的飞机就退役了，盖了一张油布，固定在乌维纳特东北角的某处。接下来的几年里，沙子渐渐覆盖了飞机。没有人想过会再见到它。那只是沙漠里的又一个牺牲品。几个月后我们就会跨过东北部的冲沟，再也不会见到它的轮廓。克里夫顿的飞机比它年轻十岁，那时候已经飞进了我们的故事。

那么你正朝那架飞机走去？

是的。走了四个晚上。我把那人留在开罗，然后回到沙漠。到处都是战火。突然出现了“阵营”。伯尔曼的人、巴格诺德的人、斯拉丁帕夏的人——他们曾经是彼此的救命恩人——但是现在分裂成了不同的阵营。

我朝乌维纳特走去。我大概是中午到达的，然后爬进高原上的岩洞里。下面是一口名叫爱度阿的水井。

“卡拉瓦乔觉得他知道你是谁。”汉娜说。

躺在床上的男人一言不发。

“他说你不是英国人。他给开罗和意大利以外的情报组织干过，直到他被抓。我们家战争前就认识卡拉瓦乔。他是个小偷。他相信‘事物的流动性’。有些小偷是收藏家，就像那些个你看不起的探险家，就像有些男人对女人，或者女人对男人的态度。但是卡拉瓦乔不是那样的。他太好奇、太大方了，所以做不了成功的小偷。他偷的东西有一半不会进家门。他觉得你不是英国人。”

她一面说，一面观察着他的沉默；看起来他没有在仔细听她说话。只有他自己遥远的思绪。就像艾灵顿公爵[1]演奏《孤独》时的样子。

她不再说了。

他到了爱度阿水井边，一口很浅的井。他脱掉所有的衣服，浸在井水里，把自己的脑袋、还有干瘦的身躯一起放进蓝色的水中。他的四肢因为四天四夜的行走早已筋疲力竭。他把衣服摊在岩石上，爬上更高的巨卵石，爬出沙漠。此刻，一九四二年的沙漠，已经是一个巨大的战场，然后他赤身裸体地走进了黑暗的岩洞。

1　艾灵顿公爵（1899—1974），美国爵士乐作曲家、钢琴家、乐队指挥。

他的四周是他几年前发现的熟悉的壁画。长颈鹿，牛群，戴着羽毛头饰、举着双手的男人。有几个人物的姿势绝对是在游泳。伯尔曼说这里在远古时是一条大河，他是对的。他继续向前走，越来越阴冷，直到走进“泳者之洞”，他就把她放在那里。她还在那里。她把自己拖进了一个角落，紧紧地裹在降落伞里。他答应要回来接她的。

他自己倒是乐意死在一个岩洞里，那样私密，周围只有那些在岩石上游泳的人。伯尔曼曾经对他说在亚洲的花园里，你可以看着岩石想象流水，也可以盯着一个平静的水池，相信它拥有岩石的坚硬。然而她是一个在花园里长大的女人，包围她的曾经是湿润，是“凉亭”和“刺猬”这样的词儿。她对沙漠的热情是临时的。她是因为他才爱上沙漠的严酷，她试图理解他如何在沙漠的孤独中获得安慰。让她更快乐的总是雨水，是弥漫着水汽的浴室，是令人昏昏欲睡的潮湿，是开罗下雨的那个夜晚，她从他的窗台上爬下来，穿上仍然湿漉漉的衣服，为了锁住那份湿。正如她热爱家庭的传统，热爱各种繁文缛节，以及烂熟于心的那些古老的诗歌。像这样无名地死去，她是不会情愿的。对她来说，列着祖先姓名的家谱是实实在在的东西，而他则早已把自己的身世一笔抹去了。他惊讶于她会爱上他，尽管他身上有着如此强烈的匿名的特质。

她仰面躺着，中世纪死者的姿势。

我赤裸着靠近她，就像在我们开罗南部的房间里那样，我想脱光她的衣服，我仍然想跟她做爱。

我所做的一切到底可怕在哪里？难道我们不会宽恕爱人的一切吗？我们宽恕自私，宽恕欲望，宽恕欺诈。只要我们是这一切背后的原因。你可以跟一个手臂骨折的女人或者发着高烧的女人做爱。她曾经吮吸我手上伤口里的血，就像我曾经尝过并且咽下她的经血。有一些欧洲的词语永远没法准确地翻译成别的语言。Felhomaly[1]。坟墓之尘。蕴含了死者和生者之间的亲密之义。

我把她从沉睡中抱起来。蛛网般的覆盖物。我打扰了一切。

我把她抱进阳光里。我穿上衣服。我的衣服全干了，窸窸窣窣的，有石头的热度。

我交叉的双手做她休息的鞍。一到沙地上，我就把她转了个身，脸朝下，扛在我的肩膀上。我感觉到她虚无缥缈的体重。我习惯于她在我怀中的这种感觉，她曾在我的房间里转圈，像一面成精的扇子——她张开双臂，海星般的手指。

我们就这样朝东北部的冲沟前进，飞机埋在那里。我不需要地图。我身上还带了个油箱，从那辆翻了的卡车上卸下来的，一路带着。三年前，我们因为没有油箱，束手无策。

“三年前发生了什么？”

“她受伤了。那是一九三九年。她的丈夫坠机了。这是她丈夫计划好的一场自杀式坠机，本来是想让我们三个人同归于尽。那时候我们已经分手了。我想可能是有关我们恋情的话不知怎么传到了他耳朵里。”

“那看来她伤势太严重了，你不能带她一起走。”

“是的。只能我一个人去找救援，这是唯一能救她的法子。”

经历了几个月的分离、几个月的愤懑，他们在岩洞里再次相聚，再次如恋人般交谈，那块他们亲手竖在彼此之间的巨石被推

1　这是一个匈牙利语单词。

开了，毕竟那只是些他们俩谁都不相信的社会准则。

在那个植物园里，她的脑袋曾经撞在门柱上，坚定而愤怒。她那样骄傲，骄傲得无法继续这段秘密的恋情。她的世界里不允许有分割的密室。他转过身，面对着她，伸着一根手指头，我还没有想你。

你会想的。

他们分手的那几个月，他变得尖酸刻薄，唯我独尊。他刻意避开她。他无法忍受她看到他时表现出的冷静。他打电话到她家，跟她的丈夫说话，听见她在那里笑。她身上有一种吸引所有人的外在魅力。那曾经是他所钟爱的。而现在他开始怀疑一切。

他怀疑她已经另觅新欢。她对别人的一举一动，在他眼里都是一种秘密的誓言。有一次她在大厅里抓住朗戴尔的衣襟摇晃着，他咕哝着什么，而她则对着他大笑。他跟踪这个无辜的政府官员整整两天，就为了看看他们俩之间是否真有关系。他不再相信她对他说的最后的那些甜言蜜语。不是爱人，就是敌人。她是敌人。他甚至无法忍受她对他露出试探的微笑。要是她递给他一杯酒，他一口都不会喝。要是她在餐桌上指指碗里漂着的一朵尼罗河睡莲，他绝不会多看一眼。不就是他妈的一朵花嘛。她有了一群新的知己，既不包括他，也不包括她的丈夫。没有人会回到丈夫的怀抱。这是爱情，也是人性，这个他知道。

他买了淡褐色的烟纸，把《历史》里记录战争的部分全部贴上，他对那些战争毫无兴趣。他在纸上写下所有她攻击他的话。贴在书里——只留给自己属于观者的声音，听者的声音，“他”的声音。

开战前没几天，他最后一次去大吉勒夫，去清理他们的营地。说好了由她丈夫来接他。他曾经和她一样喜欢她的丈夫，直到和她相爱。

克里夫顿在约好的那天飞到乌维纳特来接他，他飞得非常低，机身掠过刺槐丛，叶子纷纷落下。虎蛾式飞机滑进低地和沟槽——而他正站在丘脊上挥舞着蓝色的油布。然后飞机一个转身冲他迎面而来，一头栽在离他五十码的地方。一道蓝烟从起落架上升起。没有着火。

一个发了疯的丈夫。同归于尽。杀死自己和妻子——还有他，因为没有飞机他也不可能活着离开沙漠。

只是她并没有死。他把她拉了出来，从飞机的废墟里，从她丈夫的死亡之掌中。

你怎么会恨我呢？她在“泳者之洞”里喃喃地问，忍着伤口的剧痛。她一只手腕断了，肋骨几处粉碎。你对我的态度真可怕。我丈夫就是那时怀疑你的。我还是恨你那样——跑去沙漠或者酒吧，消失得无影无踪。

是你离开了我，在格洛皮公园里。

因为你不要我，对你来说我什么都不是。

因为你说你丈夫要疯了。好吧，他是疯了。

没有疯太久。他还没疯的时候，我就已经疯了，你让我生不如死。吻我，好不好。别再辩解了。吻我，叫我的名字。

他们的身体曾经在香水和汗水中纠缠，发疯般地想用舌头或是牙齿穿透那层薄膜，仿佛他们可以用这样的方式抓住彼此的自我，然后在爱中把它从对方的身体里拽出来。

而此刻她的手臂上没有爽身粉，她的大腿上也没有玫瑰露。

你以为你是传统的反抗者，可你不是。你只是总在移动，总在为你无法得到的东西找一个替代品。如果你在某处失败了，你就去别的地方。没有什么能改变你。你有过多少女人？我离开你是因为我知道我永远不可能改变你。有时候你可以那样一动不动地站在房间里，有时候你可以那样一句话都不说，仿佛只要再多暴露哪怕一寸你的自我，就是对你自己最大的背叛。

我们在“泳者之洞”里说话。我们离安全的库夫拉只有两个纬度的距离。

他停了下来，伸出手。卡拉瓦乔在他乌黑的手掌里放了一粒吗啡片，药片消失在男子黑夜般的口中。

我穿过干涸的河床，朝库夫拉绿洲走去，什么都没有带，除了抵御热度和夜晚寒冷的袍子，我的希罗多德留给她了。三年之后，一九四二年，我和她一起走向那架埋在沙堆里的飞机，捧着她的身体，仿佛那是一副骑士的盔甲。

在沙漠里，生存的工具都在地下——穴居人的岩洞、被掩埋的植物体内沉睡着的水、武器、一架飞机。经度二十五，纬度二十三，我往下挖，挖到了油布，麦多克斯的飞机逐渐露出地面。那是晚上，我在寒冷的空气中汗流浃背。我把油灯拿到她身边，在她低垂着脑袋的侧影边坐了一会儿。一对恋人和沙漠——星光还是月光，我不记得了。其余所有的地方都是战争。

飞机被从沙子里挖了出来。没有食物，我很虚弱。柏油帆布太沉了，我挖不动，只能把它割破。

早晨，睡了两个小时，我把她抱进机舱。我发动马达，马达活了过来。飞机起动，然后开始滑行，我们升上天空，整整迟了三年。

声音停了。焦炭般的男子直直地瞪视着前方，吗啡作用下的凝视。

他的眼中出现了那架飞机。飞机正艰难地向上爬升，伴随着低沉的轰鸣，马达不时停一圈儿，就像漏针一样。机舱里充满噪声，在寂静中行走了几天之后，这声音尤其可怕，她身上的裹尸布正在脱落。他低下头，只见汽油正不停地喷在他膝盖上。她的衣服里伸出一根树干。刺槐和骨头。他离地面有多高？他离天空有多远？

起落架擦过一棵棕榈树的树顶，他拼命向上飞，汽油流过座位，她的身体滑到了座位底下。短路电线发出火星，她的膝盖骨着火了。他把她拉回到身边的座位上。他伸手去推头顶的座舱玻璃盖，但是打不开。他开始敲玻璃，玻璃裂开了，终于打开玻璃盖，汽油和火四处流窜。他在多少高度？她开始四分五裂——刺槐枝、叶子、树干，那是她的手臂在他身边分解。四肢逐渐被空气吞噬。舌头上有吗啡的味道。他的眼睛仿佛黑色的湖水，映出卡拉瓦乔的身影。他自己忽上忽下，就像井里的水桶。他脸上不知怎么全是血。他正开着一架腐烂的飞机，机翼上的帆布在风中撕裂。腐臭的帆布。他离那棵棕榈树已经有多远了？那是多久以前的事了？他想抬腿摆脱汽油，但是腿怎么那么重。他再也没法抬起他的腿了。他老了。突然之间。没有她的生活他过够了。他不可能再次躺进她的臂弯，相信她会在他熟睡时守卫自己，无论白天黑夜。他一无所有。他累了，不是因为沙漠，而是因为孤独。麦多克斯走了。女人也已变成叶子和树枝，破碎的玻璃盖对着天空张开大口，仿佛他头顶上的一个下巴。

他滑进浸满汽油的降落伞装备，然后把飞机转了一百八十度，跳出玻璃盖，风把他的身体向后猛推。接着他的腿终于自由了，他在空中，那么亮，他不知道自己为什么那么亮，直到他意识到自己在燃烧。

汉娜能听到英国病人房间里的声音，她站在大厅里，试图听清楚他们在说什么。

怎么样？

棒极了！

现在轮到我了。

啊！妙不可言，妙不可言。

这是最伟大的发明。

了不起的发现，年轻人。

她走进去的时候看到基普和英国病人正把一听浓缩牛奶递来递去。英国人在罐头上吸一口，然后把它从嘴边挪开，开始咀嚼黏稠的液体。他对着基普眉开眼笑，基普看起来有点儿不开心，因为还没轮到他。扫雷兵望着汉娜，在床边走来走去，连打了几个响指，终于把罐头从那张黑脸边夺了过来。

“我们发现了一个可以分享的乐子。我和这孩子。对我来说是在埃及的旅行，对他是在印度。”

“你吃过浓缩牛奶三明治吗？”扫雷兵问道。

汉娜的视线在两个男人之间移动。

基普细看了看罐头里面。“我再去拿一罐。”他说，走出了房间。

汉娜看着躺在床上的男人。

“我和基普都是世界杂种——生在一个地方，又去别的地方生活。一辈子都在挣扎，不是为了回到故乡，就是为了离开故乡，虽然基普还不承认这一点。所以我们这么合得来。”

基普在厨房里用他的刺刀在一听新的浓缩牛奶上戳了两个洞，他发现他的刺刀现在主要就是派这个用场，然后他又跑回楼上的房间。

“你肯定是在别的什么地方长大的，”扫雷兵说，“英国人不是你那种吸法。”

“我在沙漠里住了几年。我所知道的一切都是在沙漠里学会的。所有发生在我身上的重要事情，都是在沙漠里发生的。”

他对着汉娜微笑。

“一个喂我吗啡。一个喂我浓缩牛奶。我们也许发现了一种平衡餐！”他转身又对着基普。

“你做扫雷兵有多久了？”

“五年。主要是在伦敦。然后是意大利。属于处理未爆炸弹的部队。”

“谁是你的老师？”

“伍利奇的一个英国人。都说他是个怪人。”

“怪人都是最好的老师。那肯定是萨福克勋爵。你见过莫顿小姐吗？”

“见过。”

从头到尾他们俩谁都没有一点儿要让汉娜参与对话的意思。但是她想了解他的老师，想知道他会怎么描述他的老师。

“他是什么样的人，基普？”

“他在科学研究部[1]工作。他是一个实验组的头儿。莫顿小姐是他的秘书，总是和他在一起，还有他的司机弗雷德·哈兹

1　全称为英国科学与工业研究部，是英国于1916年至1965年间设立的负责科技研究与应用的政府部门。

先生。他一面拆炸弹，一面口述，由莫顿小姐做记录，哈兹先生会给他递工具。他很了不起。大家叫他们‘三圣人’。他们是一九四一年被炸死的，三个人一起。在伊里斯。”

她看着扫雷兵，他背靠墙，踮着一只脚，靴子的后跟抵着壁画上的灌木丛。没有悲伤的表情，看不出任何感情。

有些男人曾经在她怀里解开他们生命最后的结。在安吉亚里镇，她曾抬起一息尚存的男人，发现有蛆在啃食他们的身体。在奥托纳，她把香烟放进一个没有手臂的男孩嘴里。没有什么能让她停下。她继续履行她的职责，悄悄把自己藏起来。那么多护士成了神志不清的战争女仆，穿着黄红相间的制服，扣子扣到脖根。

她看着基普，他把头往后一仰，靠在墙上，脸上的不确定表情是她所熟悉的。她能读懂的表情。

七

原地拆除

英格兰，韦斯特伯里，一九四〇年

基普·辛格站的地方是马背上通常放置马鞍的部分。一开始他就站在马背那一块儿，朝着那些看不见的人挥手，他知道他们都在看着他。萨福克勋爵在用望远镜看他，看到这个年轻人举着双手，摇晃手臂。

然后他开始往下走，走进白马巨大的身体，融入马的白色，这幅韦斯特伯里的白马像雕刻在整座山体上。他成了一个黑色的人影，白色的背景使他皮肤的颜色和卡其制服的颜色显得格外的深。如果望远镜聚焦够准的话，萨福克勋爵应该可以看到辛格肩膀上深红色的肩章，标志他扫雷兵身份的肩章。在他们看起来，他就像是踩着一幅动物形状的地图。不过辛格沿着山坡往下走，唯一的感觉就是他自己的靴子正擦过粗糙的石灰地面。

莫顿小姐跟在他身后，也正慢慢地往山下走，肩上挎着她的小背包，手里拄着一把收起来的雨伞。她在离白马十英尺的地方停下来，打开伞，坐在伞下。然后摊开她的笔记本。

“你能听见我说话吗？”他问。

“能听见。”她把手上的石灰土抹在裙子上，扶了扶眼镜。她看向远方，也跟辛格一样朝那些她看不见的人挥挥手。

辛格喜欢她。她是他来到英国之后第一个真正跟他说话的英国女人。他大多数时间都待在伍利奇的一个兵营里。在那里的三个月，他只遇到一些别的印度人和英国军官。军营小吃部里的女人会回答他的问题，但是他跟她们的对话一般不超过两三个句子。

他是家里的老二。老大参军，老二做医生，还有一个老三的话就做生意。这是他们家族的传统。但是随着战争爆发，一切都改变了。他加入锡克兵团，被送到了英国。在伦敦待了几个月，他自愿参加一个工兵小组，专门负责对付定时炸弹和未引爆炸弹。一九三九年，上头发来一份通知，内容有些可笑："未引爆炸弹属内政部职能范围，经商定应由空袭预防人员和警察负责收集，并转移至恰当场所堆放，随后由军方人员负责适时引爆。"

直到一九四〇年，国防部才算接管炸弹处理这一块儿，然后转手便又把问题交给了皇家工兵部队。成立了二十五个炸弹处理小组。他们缺少技术装备，手头只有锤子、凿子以及修路用的工具。一个炸弹专家都没有。

炸弹是由以下部分组成的：

1. 外壳，或称炸弹盒
2. 导火线
3. 启动炸药，或称传爆药
4. 主体烈性炸药
5. 其他配备装置——周缘翅片、手柄、端环等等

空投在英国的炸弹百分之八十是外壳轻薄的普通型炸弹。重量一般在一百到一千磅之间。一个两千磅的炸弹叫做"赫尔曼"或者"以扫"。一个四千磅的炸弹叫做"撒旦"。

白天培训的时间很长，辛格常常会手里拿着一堆图纸就睡着了。半梦半醒之间，感觉自己走在一个火药筒里，犹如迷宫一

般，脚边堆满了苦味酸和传爆药，还有聚合器，最后他会找到迷宫最深处的导火索。然后就突然醒过来了。

炸弹击中目标后，碰撞激活震颤片，随即引燃导火索里的铅芯。先是铅芯小爆炸，带动传爆药，点燃季戊炸药蜡层。然后苦味酸发生作用，导致主要的TNT、阿玛托炸药以及铝化火药一起爆炸。从震颤片启动到火药爆炸一共需要一微秒的时间。

最危险的是低空投射的炸弹，在着陆前是不会被引爆的。那些没有爆炸的炸弹埋在城市和田野里，处于休眠状态，直到它们的震颤片被激活——可能是农民的棍子碰了一下，也可能是车轮轻轻一碾，或者是一只网球正好打在炸弹壳上——于是轰然炸开。

辛格和其他志愿兵一起被卡车运到位于伍利奇的科学研究部。那段时间拆弹小组的死亡率高得惊人，尤其是考虑到没爆炸的炸弹实际数目很小。一九四〇年，法国沦陷，英国被围困，情况就更糟糕了。

八月份，闪电战开始，一个月之内突然出现二千五百个没有爆炸的炸弹等着他们去处理。公路封锁，工厂废弃。九月份，待拆炸弹数量上升至三千七百。一百个新拆弹组连夜成立，但是炸弹究竟是怎么回事，大家仍在继续瞎子摸象。拆弹组成员的预期寿命是十周。

“这是一个拆弹英雄的时代，一个勇猛者的时代，战争形势十万火急，技术设备严重缺乏，拆弹之危之险可见一斑……然而，由于安全需要，拆弹行动一概秘密进行，因而这也是一个无名英雄的时代。一旦他们的行动公布于众，敌方便可乘机估测我方的武器处理技术，这实非明智之举。”

坐车去韦斯特伯里的路上，辛格和哈兹先生坐在前排，莫顿小姐和萨福克勋爵坐在后排。卡其色的亨伯车是出了名的。挡泥板被漆成亮红色——所有拆弹组的车都一样——晚上左面的侧光灯上有蓝色的滤光器。两天前，一个人走在那匹著名的石灰马边上，被炸飞了。工兵们到达现场，发现还有一个炸弹扔在这个历史名胜的正中央——就在韦斯特伯里大白马的肚子上，这匹马是一七七八年被刻在这连绵起伏的石灰山上的。爆炸之后没过多久，石灰山上所有的白马——一共是七匹——全都被罩上了一层掩护网，倒不是说要怎么保护它们，而是不想让它们在对英国的空袭中成为太明显的地标。

坐在后排的萨福克勋爵在说从欧洲战区迁徙而来的旅鸫鸟、炸弹拆除的历史还有德文郡的奶油。他给年轻的锡克人介绍英国的风俗习惯，就好像那是一个刚被发现的人类文明。尽管他是萨福克勋爵，他却住在德文郡，战争爆发前他一直热衷于研究《洛娜·杜恩》[1]这本书，想弄清楚书的内容在历史和地理上的真实性究竟有多少。冬天他大多数时候就在布兰登和波洛克的村子里消磨时光，他说服英国当局训练炸弹拆除的最佳地点是埃克斯穆尔高地[2]。他手下有十二个人——是各个小组里选出来的能手，有扫雷兵、工程师，辛格是其中之一。他们一周大多数时间都在伦敦里士满公园里度过，不是学习新的技术，就是拆除没有爆炸的炸弹，成群的扁角鹿在他们身边窜来窜去。周末他们会去埃克斯穆

1 《洛娜·杜恩》是英国19世纪作家R. D. 布莱克默尔的罗曼司小说，小说以17世纪末英国动荡时代为背景，描述了詹姆斯二世与蒙茅斯公爵之间为争夺王位而发生的一场内战，歌颂了男女主人公约翰·里德与洛娜·杜恩历经患难终成眷属的爱情故事。

2 埃克斯穆尔高地是英国德文郡北部的一个国家公园。

尔，白天继续培训，傍晚则被萨福克勋爵一起赶进教堂，就是洛娜·杜恩婚礼当天被枪击的地方。“要么是从这个窗户，要么是那扇后门……子弹沿着走道射进她的肩膀。枪法非常好，实际上。不过当然开枪本身是不对的。这个坏蛋被一路追到沼泽地里，抓住他之后他们把他身上的肉都撕了下来。”对辛格而言，这个故事听起来像是他非常熟悉的印度寓言。

萨福克勋爵最好的朋友是个女飞行员，这个朋友讨厌社交，但是她很喜欢萨福克勋爵。他们一起打猎。她住在悬崖上的一个小木屋里，位于康蒂斯伯里，俯瞰布里斯托海峡。他们坐着亨伯车每经过一个小镇，萨福克勋爵都会对镇上的特产如数家珍。“谁要买黑刺李树干做的手杖，这个镇上的是最好的。”就好像辛格正打算穿着他的军装和包头巾走进角落里的一家都铎小店，然后跟店主聊一聊有什么好手杖。他后来跟汉娜说，萨福克勋爵是最好的英国人。如果不是因为打仗，勋爵肯定不会离开康蒂斯伯里，不会离开他安享晚年的家用农场。他会继续坐在后院破旧的洗衣房里，拿着一杯红酒出神，身边是嗡嗡的苍蝇。萨福克勋爵五十岁，已婚，不过还是单身汉的性子，每天爬上悬崖去看他的飞行员朋友。他喜欢修理东西——旧的洗衣桶、水管发生器、靠水轮发动的烤肉器。他一直在帮斯威夫特小姐，就是那个飞行员，研究獾的生活习性。

去韦斯特伯里的石灰马这一路上，各种奇闻逸事不绝于耳。即便是战争期间，萨福克勋爵也知道可以在哪里买到最好的茶叶。帕米拉茶屋，他的一只手臂吊在石棉绷带上，把他的手下一一赶进茶屋——秘书、司机，还有扫雷兵——就好像他们都是他的孩子。“未爆炸弹委员会”竟然同意由他负责组建炸弹拆除实验组，他到底是怎么说服他们的，没人知道。不过他以往的发明创造，也许使他比大多数人更有资格担此重任。他完全是自学成才，他相信自己可以揣摩出所有发明背后的动机和精髓。他迅速发明了工装衫，扫雷兵工作时可以把火线和其他零碎设备全都装进口袋里，非常方便。

他们喝着茶，一面等小松饼，一面讨论“原地拆弹法”。

“我信任你，辛格先生，你知道我信任你，是不是？”

“是的，长官。”辛格崇拜萨福克勋爵。他个人觉得萨福克勋爵是他在英国遇到的第一位真正的绅士。

“你知道我相信你可以做得跟我一样好。莫顿小姐会跟着你，由她做记录。哈兹先生跟在后面。如果你需要别的设备，或者人手，你就吹口哨，哈兹先生听到口哨会跟上来。他不会给你提意见，但是他心里很清楚。如果他不肯出手，这表明他跟你意见不同，我会听他的。但是在现场完全由你说了算。这是我的手枪。如今，炸弹的导火线也许更复杂了，但是谁都说不准，你也许运气好。”

萨福克勋爵在暗示令他声名大噪的那件事。有一次为了阻止导火线继续燃烧，他拔出手枪击中火线头，就这样硬是让炸弹的定时器停了下来。后来德国人发明了一种新的导火线，把雷管装在定时器上面，这个方法就没用了。

有人把他当朋友，这是基普·辛格永远不会忘记的。战争中他有一半时间是跟在这位勋爵身后度过，这位从来没有出过英国并且打算战争一结束就再也不离开康蒂斯伯里的勋爵。辛格刚到英国的时候，一个人都不认识，离开他旁遮普的家十万八千里。那年他二十一岁。他遇到的所有人都是士兵。所以他看到拆弹实验小组召集志愿兵的通知，尽管听别的扫雷兵说萨福克勋爵是个疯子，他已经意识到在战争中必须掌握主动权，如果可以待在某个人物的身边，某个特别的人，那么就会有更多选择的机会，更多生存的机会。

他是所有候选者中唯一的一个印度人。萨福克勋爵迟到了。十五个候选人被领进图书馆，秘书在那里，叫他们再等一会儿。她坐在书桌后面，誊写他们的名字，士兵们互相开着玩笑，都是关于面试和考试的。他一个人都不认识。他走到一堵墙边上，盯着墙上的晴雨表，刚要伸手去碰，立即缩了回来，只是凑近脸去看它。极干，晴朗，暴雨。他自言自语地念着，带着他的印度口音。“几干。极干。”他回头看看其他人，环视房间，发现中年秘书正盯着他。她目光严峻。一个印度人。他微微一笑，走到书架旁。他还是什么都没有碰。他凑过去看一册书，题目是《雷蒙德，生与死》，作者是奥利弗·霍奇爵士。又发现了另一本，类似的题目，《皮埃尔》[1]。他转身，女秘书还在看他。他浑身不自在，就好像刚才把书放进了自己口袋里似的。也许她以前从来没见过包头巾。这些英国人！他们要你替他们打仗，却不愿意跟你说句话。辛格。模棱两可。

吃午饭时，萨福克勋爵兴高采烈，给在座所有喝酒的人倒红酒，新兵们随便说个什么笑话，他都会哈哈大笑。下午他们参加了一场奇怪的考试，每个人拿到一台机械装置，谁也不知道这是派什么用场的，然后让他们把这个装置重新组装起来。时间是两个小时，但是只要完成，随时可以离场。辛格很快就做完了，剩下的时间他就在试验把这些部件组装成不同的装置。他有种感

1 《白鲸》作者麦尔维尔的作品，写于1852年。

觉，如果不是因为他是锡克人，他应该很容易被录取。在他的国家，数学和机械都是生活的一部分。汽车从来不会被报废。一部分零件被带到村子里，重新组装后就变成了一台缝纫机或者水泵。福特车的后座可以改造成一把沙发。他村子里的大多数人更多时候是手握测量器和螺丝刀，而不是笔。汽车的零部件被装进落地钟，也可能是灌溉系统的滑轮，或者是办公室转椅的弹簧装置。解决机械事故的良方妙法随处可见。过热的汽车引擎不是用新的橡皮水龙带来降温，而是抄起一坨牛屎，然后抹在冷凝器四周。辛格在英国看到的废弃零件够整个印度用上两百年。

他是萨福克勋爵选中的三个扫雷兵里的一个。这个都没跟他说过话的男人（也没对他笑，因为他一句玩笑也没开过）穿过整个房间，一只手臂搂住他的肩膀。严厉的秘书原来就是莫顿小姐，她匆匆忙忙地走进来，端着一个托盘，上面是两杯雪利酒，把一杯递给萨福克勋爵，说：“我知道你不喝酒。”然后自己拿起另一杯，冲着辛格晃晃酒杯。“祝贺你，你的考试成绩非常棒。不过你考试之前，我就知道你肯定能被选上。”

“莫顿小姐特别会看人。她的鼻子能嗅出一个人身上的天赋和个性。”

“个性，长官？”

“是的。当然，这也无关紧要，不过我们就要一起工作了。我们在这里很像一家人。吃午饭前，莫顿小姐就已经选中你了。”

“我好不容易才忍住没对你眨眼睛，辛格先生。”

萨福克勋爵再次伸手搂住辛格，跟他一起走到窗口。

“我在想，我们要到下个星期中才开工，不如让组里的人到家庭农场去。我们可以在德文郡互相借鉴经验，互相认识一下。

你可以跟我们一起坐亨伯车去。”

他就这样赢得了特许权，从战争这台混乱的机器中脱身而出。出国一年之后，他走进了一个大家庭，仿佛回头的浪子，发现自己坐在餐桌旁，家人的欢声笑语把他团团包围。

他们穿过萨默塞特郡的边界，进入德文郡，行驶在海边的公路上，俯瞰布里斯托海峡，天几乎已经黑了。哈兹先生将汽车转上一条狭窄的通道，两旁种着欧石楠和杜鹃，花儿在最后的晚霞中红得像血一般。私车道一共有三英里长。

除了萨福克勋爵、莫顿和哈兹这三个核心人物之外，小组里还有六个扫雷兵。那个周末，他们去了石头小屋附近的沼泽地。除了莫顿小姐、萨福克勋爵和他的妻子之外，周六晚餐的时候，那位女飞行员也出现了。斯威夫特小姐告诉辛格她一直都想横越大陆，飞到印度。离开营部之后，辛格对于自己所处的地理位置一无所知。天花板上高高地挂着一个地图卷。一天早晨，身边没有别人，他把地图卷拉了下来，一直拉到地板上。*康蒂斯伯里及面积图。地图绘制者R.芬尼斯。承詹姆斯·哈里德之意而作。*

“*承……之意*。”他开始喜欢上英国人了。

晚上，在帐篷里，他跟汉娜讲了伊里斯的那次爆炸。萨福克勋爵试图拆除一个二百五十公斤的炸弹，它爆炸了。弗雷德·哈兹先生、莫顿小姐，还有其他四个正接受萨福克勋爵培训的扫雷兵，全被炸死了。那是一九四一年五月，辛格在萨福克的小组已有大约一年的时间。那天他和布莱克勒中尉在伦敦干活，清除大象城堡区的一个“撒旦”炸弹。他们一起拆除一个四千磅重的炸弹的引信，干得筋疲力尽。他记得干到一半的时候，他曾经抬起头，看见拆弹部队的几个军官在朝他的方向指指点点，他心想不知道是什么事情。也许是他们又发现了一个炸弹。当时已经过了晚上十点，他已经累到极点。还有一个炸弹在等着他。他继续工作。

解决了“撒旦”之后，他决定省点时间，走到其中一个军官身边，那军官一开始转过身似乎想走开。

“好吧，还有一个炸弹在哪里?”

军官却只是握住他的右手，他感觉不太对劲。布莱克勒中尉站在他身后，军官告诉他们出了什么事，布莱克勒中尉将双手放到他肩膀上，紧紧抓住他。

他坐车去了伊里斯。他猜到了那个军官还有什么没说出口的话。他知道这人不可能只是过来告诉他死讯的。毕竟，他们还在打仗。军官亲自过来意味着伊里斯附近什么地方还有一个炸弹，也许是同样装置的炸弹，这是找出问题根源唯一的机会。

他想自己一个人去。布莱克勒中尉留在伦敦。他们是小组剩下的最后两个成员，让两人同时冒险是不明智的。萨福克勋爵失手，这意味着又出现什么新花样了。无论如何，他想自己一个人去。两个人一起工作，就得有一个逻辑基点。不管做什么决定都得商量和妥协。

在车上的这一路上，他压抑住一切情感，把所有的思绪硬推到脑后。为了让自己保持清醒，他想象所有这些人都还活着。莫顿小姐先喝了一大杯烈性威士忌，然后再喝雪利酒。这样她可以喝得更慢一些，整个傍晚她可以看上去更像一个淑女。“你不喝酒，辛格先生，但是如果你喝的话，你会跟我一样。先来一大杯威士忌，然后你就可以像个好好先生一样慢斟慢饮。”接着她就发出懒洋洋的、沙哑的笑声。她是他这辈子遇到的唯一一个随身带两个银制小酒壶的女人。就这样，莫顿小姐还在喝着酒，萨福克勋爵还在一口一口咬着他的吉卜林蛋糕。

另一个炸弹掉在半英里之外。也是一个二百五十公斤的“撒旦”。看上去像是他熟悉的那一种。他们拆除过几百个这样的炸弹，大多数都是用老一套办法。战争就是这样继续的。大约每过六个月，敌人就会出点儿花样。你掌握他们的把戏、心血来潮、噱头，然后教给小组里的其他成员。现在他们进入了一个新的阶段。

他没有带任何人。每一步都得牢牢记住。给他开车的中士名叫哈代，他得待在吉普车里。他们建议他等到天亮再干，但是他知道他们更希望他立即动手。二百五十公斤的“撒旦”太多了。如果有什么变化，他们必须马上知道。他打电话给他们，要求灯光。他不在乎打疲劳战，但是他需要充足的光线，两辆吉普车的车灯是不够的。

他到达伊里斯的时候，炸弹区已经被灯光围起来了。如果是白天，就是一个牧场。有围栏，或者水塘隔开。夜晚，这就是一个竞技场。很冷，他借了哈代的毛衣，套在身上。灯光也能让他暖和。当他走向炸弹的时候，对他而言，他们都还活着。这是考试。

灯光很亮，金属表面的小孔都一清二楚。他忘了一切，只剩下怀疑。萨福克勋爵说过一个出色的象棋手可以是十七岁，甚至十三岁，就有可能打败一个象棋大师。但是在那个年龄，绝对不可能出一个出色的桥牌手。桥牌得看性格。你的性格，以及你对手的性格。你必须考虑你对手的性格。拆炸弹也一样。这是一局双人桥牌。你有一个敌人。你没有搭档。有时候，我给人考试，就是让他们打桥牌。人们以为炸弹是一种机械装置，一个机械敌人。但是你得考虑到，炸弹是人做出来的。

炸弹的表层在落地的时候已经撕开了，辛格能看到其中的炸药。他感觉有人在看他，他不想知道那是萨福克勋爵，还是这个机械装置的发明者。人工照明的强光又让他有了活力。他围着炸弹走了一圈，从各个角度观察它。要拆除引信，他必须打开炸弹主身，绕过炸药。他解开背包，拿出一把万能钥匙，小心翼翼地拆下炸弹壳背部的底板。他朝里面看，发现引信盒已经脱落，跟主身分开了。是好运气——还是坏运气，他还说不准。问题是他不知道整个装置是不是活的，是否早就已经被启动了。他双膝跪地，弯着腰，他很高兴只有自己一个人，又回到了只需要简单选择的世界。左转还是右转。剪这根还是那根。但是他很累，他的心里还有怒气。

他不知道自己有多少时间。等得越久，就越危险。他的靴子紧紧踩住炸弹筒的头部，然后把手伸进去，一把扯下引信盒，把它从炸弹筒里拎了出来。这个动作一完成，他就开始浑身发抖。他取出来了。炸弹已经不会爆炸了。他把引信和一堆乱七八糟的线放在草地上；那些东西在灯光下一清二楚，闪闪发亮。

他把炸弹往卡车拖去，五十码之外，到那里可以把里面的炸药清除掉。他正拖着往前，第三个炸弹在大约十五英里之外爆炸，天空一片火光，映衬得弧光灯都显得温柔而有人性了。

一个军官递给他一杯麦乳精，里面有点儿酒精，他一个人又走回到引信盒边上。他吸入麦乳精的香味儿。

已经没有什么大的危险了。如果他出什么差错，小爆炸可能会炸掉他的手。不过只要不是贴着心脏，爆炸的威力不会要他的命。眼下问题不是那么严重了。引信。炸弹里的新“玩笑”。

他必须把这一团导线归位到最初的设计。他走到军官身边，要求把保暖瓶里剩下的热饮料都给他。然后他走回来，在引信盒边上坐下。大概是凌晨一点半，他猜，他没有戴表。大约有半个小时的时间，他就用放大镜看着这团线，放大镜类似单片眼镜，挂在他的衣服扣眼上。他弯下腰，仔细盯着黄铜片，寻找拉扯时可能留下的刮痕。什么都没有。

后来，他工作的时候总是需要分散注意力的东西。他的脑子里充满各种事件、各种时刻，他需要类似白色噪声的东西把这些思绪全部焚毁或者埋葬，好让他专注于眼前的问题。收音机、半导体、震耳欲聋的乐队音乐，这些都是后来才有的，仿佛一顶油布大伞，为他遮蔽现实的大雨。

而此刻，他感觉到的是远方的某些东西，仿佛云彩上反射出的闪电。哈兹、莫顿、萨福克，全都死了，一转眼，这些人成了一堆名字。他专注的目光回到引信盒上。

他在大脑里把引信的方向上下颠倒，考虑符合逻辑的各种可能性。然后又把它横过来。他拧开传爆药盒，弯下腰，耳朵靠近，贴着黄铜片。没有滴答声。传爆药盒无声地打开。他轻轻地把发条装置从引信上卸下来，放在一边。他捡起引信盒，再次往里看。什么也没有。他刚想把它放下，犹豫了一下，又举起来，对着光源。如果不是感觉重量不对劲，他根本不可能发现问题。如果他脑子里没想着有没有什么噱头，他也就根本不会在意重量。他们全部的工作，通常不是听就是看。他小心翼翼地把引信管斜过来，重量滑向开口的地方。那是第二个传爆药盒——一个完全独立的装置——为了挫败一切拆除引信的企图。

他把装置慢慢倒出来，拧开传爆药盒。装置发出一道白绿火光，伴随嗖的一声响。第二根雷管灭了。他把雷管抽出来，跟草地上其他的部件放在一起。他回到吉普车边上。

“还有一个传爆药盒，”他喃喃道，“我运气好，能把那些导线都拉出来。给总部打个电话，看看还有没有别的炸弹。”

他把吉普车边上的士兵支开，拖过来一条摇摇晃晃的长凳，然后叫人把弧光灯打在板凳上。他弯腰捡起那三个部件，一一放在临时当做桌子的板凳上，互相间隔一英寸。他感到冷，呼出一口暖暖的白气。他抬起头。远处几个战士还在清理主炸药。他飞快地做了记录，把新炸弹的处理方法递给一个军官。当然，他自己也不是完全明白，但是就这样把信息给他们了。

如果阳光照进一个有火的房间，火就会熄灭。他喜欢萨福克勋爵和他的那些奇闻逸事。但是他不在了，这意味着现在一切都靠辛格了，意味着辛格所发现的会被用在整个伦敦所有属于这种类型的炸弹上。他的手里突然多了一张责任的地图，他意识到这是萨福克勋爵性格中一直都带着的东西。后来他拆炸弹的时候，有一种把一切抛诸脑后的需要，这种需要正是产生于责任的意识。他属于对权力游戏从来不感兴趣的人。翻来覆去的计划、决策会让他感觉不舒服。他感觉自己只会勘测，只会定位解决方案。他一旦接受了萨福克勋爵已死这一事实，便结束了自己的工作，重新做回一个默默无闻的士兵。他在一艘名为“麦克唐纳”的战船上，这艘船载了一百个扫雷兵去参加意大利的战役。他们派用场的地方不仅是炸弹，还有建桥、清理战场废墟、给装甲车铺轨道。直到战争结束，他一直都在那里。很少有人记得那个曾经是萨福克小组一员的锡克人。一年之后，整个小组撤销番号，被彻底遗忘。布莱克勒中尉是唯一一个靠他的拆弹技术升了军衔的人。

但是，那天晚上，当坐车经过刘易舍姆和布莱克希思、朝伊里斯而去的时候，辛格知道自己身体里装着萨福克勋爵，比任何一个扫雷兵装得都要多得多。他是萨福克勋爵的希望。

他还站在卡车边上的时候，听到口哨声，这表示他们要关掉弧光灯了。大约三十秒之后，金属光被卡车尾灯的黄光所代替。又一次空袭。在听到飞机声的时候可以熄灭车尾灯。他坐在一个空的汽油桶上，眼前是那三个从二百五十公斤的“撒旦”炸弹上卸下来的部件。弧光灯灭了之后，周围变安静了，能清楚听到火焰燃烧的嘶嘶声。

他坐着，看着眼前的部件，侧耳倾听，等着它们发出咔哒一声。其他人都默默无语，站在五十码之外。他知道这会儿他就是老大，一个傀儡君主，他可以随便发号施令，一篮子沙，一个水果派，这些平常在酒吧里不会跟他多说一句话的人，现在他让他们做什么都可以。他有种奇怪的感觉。就好像有人递给他一件大号衣服，他可以披在身上，袖子长长地拖在身后。但是他知道自己不喜欢这衣服。他习惯于做一个隐形人。在英国的部队里，从来没有人在意他的存在，他已经习以为常。后来汉娜在他身上看到的那种自给自足和寡言少语并不仅仅因为他是意大利战场中的一个扫雷兵。这也是因为他是一个无名的异族人，属于一个隐形的世界。他的性格中形成了自我保护的栅栏，只信任那些把他当朋友的人。但是那天晚上，在伊里斯，他知道他可以把导线接到自己身上，这些导线影响着身边所有那些人，只有他一个人拥有这份特殊的天赋。

几个月后，他逃到意大利，把他老师的身影装进一只背包，就像那个穿绿衣服的小男孩在圣诞之夜第一次离开马戏团，他就是那样打包的。萨福克勋爵和莫顿小姐有一次提出带他去看一场英国话剧。他选了《彼得·潘》，他们没说什么，默许之后跟他一起去了剧场，到处是尖叫的孩子。他跟汉娜躺在他的帐篷里，一个意大利的小山城，他脑子里浮现的便是记忆中的那些身影。

讲述他的过去，或者他性格的特点，这样难免有些张扬。就像他永远不会转头问她，他们俩这段感情背后最深层的动机到底是什么。他搂着她，怀揣的爱意同他对那三个古怪的英国人的爱是一样的。他跟他们在一个桌子上吃饭，一起看《彼得·潘》，他是那样开心，放声大笑；绿色的小男孩举起双臂飞了起来，消失在舞台高处的黑暗中，他看得目瞪口呆；然后彼得·潘又回来了，教地上的小女孩怎么跟他一起飞。从头到尾，那三个人就静静地看着他。

伊里斯的上空还闪着火光。一有飞机的声音，他就会停下来，硫黄色的火团一个接一个被一桶桶的沙子扑灭。他坐在单调的黑夜里，挪了挪位置，以便弯下身体把耳朵贴近仍在发出滴答声的引信装置，他还在计算时间，他得非常用力地听，头顶的德国轰炸机轰鸣不断。

终于，被他等到了。整整一个小时后，定时器到点，雷管爆炸。拿掉主要的传爆药盒，露出一个之前没看到的撞针，就是这个撞针启动了第二个隐蔽的传爆药盒。一个小时后再次爆炸——正常情况下，扫雷兵早就以为炸弹已经被安全拆除了。

这个新装置将改变盟军部队拆弹行动的整体方向。从现在起，所有未爆炸炸弹都有携带第二个传爆药盒的威胁。从现在起，扫雷兵要清除一个炸弹，光拆引信是不行了。必须让炸弹在引信原封不动的情况下失灵。之前在弧光灯的包围下，他几乎是怒气冲冲地把被剪断的第二根引信从饵雷里拔了出来。后来空袭期间，在硫黄色的夜色里，他目睹了有他手掌大小的一团白绿色火光。他没死纯粹是运气。他走到军官身边，说：“我还要一根引信，还需要确定。”

弧光灯再次开启。他身边的黑夜再次被点亮。那天晚上他又用新引信继续测试了两个小时。结果证明定时时间确实是六十分钟。

那天晚上他大部分时间是在伊里斯度过的。第二天早晨他醒来，发现自己已经在伦敦。他不记得他是怎么坐车回来的。他起来，走到桌子边，开始画炸弹图纸，传爆药、雷管、ZUS-40 的全部问题，从引信到锁环。然后他把所有拆除引信的方法一一画在图纸上。每一个箭头都准确无误，按照他所学的知识把注释写得一清二楚。

前一天晚上他的领悟是对的。他能活着纯粹是运气。原地给这样一个炸弹拆引信是不可能的，肯定会爆炸。他在蓝图纸上把他所知道的一切都画了下来，写了下来。最后一行他这样写道：承萨福克勋爵之意而作，学生基帕尔·辛格绘制，一九四一年五月十日。

萨福克死了之后，他埋头工作，疯了一般。炸弹更新换代很快，新的技术，新的装置。他和布莱克勒中尉以及另外三个专家一起驻扎在伦敦摄政公园，研究拆弹技术，每出现一种新的炸弹立即绘制图纸。

他们在科学研究部工作十二天之后，找到了答案。完全忽略引信。忽略第一原则，即“拆除炸弹引信”。太棒了。他们又是笑，又是鼓掌，一群军官互相拥抱。他们完全不知道接下来该用什么方法取代第一原则，但是他们知道理论上他们是对的。拥抱问题不代表能解决问题。这是布莱克勒中尉的思路。“如果一个房间里只有你和你的问题，别去理它。”只是随口这么一说。辛格走到他身边，换一个角度来表达：“那么我们干脆别去碰引信。”

这个想法一出炉，一个星期后他们就找到了解决的办法。蒸汽注射器。在炸弹筒上开一个口，注入蒸汽，主体炸药就能被蒸汽乳化，然后渐渐耗尽。这个方法暂时解决了问题。不过那时候他已经上了去意大利的轮船。

“炸弹上总是有黄色粉笔写的字。你注意到没有？就像我们在拉合尔的大院里排队，身上都用黄色粉笔写着字。

“一长队的人，慢慢往前移动，从大街上排到医院里，再进大院，应征入伍。我们在登记签名。医生用各种设备检查我们的身体，合格，不合格，用手摸我们的脖子。镊子沾一下消毒剂，夹起我们的皮肤。

“大院里站满了体检合格的人。我们的皮肤上有黄粉笔写的编码符号。然后是排队，简短的面试，每人脖子上挂一块石板，一个印度军官用粉笔在板上涂了更多的黄色。我们的体重、年龄、原籍、教育程度、牙齿情况、最适合什么部队。

“我并没有感觉受了侮辱。我哥哥肯定会，他会愤怒地走到水井边，打一桶水，然后把粉笔灰印冲掉。我和他不一样。尽管我爱他，我崇拜他。我性格中有一部分能看到所有事情背后的合理性。上学的时候，我总是很认真，很严肃，我哥会模仿我，嘲笑我。当然，你知道的，我远不如他严肃，我只是不喜欢跟人起冲突。我想做的事情我还是会去做，还是用我想用的方法。我很早就发现有一块被人们忽视的空间，一块对我们这些安静的人开放的空间。一个警察对我说，你不能在这座桥上骑车，或者这个城堡的哪一扇门不能过，我不会跟他吵——我就站着不动，直到他看不见我，然后我就可以过去了。像只蟋蟀。像一杯藏起来的水。你懂吗？我哥哥在大街上跟人打架，而我学会了这些。

“但是对我来说，我哥哥一直是家里的英雄。我总是跟在他身后，他是个狂热分子。他亢奋地回击一次侮辱、一条律法，每次抗争之后，我会目睹他的筋疲力尽。他打破我们家里的传统，尽管他是长子，但是他拒绝入伍。只要是英国人做主的事情，他全都反对。所以他们把他扔进了大牢。在拉合尔的中心监狱。后来是加特纳格尔监狱。晚上他躺在板床上，手臂上打着石膏，被他的几个朋友打断的，他要越狱，他的朋友那么做是为了保护他。在监狱里他变得平静，变得狡猾。更像我了。他听说我不做医生，已经代替他应征入伍，他也没有往心里去，只是笑了笑，让父亲捎了口信给我，叫我自己多当心。他不会参加对方的军队来跟我打仗的，或者反对我做的事情。他确信我有本事活下来，因为我知道怎样躲在沉默里。”

他坐在厨房的桌子旁跟汉娜说着话。卡拉瓦乔一阵风似的穿过厨房，肩上扛着大粗绳子，如果有人问他那是干吗用的，他就会说不关你的事。他扛着绳子，一面走出门，一面说：“那个英国病人要见你，小子。”

“知道了，小子。”扫雷兵从桌旁一跃而下，带着他的印度口音模仿卡拉瓦乔的威尔士英语。

“我父亲有一只鸟，我想是雨燕，他总是带在身边，缺了就会不自在，就像他的眼镜，或者吃饭时要喝的水。在家里的时候，即便是进卧室，他也会带着那只鸟。他上班去的时候，鸟笼就挂在自行车的车把上。”

“你父亲还活着吗？”

“哦，是的。我想是的。我有一段日子没收到信了。我哥哥有可能还在牢里。”

他总是想起那一幕。他踩在那匹大白马像中间。石灰山上很热，白色的尘土在他身边飞扬。他在拆一个炸弹，很简单的装置，但这是他第一次独立操作。莫顿小姐坐在离他二十码远的地方，在斜坡上面，正在记录他工作的情况。他知道山下，山谷对面，萨福克勋爵正拿着望远镜在看他。

他干得很慢。石灰飞起来，落下，他的手上、炸弹上，到处都是，他得不停地把引信帽和导线上的灰尘吹掉，这样才看得清楚。长外套让他很热。他一次次把手伸到身后，把手腕上的汗水抹在衣服上。拆下来的零件把他胸前的一只只口袋都装满了。他很累，重复检查各个部件。他听见莫顿小姐的声音。“基普？”“是。”“把手里的活停一会儿，我要下来了。”“您最好别下来，莫顿小姐。”“我就要下来。”他把衣服口袋的扣子一只只扣上，又在炸弹上盖了块布；她笨拙地爬下来，也站在大白马身上，然后在他旁边坐下，打开她的书包。她把一小瓶香水倒在一块镶边手帕上，然后把手帕递给他。“擦擦你的脸。萨福克勋爵用这个给自己提神。”他有些犹豫地接过手帕，按她说的轻轻拍额头、脖子和手腕。她打开保温瓶，给两人各倒了一杯茶。又打开油纸包，拿出几块吉卜林蛋糕。

看上去她一时半会儿没有回山坡上的意思。如果提醒她应该回安全地带，又好像有点儿不礼貌。她在说天有多热，不过至少在镇上订的旅馆房间都带澡盆，他们可以盼望一下洗澡这件事。她不经意地讲起她是怎么认识萨福克勋爵的。一字不提他们身边的炸弹。他心里慢慢静下来，就像一个半睡半醒的人，一遍又一遍地读着同一段文字，想在句子和句子之间找到某种联系。她把他从问题的漩涡中拉了出来。她仔细地整理好书包，一只手放在他的右肩膀上，然后回到铺在韦斯特伯里大白马上的毯子位置。她留给他一副太阳眼镜，但是戴上眼镜他就看不清楚了，所以他把眼镜放在一边。然后他继续干活。香水的味道。他记得他小时候闻到过一次。他发高烧，有人把香水抹在他身上。

八

圣林

基普从田里走出来，之前他一直在土里挖着，没停过。他的左手举在胸前，看着像是扭伤了。

他经过汉娜花园里的稻草人、挂着沙丁鱼罐头的十字架，朝山上的别墅走去。他两手合拢放在身前，看起来就像笼着一支燃烧的蜡烛。汉娜在走廊上迎接他，他握起汉娜的手，放进自己手里。一只瓢虫正绕着他小指的指甲盖爬着，转眼便爬到了汉娜的手腕上。

汉娜转身走回屋里。这会儿是她的手伸在胸前。她穿过厨房，走上楼梯。

病人的脸转过来，看着她走进房间。她捧着瓢虫的手轻轻碰碰他的脚。瓢虫离开她的手，爬上黑色的皮肤。虫儿绕过大片白色的床单，开始沿着病人的身体长途跋涉，在火山岩浆般的肉体上衬得鲜红。

藏书室里，有一个引信盒正落在半空，是被卡拉瓦乔碰落的。他听到大厅里传来汉娜开心的叫声，一回头，胳膊碰到引信盒，引信盒从桌子落下来。就在它即将落地的瞬间，基普的身体滑过来，伸手接住了引信盒。

卡拉瓦乔低头看到年轻人的脸，两个脸颊鼓鼓的，正飞快地呼出一口气。

他突然觉得自己欠了他一条命。

基普笑了起来，在这个老男人面前他不再感到害羞，手里举着引信盒。

卡拉瓦乔会一直记得基普的这一滑。他可以转身离开，可以再也不跟基普见面，但是他永远不会忘记他。很多年以后，在多伦多的一条大街上，卡拉瓦乔会从一辆出租车里出来，一个东印度人要上车，他替那人扶着门，心里想起了基普。

这会儿扫雷兵只是仰面对着卡拉瓦乔的脸笑着，笑声越过他的脸，一直飞到天花板上。

“我对纱笼很熟悉，”卡拉瓦乔一面说话，一面对基普和汉娜摆摆手，“在多伦多东区，我遇到过一些印度人。我在偷一户人家，是一个印度人的家。他们醒过来了，穿着这种布，纱笼，当睡衣穿，我觉得很有意思。我们就聊起来，最后他们说服我试一试。我脱了衣服，把一条纱笼套在身上，然后他们立即一拥而上，把我赶了出去，我就那样半裸着跑进黑夜里。”

“这是真的吗？”她笑着问。

“这样的真事多着呢！”

她对他足够了解，几乎相信他了。卡拉瓦乔偷东西的时候，注意力常常会被某些人性的元素所分散。圣诞节的时候闯进一户人家，如果他注意到年历上的日期不是当天的日期，心里就会不舒服。他常常和各种留守家里的宠物说话，像模像样地跟它们讨论食物，把它们喂得饱饱的，如果他再次回到犯罪现场，这些动物往往会喜形于色地招呼他。

她走到藏书室的书架前，闭着眼睛，随手抽出一本书。是一本诗集，她在书里的两个部分之间找到一个空白处，然后开始写字。

他说拉合尔是个古老的城市。跟拉合尔比起来，伦敦是个新镇。我说，那么，我的国家就更新了。他说他们早就有火药了。早在十七世纪的时候，宫廷画里就记录了烟火表演的场面。

他个头不大，比我高不了多少。跟他靠得很近的时候，如果露出那种亲密的微笑，他可以迷倒一切。他性格里藏着坚强的一面。那个英国人说他是一名圣斗士。但是他有一种特殊的幽默感，挺粗野的，从表面看不出来。记得那句话“早上我会再帮他把线接上”。嗨呀呀！

他说拉合尔有十三个城门——以圣人和国王的名字命名，或者是城门所通向的地方的地名。

bungalow[1] 这个词是从“孟加拉人（Bengali）”来的。

---

1 bungalow 指一种源于印度的平房。

下午四点，他们用保险带把基普吊进坑里，直到他腰部以下全浸在泥水里，他的身体在“以扫”炸弹旁来回晃着。弹身从头到尾一共是十英尺长，弹头陷在他脚边的泥里。黄色的泥水底下，他的大腿跟炸弹的金属外壳蹭来蹭去，很像士兵们在部队礼堂舞池的角落里搂着女人时的样子。手臂累了，他就靠在肩膀高度的木头支架上，支架是用来防止四周的泥土塌方的。他到达之前，扫雷兵们在“以扫”周围挖了个洞，再竖起一圈木头支架。一九四一年，带新型Y引信的“以扫”炸弹开始出现，这是他第二次遇到。

开了几次会之后，大家认为处理新引信的唯一办法是让引信失效。那是一种巨大的炸弹，落下来以后呈鸵鸟姿态。他是赤脚下洞的，已经在慢慢地往下沉，脚陷在淤泥里，完全没法在浸满冷水的洞里站稳。他没有穿靴子——靴子会卡在淤泥里，等他们把他往上拉的时候，很可能会一下子折断他的脚腕。

他的左脸颊靠着金属外壳，努力想象温暖的感觉，一小缕阳光射进二十英尺深的洞里，落在他的后脖根上，他所有的注意力都集中在这一抹温暖之上。他抱在怀里的东西随时可能爆炸，一旦弹芯颤动，一旦传爆药被引燃。没有什么魔法或者X光可以告诉任何人，哪里破了一个小口子，或者哪一条导线不晃悠了。这些细微的机械信号仿佛内心深处的一声叹息，抑或走在你前面的那个人的某一次脉搏。

这是在哪个镇上？他想不起来了。他听见什么声响，抬起头。哈代正用绳子把工具放在书包里吊下来，基普把各种工具放进他衣服上的无数个口袋里。他嘴里哼着一首歌，是他们坐吉普车一路过来时，哈代唱的歌——

白金汉宫换卫兵——
克里斯多夫·罗宾和爱丽丝一起去。[1]

他把引信头的部分擦干，在那周围砌一圈淤泥，做成杯子形状。然后打开液氧罐，把液氧倒进泥杯里。泥杯牢牢固定在金属外壳上。现在他又得等待了。

他跟炸弹离得那么近，他已经能感觉到温度的变化。如果是在地面上，他可以走开，十分钟后再回来。可现在他不得不待在炸弹边上。他们是两个可疑的生物体，在一个封闭的空间里。卡莱尔上尉也是在一个洞里操作的，也是冻氧，突然整个洞一片火海。他们赶紧拉保险带，等拉上来，卡莱尔上尉已经不省人事了。

他在哪里？里森·格罗夫街吗？老肯特路[2]吗？

基普把棉球用泥水浸湿，然后贴到炸弹外壳上，离引信十二英寸的地方。棉球掉了下去，这意味着他还要继续等待。如果棉球不掉下去，就意味着引信周围已经有足够的地方被冻住了，他就可以进行下一步。他把更多的液氧倒进泥杯里。

冰霜圈正在扩大，这会儿半径有一英尺。再等几分钟。他看到炸弹上贴的纸条，那天早上所有拆弹小组收到的最新资料里都收录了纸条上的话，他们读的时候笑了半天。

---

1 这是英国儿童文学作家A. A. 米尔恩（1882—1956）的《白金汉宫》的片段。基普在下文中还会唱诗中的句子。

2 里森·格罗夫街、老肯特路均为伦敦路名。

什么时候爆炸是合理的？

如果大写的X代表一条人命，Y代表风险，V代表爆炸可预计的伤害，那么一个逻辑学家也许会称，如果V小于X除以Y，则炸弹应该引爆；但是如果V除以Y大于X，则应该采取措施现场制止爆炸。

谁会写这样的东西？

他这会儿已经跟炸弹一起在洞里待了一个多小时了。他继续倒液氧。在他右手边，肩膀的高度，是一根皮管子，上面的人把空气从皮管子里输进来，以防止他因为纯氧而头晕。他又用棉球试了一次，这次粘住了。他大约还有二十分钟的时间。二十分钟后炸弹里的电池温度又会升高。但是眼下引信已经冻住，他可以开始拆除引信了。

他用手掌上下摩擦炸弹外壳，检查金属表层是否有裂缝。浸在水里的部分是安全的，但是如果氧气同暴露的炸药接触，就会着火。卡莱尔所犯的错误。X除以Y。如果有裂缝的话，他们就得用液氮。

“这是一个两千磅的炸弹，长官。‘以扫’。”哈代的声音从泥洞口传来。

“五十号，环形，B。很可能有两个引信盒。但是我们觉得第二个可能是没有保险装置的。听见啦？”

之前他们已经讨论过这些问题，但现在是最后一次确认，他得记在心里。

“接通我的耳机，你退回去吧。”

“是，长官。”

基普笑了。他比哈代年轻十岁，而且不是英国人，但是哈代特别乐于遵守部队规定。其他士兵喊他“长官”的时候总会有些犹豫，但是哈代每次都大吼一声，精神饱满。

他正飞速地操作，要把引信撬出来，电池已经全部失效。

“你能听见我吗？吹一声口哨……好，我听见了。最后一次灌满氧气。让气泡扑腾三十秒。然后开始。抹掉冰霜。好了，我要干掉这个该死的……好了，该死的，搞定。”

哈代一面听，一面做记录，随时可能发生意外。只要一颗火星，基普就会身陷火海，也可能炸弹里还有伏笔。那么下一个接手的人就得考虑用别的方法。

“我在用奎尔特扳手。”他从胸袋里拔出奎尔特扳手。冰冷，他把它搓暖。他开始拆除锁环。很容易，他告诉哈代。

“白金汉宫换卫兵。”基普吹着口哨。他拔下锁环和定位环，让它们沉到水底。他能感觉到它们在他脚边慢慢地转着圈。还要四分钟。

“爱丽丝要嫁给一个卫兵。‘当兵的日子太不好过。’爱丽丝说！”

他大声地唱着，想让自己再暖和些，胸口冻得发疼。他一直努力往后靠，离面前的冰冻金属尽量远一些。他还不停地把手伸到后脖根上，因为阳光还照在那里，再搓搓手，搓掉点儿泥、油和冰霜。弹簧夹头很难夹住引信头。接着，他惊恐地发现，引信头断了，完全掉下来了。

“错了，哈代。整个引信头掉了。跟我说话，听到没有？引信绕成一团，在下面，我弄不出来了。没有露在外面的部分，没有可以夹的头了。”

“冻到哪个部分了?”哈代就在他头上面。大约几秒钟的时间，他已经奔到了洞口。

“霜冻还有六分钟。”

“上来，我们把它炸了。”

“不行，再给我一些液氧。”

他举起右手，一只冰冷的容器放进他手里。

“我会把泥滴在引信暴露的部位——就是引信头掉了的地方——然后我会切开金属。切进去，直到我能夹住引信。退回去，我会对话筒说的。”

他几乎难以控制自己的愤怒。泥，这是他们对液氧的叫法，全洒在他自己身上，滴到水面上嘶嘶作响。他等着结霜，然后用凿子对付金属壳。他倒了更多的液氧，又等了一会儿，凿得更深了。没有东西出来，他从衣服上扯下一条布片，垫在金属和凿子之间，然后用一个大锤子敲凿子，这是非常危险的，凿下了一些碎片。唯一能帮他阻挡火星的是他衣服上的布片。更糟糕的是他的手指越来越冷，已经不再灵活，跟电池一样被冻住了。他一次次凿偏，总是凿在引信头附近的金属上。把金属壳一层层剥下来，希望金属经冷冻后适合这样的凿法。如果他直接切进去，就会有碰到雷管的危险，那样就会引燃传爆药。

又过了五分钟时间。哈代没有离开洞顶，而是不断提醒他冰冻剩余的时间。但事实上，他们俩心里谁都没准。因为引信头已经掉了，受冰冻的是另一个地方，水的温度尽管在他感觉是冷的，但还是要比金属的温度高。

这时他看到了一点东西。他不敢把洞凿得更深。引信线圈的接头像银丝般轻轻颤动。能够到接头就好了。他试图把手搓暖。

他呼出一口气，屏住呼吸，有几秒钟的时间，用镊针把接头一剪二，这才又吸进一口气。在把接头从线圈里拉出来的时候，他手上的皮肤被冰粘破了，他疼得倒抽了一口气。炸弹被拆除了。

“引信出来了，传爆药灭了。快亲我。”哈代已经在拉绳子，基普想抓住安全带；但是手又冷又疼，不听使唤，所有的肌肉都冻住了。他听到滑轮的吱嘎声，紧紧地抓住仍然半系在他身上的皮带。他开始感觉到他那两只棕色的大腿正从淤泥里拔出来，就像一具古尸从烂泥里被挖了出来。两只脚伸出水面。他被拎上来了，从洞里来到阳光底下，先是脑袋，再是躯干。

他悬挂在那里，在装滑轮的杆子底下慢慢地打着转。哈代抱住他，一面解开他的安全带，把他放下来。突然，他看到大约二十码之外，站着一大群人，正看着这一幕，太近了，这么近是不安全的；要是刚才炸了，他们也就完了。但是当然，哈代刚才不在那里，没法警告他们后退。

人群默默地看着他，这个印度人，靠在哈代的肩膀上，几乎没法自己走回到吉普车那里，那么多装备——工具、容器和毯子，录音设备还在运转，倾听着洞底的空无。

“我走不动。”

“就到吉普车那里。没几步了，长官。我去收拾其他东西。”

他们一次次停下来，又慢慢往前走。经过那些人身边，他们看着这个小小的棕色男人，赤脚，湿透的长衫，疲惫的脸上毫无表情，谁都不认识，什么都不想知道。所有的人都沉默着。不过他们会往后退，给他和哈代让出地方。到吉普车边上，他开始发抖。他的眼睛无法忍受挡风玻璃的反光。哈代搀着他，一点一点，把他弄进吉普车的车座上。

哈代走开后，基普慢慢脱下他的湿裤子，把自己裹在毯子里。然后他就坐在那里。他太冷、太累了，甚至没有力气打开旁边座位上装着热茶的保暖瓶。他心想：刚才在下面我甚至都没感到害怕。我就是生气——因为我自己犯的错误，或者因为有可能埋着伏笔。这是动物自我保护的反应。

现在只有哈代还能让我有人的感觉，他意识到。

住在圣吉罗拉莫别墅的日子里，如果哪天特别热，他们都会洗头，先用煤油，以免有虱子，然后再用水。基普仰面躺着，他的头发四下散开，闭着眼睛，阳光照在他脸上，突然，他看上去那么需要保护。脆弱的卧姿使他体内散发出某种羞涩，看上去更像是一具神话中的尸体，而不是什么活的东西，或者活人。汉娜坐在他身旁，她深棕色的头发早已经干了。这样的时刻，他会谈起他的家人，谈起他被关在牢里的哥哥。

他会坐起来，把头发甩到前面，然后用一条毛巾仔仔细细地擦拭。从这个男人擦头发的姿势里，她想象着整个亚洲的样子。他懒洋洋地走路的样子，他的不动声色的文明。他说起圣斗士，她现在觉得他就是一个圣斗士，严厉而又充满幻想，偶而有阳光的时候才会停下来显得像无神论者，不那么正式。他的脑袋又放到桌子上，头发散开成扇形，就像铺在篮子里的谷子，这样可以让太阳把头发晒干。尽管他这个来自亚洲的男人在过去几年里已经认了英国人做父亲，像一个孝顺的儿子一样听从父亲的号令。

“啊，可是我哥哥觉得我是个傻瓜，竟然信任英国人，”他转身面对她，眼睛里闪着阳光，“总有一天，他说，我会睁开我的眼睛。亚洲仍然不是一个自由的大洲，我们那样替英国人卖命打仗，他觉得匪夷所思。在这个问题上我们一直都有分歧。‘总有一天，你会睁开你的眼睛。’我哥哥反复这样说。”

扫雷兵说道，把眼睛闭得紧紧的，这是对这个比喻的讽刺。“日本是亚洲的一部分，我说，可他们还不是在马来西亚虐待我们锡克人。但是我哥哥不管这些。他说英国人现在正把闹独立的锡克人吊死。”

她转过身，两只手抱在胸前。这个世上的宿敌们。这个世上的宿敌们。她走进阳光下的黑暗，走进别墅里的那个房间，她在英国病人身边坐下。

夜晚，当她把他的头发散开，他又变成一个新的星座，枕头上是成千上万条赤道线，她和他拥抱时、睡觉翻身时，都能感觉到他头发的波浪。她怀里抱着一个印度女神，抱着小麦和绸带。他压在她身上时，头发倾泻而下。她可以把发丝绕在自己的手腕上。他翻身的时候，她会睁大眼睛看他头发上的静电，在帐篷的黑暗中一闪一闪。

他走路时总有参照物，沿着墙，梯田状升起的灌木树篱。他的眼睛扫描身体的外围。他看着汉娜的时候，看到的是她瘦削的脸颊和她背后的风景。就像他看朱顶雀弧形的身影，是把它放在它从地面起飞后所经过的那段空间里。来到意大利，他的眼睛试图看到一切，除了任何临时的以及属于人的东西。

有一样东西是他永远不会考虑的，就是他自己。他不会看曙光里他的影子、伸出去抓椅背的他的手臂、窗玻璃映出的他的身影，还有别人眼中的他。打仗的这些年里，他明白了唯一安全的东西是他自己。

他和英国病人在一起，一待就是几个小时，英国病人让他想起他在英国看到的一棵冷杉树，有一根枯枝，被岁月压弯了腰，架在充当支架的另一棵树上。那棵冷杉立在萨福克勋爵的花园里，在悬崖边上，像个哨兵般俯瞰着布里斯托海峡。他觉得，尽管颤颤巍巍，但这棵冷杉的体内藏着一个贵族，记忆的力量如彩虹横架于病患之上。

他自己没有镜子。他把包头巾挂在花园里，眼睛四下看着树上的苔藓。但是他注意到汉娜的头发上有明显被剪刀剪过的痕迹。当他把脸贴着她的身体，锁骨的地方，骨头让她的皮肤发亮，她的呼吸是他熟悉的。但是如果她问他，她的眼睛是什么颜色的，尽管他已经那么喜欢她，她觉得他还是答不出来。他会笑，然后猜，但是，如果黑眼睛的她闭上眼睛然后告诉他，她的眼睛是绿色的，他也会相信。他可能会非常仔细地看着一个人的眼睛，却不会看到那眼睛的颜色，就像已经进入他喉咙或者胃里的食物，只剩下内容，食物的味道或者食物具体是什么东西就不知道了。

如果有人说话，他会看着说话人的嘴，而不是眼睛和它的颜色，他觉得眼睛的颜色总会随着室内光线的改变而改变，一天不同的时间会有不同的颜色。从嘴巴可以看出说话人是缺乏自信，还是沾沾自喜，甚至准确的性格特征。对他来说，嘴是人脸上最复杂的部分。眼睛传递的东西，他永远没法确定。但是他可以读懂嘴巴如何陷入冷漠，如何透露温柔。眼睛常常容易被误读，仅仅是因为它对一缕阳光的反应。

他把一切归拢起来，成为变化中的一个和谐体。他眼中的她处在不同的时间和地点，她的声音和本性随之改变，甚至她的美，就像大海中的救生船，总是海的力量携裹或左右着船的命运。

他们习惯随着日出起身，晚饭则总是就着最后一抹余晖。整个晚上只有英国病人身边会点一支蜡烛，在黑暗中扑闪。如果卡拉瓦乔搞到一点油的话，也可能点一盏半满的油灯。但是走廊和其他的房间都是一片漆黑，他们仿佛身处地下城堡。他们习惯了在黑暗中走路，伸着两只手，指尖轻触身边的墙壁。

“再没有光，再没有颜色。”这句歌汉娜总会一遍又一遍地唱给自己听。基普有个让人紧张的习惯：一只手扶着栏杆的中间部分，然后纵身跳下楼梯。后来他被制止了。汉娜想象他的腿跃过半空，正中刚进屋的卡拉瓦乔的肚子。

一个小时前她吹灭英国病人房间里的蜡烛。她脱下网球鞋，连衣裙的领子敞开着，夏天还是很热，袖子也松开了，高高地卷在胳膊上。有种甜美的凌乱。

底楼除了一间厨房、一间藏书室和一个废弃的小教堂之外，还有一个玻璃围起来的室内天井。四面玻璃墙，穿过一道玻璃门走进天井，里面有一口盖着盖子的水井，花架上死去的植物，肯定也曾在这个温室里蓬勃生长过。这个室内天井越来越让她想起一本打开的书，书里压着干花，经过的时候可以看一眼，但是从来没有进去过。

凌晨两点。

两人各自从不同的门进入别墅，汉娜走的是小教堂那条路，三十六级石阶，他是从北面的天井。他走进屋子的时候，拿掉了手表，轻轻放进一个半人高的壁龛里，那里放着一个小小的圣人像，这个别墅医院的守护神。她不会看到磷光了。他已经脱下鞋子，身上只穿着裤子。绑在手臂上的灯关了。他什么也没拿，在黑暗中站了一会儿。一个瘦瘦的男孩子，黑色的包头巾，钢镯子松松地戴在手腕上，贴着皮肤。他靠在大厅的角落里，像一根长矛。

接着他穿过室内天井。进入厨房，立即感觉到黑暗中的狗，他抓住它，用绳子把它拴在桌子旁。他从厨房架子上拿了听浓缩牛奶，然后回到室内天井里的玻璃房。他用手摸了摸玻璃门底部，找到靠在门上的几根小棍子。他跨进门，把门关上，最后一刻他的手伸出去又把棍子靠在门上。万一她见过这些棍子呢。然后他爬进井里。底下三英尺的地方有一个十字架形的木板，他知道是结实的。他把盖子在头顶盖上，然后蹲在那里，想象她在找他的样子，也可能是在把她自己藏起来。他开始吸那听浓缩牛奶。

她怀疑他可能在跟她捉迷藏。摸进藏书室之后，她拧亮挂在手臂上的煤油灯，沿着书架往前走，书架从她的脚踝往上，高不见顶。门关着，大厅里漆黑一片。他看不见落地窗外面的亮光，除非他人在外面。每走几英尺她就停下来，在一堆意大利书里寻找难得一见的英文书，可以念给英国病人听的书。她喜欢上了这些意大利书，它们的书脊，卷首的插图，书里的彩色插图，上面盖着一层薄棉纸，纸的味道，甚至书翻得太快时发出的咵嚓声，就好像折断了好些看不见的细骨头。她又停了下来。《帕尔马修道院》。

“有朝一日我克服万难，”他对克莱莉说，“我会去看看帕尔马修道院的那些美丽图画，那时望你屈尊记起这个名字：法布利斯。”

卡拉瓦乔躺在藏书室尽头的地毯上。黑暗中，汉娜的左手臂看上去闪着磷光，照亮了书，她的黑发染上一层红色，似微暗的火，点燃她棉质的连衣裙，还有肩膀上捋起的袖子。

他爬出水井。

她手臂四周的光亮直径三英尺，之外便是黑暗，卡拉瓦乔感觉两人之间隔着一道黝黑的深谷。她把那本棕色封面的书夹在右胳膊下。她向前走，新的书出现，其余的消失在她身后。

她变老了。他现在更爱她了，胜过当她还是父母的乖乖女的时候，那时他更了解她。现在的她是她自己选择的样子。他知道如果他是在欧洲的某条街上遇到汉娜，他会感觉她眼熟，但是不会认出她。他来到别墅的第一个晚上就曾掩饰住自己的震惊。她苦行僧般的脸，第一眼看上去显得很冷漠，带着某种尖锐。他意识到，在过去的两个月里，他已经接受了她现在的样子。他几乎不敢相信自己会为她的蜕变感到喜悦。几年前，他曾试图想象她变成大人是什么样子，但他赋予自己想象中的汉娜的特质是来自她周围的人群。而他之所以会更深爱眼前这个奇妙的陌生人，恰恰因为她身上没有任何东西是他所赋予的。

她躺在沙发上，把油灯朝里面转，她在读书，已经完全陷进书里去了。又过了一会儿，她抬起头，倾听片刻，然后飞快地熄灭了油灯。

她意识到他在房间里吗？卡拉瓦乔知道自己呼吸声很重，他没法规律而平静地呼吸。灯又亮了一会儿，然后又飞快地灭了。

接着，房间里所有的一切似乎都动了起来，除了卡拉瓦乔。他听得一清二楚，惊讶于没人碰到他。那个男孩子在房间里。卡拉瓦乔走到沙发边上，弯腰伸手去摸汉娜。她不在那里。正当他直起腰的时候，一只手臂围住他的脖子，把他整个人往后拖了下去。一道亮光射在他脸上，俩人倒下的时候，同时发出一声低吼。发光的手臂仍然抱着他的脖子。接着一只赤裸的脚出现在亮光中，跨过卡拉瓦乔的脸，踩在他身旁那个男孩的脖子上。又亮起一束光。

“抓住你了。抓住你了。”

地上的两个人抬眼看着亮光上方汉娜黑色的人影。她正在唱歌：“我抓住你了，我抓住你了。我利用了卡拉瓦乔——他的喘气声是够粗的！我知道他会在这里。他是我设的陷阱。”

她的脚更用力地踩住男孩的脖子。“投降吧。坦白从宽。”

卡拉瓦乔开始挣扎，他已经浑身是汗，却没法挣脱男孩的手臂。两束光亮现在都照在他脸上。他得想个法子爬出去，他得摆脱这份恐惧。坦白从宽。女孩在笑。他不得不先让自己冷静下来才开口，但是没人要听他说话，冒险的激动劲儿还没过去。男孩的手松开了。卡拉瓦乔爬起来，一言不发地离开了房间。

他们又在黑暗中了。“你在哪里？”她问道。然后飞快地转身。他原地站定，位置刚好让她撞上他的胸口，随后他便顺势把她拉进了他的怀里。她把手放到他脖子上，然后嘴巴贴住他的嘴巴。“浓缩牛奶！我们比赛的时候吃的？浓缩牛奶？”她把嘴凑到他脖子上，舔汗水，舔她刚才赤脚踩的地方。“我想看你。”他扭亮手臂上的灯，看着她，她脸上有几道灰，头发因为出汗乱蓬蓬的一团。她冲他咧嘴笑。

他把手伸进她裙子松开的袖子里，两只手掌围住她的肩膀。如果她现在突然转身，他的手也会跟着她一起转。她开始往后仰，把全部的体重都往下压，知道他会托住她，知道他的手不会让她倒下去。然后他的身体会蜷缩起来，脚在半空中，只有他的手、他的手臂，还有他的嘴在她身上，他身体的其余部分就是螳螂的尾巴。灯仍然贴着他左手臂的肌肉和汗水。她的脸滑进光圈，吻着，舔着，尝着。他的额头在她湿漉漉的头发里蹭来蹭去。

然后，他的人突然出现在了房间的另一头，他那只扫雷兵的灯满屋子蹿，他花了大约一个星期的时间把这个房间里所有可能存在的引信扫了个遍，所以现在已经安全了。仿佛房间终于走出了战争，不再是什么战区或者领地了。他只带着灯，手臂晃来晃去，照出屋顶，照出她欢笑的脸，她站在沙发靠背上，俯视他闪光的敏捷身影。他再次经过她的时候，发现她正俯身在裙子上擦拭两只手臂。“反正我抓住你了，我抓住你了，”她嚷嚷着，“我是丹佛士大街上的莫希干人。”

她骑在他背上，她手上的光亮滑向高处书架上的书脊，手臂随着他打转而上上下下，然后她身子往前，头冲下，手抓住他的大腿，接着两只脚往后翻，从他身上下来了，躺在旧地毯上，上面还有很久以前的雨水的味道，灰尘和沙子粘在她的湿手臂上。他俯身对着她，她伸手关掉他的灯。“我赢了，对不对？”他还是一言不发，进入房间后没有说过一句话。他的头略微偏一点，她喜欢这个姿势，一半是认可，一半是模棱两可。光晃眼，他看不清她。他也关掉她的灯，公平的黑暗。

有一个月的时间，汉娜和基普并排睡着。谁也不碰谁。发现做爱的过程可能存在一个完整的文明，不远处有一个完整的国度。爱上关于他或者她的一个概念。我不想被操。我不想操你。谁知道他是从哪里学来的，她也一样，都这么年轻。也许是从卡拉瓦乔那里，那些傍晚，他跟她说他的年龄，说当你发现自己终究要死，你会对爱人身上的每一个细胞都温柔起来。毕竟，这是一个终究要死的世纪。当他在汉娜臂弯里陷入最深的睡眠，男孩的欲望便获得了满足。他的高潮更多是受了月亮的牵引，是黑夜对他身体的猛烈一扯。

整个傍晚他瘦瘦的脸颊贴着她的肋骨。她令他想起有人给他挠背的开心，她的指甲转着圈抓他的背。那是很多年以前，一个保姆教给他的。在基普的记忆中，童年时所有的舒适和安全感来自那个保姆，从来不是他爱的母亲，或者他的哥哥和父亲，他只是跟他们一起玩。当他感到害怕，睡不着，总是保姆发现他缺了什么。她会把手放在他瘦小的背上，安抚他直到他入睡。这个熟悉的陌生人来自印度南方，跟他们住在一起，帮助料理家务，做饭，服侍他们一家吃饭，在他们家把她自己的孩子带大，在他之前也带大了他的哥哥，也许要比亲生父母更了解所有这些孩子的性格。

他跟保姆之间的感情是相互的。如果有人问基普谁是他最爱的人，他会先说保姆，然后才是他的母亲。保姆的爱带给他安慰，对他来说，比任何血亲的爱或者两性的爱都更伟大。后来他意识到，他的一生都是试图在家庭之外寻找这样的爱。来自一个陌生人的柏拉图式的亲密，有时也带着性意味的亲密。等他意识到这一点的时候，他已经很老了，直到那个时候他才敢问自己谁是他最爱的人。

只有一次，他感到自己给了保姆一些回报的安慰，尽管她早就明白他对她的爱。她母亲死了，他爬进她的房间，抱住她突然变老的身体。她在她的用人房间里痛哭流涕，正式哀悼她的母亲，他默默地躺在她身旁。他看着她把一只玻璃杯放在下巴边上，收集起自己的眼泪。他知道，她会把眼泪带去葬礼。她弓着背，他在她身后，他九岁的小手放在她肩膀上。终于她安静下来，只是还会不时一阵战栗，他开始隔着莎丽挠她的后背，然后掀起莎丽，挠她的皮肤——此刻汉娜也在接受他温柔的抓挠，他的指甲摩擦着她皮肤上无数的细胞，在他的帐篷里，一九四五年，他们俩的大洲在一个小山城里相遇。

九

“泳者之洞”

我答应过要告诉你人是如何陷入爱情的。

一九三六年，有一个名叫杰弗里·克里夫顿的年轻人，他在牛津大学的一个朋友跟他提起我们这群人。他跟我取得联系，第二天结婚，两个星期后带着他的妻子飞到开罗。那是他们蜜月的最后几天。我们的故事开始了。

我认识凯瑟琳的时候，她已经结婚了。一个有夫之妇。克里夫顿从飞机里爬出来，然后出人意料地，她也爬了出来，而我们的探险计划只包括克里夫顿。卡其短裤，瘦棱棱的膝盖骨。她对于沙漠来说过于火热。比起新婚妻子的热情，我更喜欢属于丈夫的年轻。他是我们的飞行员、情报员，我们的侦察机。他代表"新时代"，飞上蓝天，扔下长长的彩色密码丝带，告诉我们应该去哪里。他常常当着众人赞美她。四个男人和一个女人，女人的丈夫把他蜜月的欢愉挂在嘴边。他们又去了开罗，一个月后回来，还是老样子。这一次她安静了许多，但他还是那个年轻人。她会蹲在汽油罐上，两只手托着腮帮子，胳膊肘支在膝盖上，盯着一块总在拍动的柏油帆布，克里夫顿则在一旁继续赞美她。我们曾试图用玩笑来阻止他，但是要让他谦虚一点儿就等于跟他过不去，我们谁都不想那样。

在开罗待了一个月之后，她变得沉默了，常常读书，更喜欢独处。就好像她身上发生了什么事，或许是她突然了解了身为人的奇妙之处，人会变。她不一定非得做一个嫁给了探险家的社交名人。她正在发现她的自我。这是令人痛苦的一幕，因为克里夫顿看不到她的变化，她的自我教育。她读所有关于沙漠的书。她可以谈论乌维纳特和失落的绿洲，她甚至找到了很多不起眼的小文章。

我是个年长她十五岁的男人，你知道的。到了我这个年纪，会把自己想成书里那些玩世不恭的恶棍。我不相信永恒，不相信海枯石烂的感情。我比她大十五岁。但是她更聪明。她比我想象的更渴望改变。

开罗城外尼罗河港湾里延续的蜜月，发生了什么，是什么改变了她？我们跟他们见面不过短短几天——他们在柴郡举行婚礼，两个星期后就来到我们这里。他带来了他的新娘，因为他离不开她，同时又不能对我们毁约，对我和麦多克斯。我们会吃了他。于是那一天，她瘦棱棱的膝盖骨从机舱里冒出来。那是我们故事的负担。我们的处境。

克里夫顿赞美她的手臂，她脚踝的修长曲线。他描述她的泳姿。他还说起宾馆套房里新式的坐浴盆。她如何狼吞虎咽地吃早饭。

对于这一切，我不置一词。每当他绘声绘色的时候，我偶尔会抬起头，捕捉到她的眼神，她正注视着我无言的愠怒，然后得体地微微一笑。笑容里有些讽刺。我算是个成熟的男人。我也算历经风霜，十年前便从达赫莱绿洲一路走到大吉勒夫，是我画出了费拉菲拉绿洲的地图，我认识昔兰尼加，我在沙海中至少迷路两次。她遇见我的时候，我身上已经贴满了这些标签。或者她的脑袋稍微转几度，就可以看到麦多克斯身上的标签。不过出了地理学会，也就没人知道我们的名字了；我们是一个小团体里的先锋人物，而她只是因为这场婚姻才碰巧撞进了这个团体。

她丈夫赞美她的言词毫无意义。而我的人生，即便作为一个探险者，在很多方面都受控于言词。受控于谣言和传说。画在地图上的东西。记录下来的一鳞半爪。文字的匠心。在沙漠里重复说一件事不啻于把更多的水泼到地上。在沙漠里一个字眼可以伴你走上几百英里。

我们的探险队在离乌维纳特大约四十英里的地方，我和麦多克斯要单独执行一个侦察任务。克里夫顿夫妇和其他人留在营地。她把身边的书都读遍了，就来问我要书。我除了地图什么都没有。“您晚上读的那本书呢？”“希罗多德。嗯。你要这本书？”“恕我冒昧。如果这书很私人的话。”“里面有我的一些笔记。还有摘录。我得带在身边。”“是我失礼了，请见谅。”“等我回来我可以给你看看。我旅行时习惯了把这本书带在身边。”

我们都很礼貌而矜持。我解释说这本书很普通，她表示明白了。我走的时候，一点儿也没觉得自己自私。我承认她很有风度。克里夫顿不在场，只有我们俩。她来找我的时候，我正在帐篷里打包。我对社交的那一套大都不屑一顾，但是对于礼节所包含的微妙之处有时候我也会欣赏。

一个星期后我们回来。我们有不少发现，厘清了很多头绪，兴致很高。营地里举行了一场小小的庆祝。克里夫顿总是在为别人庆祝。挺得人心的。

她拿着一杯水来找我。“恭喜你，我已经听杰弗里说了……”“是的！”“来，喝了它。”我伸出手，她把水杯放进我的掌心。刚喝过水壶里的酒，水入口感觉很凉。“杰弗里为你们准备了一个晚会。他在写一首歌，还让我读首诗，但是我有别的主意。”“给你，把这书拿去看吧。”我从背包里抽出书，递给了她。

等大家吃过饭、喝过茶，克里夫顿拿出一瓶白兰地，他一直把酒藏到那个时候。那天晚上，麦多克斯讲述我们的旅行，克里夫顿唱起那首滑稽的歌，我们大家一起消灭了白兰地。接着她开始念《历史》——关于坎道列斯和他王后的故事。我一直都是跳过那个故事的。它在书里很前面的部分，跟我感兴趣的地方和时代关系都不大。不过当然是个有名的故事，也是她自己选择的故事。

> 这个坎道列斯宠爱上了自己的妻子，他把她宠爱到这样的程度，以致认为她比世界上任何妇女都要美丽得多。在他的侍卫当中有他特别宠信的一个人，这就是达斯库洛斯的儿子巨吉斯。坎道列斯把所有最机密的事情都向这个人讲。既然他对于自己妻子的美丽深信不疑，因此他就常常向这个巨吉斯拼命赞美自己妻子的美丽。[1]

“你在听吗，杰弗里？”

“听着呢，亲爱的。”

> 在这以后不久的时候，终于有一天，命中注定要遭到不幸的坎道列斯向巨吉斯这样说：“巨吉斯，我看我单是向你说我的妻子美丽，那你是不会相信的（人们总不会像相信眼睛那样地相信耳朵的）。你想个什么办法来看看她裸体的样子吧。”

1　凯瑟琳在这里读的故事译文引自王以铸译《历史》（商务印书馆 2005 年版）。

可以有很多说法。你知道最后我会成为她的情人，就像巨吉斯会成为王后的情人，杀死坎道列斯。我是因为需要某个地理线索而常常翻希罗多德的书。但是对凯瑟琳来说，希罗多德为她的生活开了一扇窗。她朗读的时候声音听起来很疲惫。她的眼睛只盯着书页上的故事，仿佛说话的同时，她正在流沙里越陷越深。

> “我承认您的妻子是举世无双的丽人。只是我恳求您，不要叫我做这种越轨的事情。”然而国王却回答他说：“别害怕，巨吉斯，不要疑心我说这话是打算试探你的忠诚，也不要害怕你的女主人会把什么危害加到你的身上。要知道，我会把这件事安排得让她根本不知道你曾经看见过她。”

这是一个讲述我如何爱上一个女人的故事，她给我读了一个故事，一个来自希罗多德的故事。我听到她念的每一个字，隔着火堆，她一次也没有抬起头来，即便是在跟她丈夫调笑时。也许她就是念给她丈夫听的。也许这个故事就是为他们自己挑的，除此之外再没有别的动机。这只是一个触动了她某根神经的故事，因为其中的暧昧。然而一条小路突然活生生地出现在她眼前。尽管她不会把这当做迈向歧途的第一步。肯定不会。

> “我叫你站在我们卧室的敞开的门的后面，当我进来睡觉的时候，她是会跟着进来的；在入口附近的地方有一把椅子，她脱下来的每一件衣服都放在这把椅子上。这样你就可以逍遥自在地来看她了。”

但是巨吉斯离开卧室的时候被王后发现了。于是她知道自己的丈夫做了什么；尽管她心里羞愤，却并没有声张……她沉住了气。

这是个奇怪的故事。是不是，卡拉瓦乔？一个男人虚荣到渴望别人来嫉妒他的地步。或者他是希望别人能相信他，因为他觉得别人并不相信他。克里夫顿完全不是那样的人，但是他成了这个故事的一部分。故事中这个丈夫的所作所为虽然让人震惊，同时又有其人性的一面。足以让我们相信这个故事。

第二天妻子把巨吉斯叫到身边，给了他两个选择。

> “现在有两条道路摆在你跟前，随你选择。或者是你必须把坎道列斯杀死，这样你就变成我的丈夫并取得吕底亚的王位，或者是现在就干脆死在这间屋子里。这样你今后就不会再盲从你主公的一切命令，去看那你不应当看的事情了。你们两个人中间一定要死一个：或者是他死，因为他怂恿你干这样的事情；或者是你死，因为你看见了我的。”

于是国王被杀死。一个新的时代开始。有过关于巨吉斯的抑扬三步格的诗。他是第一个向戴尔波伊神殿献纳礼物的异邦人。他统治吕底亚国二十八年，但巨吉斯被人们记住只是因为一个不同寻常的爱情故事。

她停下不念了，抬起头。挣脱了流沙。她正在蜕变。权力就这样易手了。与此同时，随着一个小小的故事，我陷入爱情。

文字，卡拉瓦乔。文字的力量。

克里夫顿夫妇不和我们在一起的时候都住在开罗。克里夫顿还给英国人干别的事，天知道干什么，他有个叔叔在某个政府机构。这都是战争爆发前的事。不过那时候开罗城里什么国家的人都有，聚在格洛皮酒吧开晚会，没日没夜地跳舞。他们是一对很受欢迎的年轻夫妇，相敬如宾，而我则是开罗社交圈的边缘人。他们很有钱，过着讲究的生活，晚宴，花园酒会。我时不时也会出现在那里。我本来不会对这些场合感兴趣，但是现在我会去，因为她在那里。我可以一直禁食，直到看到我想吃的。

我怎么跟你描述她才好呢？用我的手吗？我可以凭空比划出平顶山和岩石的样子，难道也可以那样来比划她吗？她跟着我们探险队大约有一年的时间。我跟她见面，跟她说话。我们常常在一起。后来，当我们意识到彼此间的渴望，以前的那些时刻便一一涌上心头，悬崖边手臂上紧张的一握，原来如此意味深长，还有那些被错过抑或误解的眼神。

那时候我人很少在开罗，三个月里只有一个月在那里。我在埃及学研究室写我自己的书《利比亚沙漠最新探险》。日子一天天过去，我一天天陷进我写的书里，仿佛沙漠就在纸上某处，我甚至能闻到墨水的味道，从水笔里涌出来。内心因为她近在咫尺而煎熬挣扎，其实真正纠结的是她嘴唇的味道、她拢得紧紧的膝盖、她平坦雪白的小腹。与此同时我奋笔疾书，短短七十页，简单明了，旅行地图一应俱全。我没法把她的身体从纸上抹掉。我想把这本专著献给她，献给她的声音，献给她的身体，在我的想象中，她的身体如一把白色的弓从床上慢慢升起。但这是我献给一个国王的书。我觉得我的这些念头会被她嘲笑，她会居高临下，礼貌而尴尬地摇摇头。

我开始对她越发彬彬有礼。我这人就是这样。仿佛因为之前暴露了某处隐私而不知所措。这是一种欧式习惯。对我来说很自然的反应——既然已经莫名其妙地将她揉进了我那些关于沙漠的文字——偏又遇见她裹着金属外套的本人。

狂野的诗不过替代
心爱的女人，应爱的女人
你的狂想曲，在他只是呓语

在哈桑尼贝伊家的草坪上——贝伊是一九二三年那次探险的主角，一个了不起的老头——她跟政府官员朗戴尔一起走过来，跟我握了握手，让他去给她拿杯喝的，然后转身对着我，说："我要你吃了我。"朗戴尔走回来。她的话就好像递给我的一把匕首。一个月后我成了她的情人。在那个房间里，底下就是露天集市，鹦鹉大街的北面。

我在铺着马赛克的大厅里双膝跪下，脸埋进她厚厚的裙褶里，她的嘴里有我手指咸咸的味道。我们是一座奇怪的雕塑，两个人的雕塑，直到我们开始填补彼此的饥饿。她的手指摩挲着我头发里的沙粒，逐渐稀疏的头发。包围我们的是开罗和所有属于开罗的沙漠。

是她的年轻吸引了我吗，还是她的男孩子气、不显山露水的机灵劲儿呢？我跟你们说起的那些花园就是她的花园。

她喉咙上那个小小的凹口，我们叫它博斯普鲁斯海峡。我会从她的肩膀跳进博斯普鲁斯海，在那里让我的眼睛好好休息。我会跪下来，她低下头困惑地看着我，仿佛我是个到处流浪的陌生人。她那困惑的眼神。在开罗的公共汽车上，她冰冷的手会突然掐住我的脖子。坐进出租车，从伊斯梅尔赫迪夫大桥到蒂佩拉里俱乐部，爱在急不可耐的手中。或者在博物馆三楼的大厅里，她的手遮住我的脸，阳光穿过她的指甲。

对我们来说，需要避嫌的只有一个人，别让他看见就行。

但是杰弗里·克里夫顿是英国这台机器上的一个部件。他的家谱可以追溯到克努特[1]。这台机器不一定会向克里夫顿揭露他新婚十八个月的妻子的不忠，但是这台机器会围剿这样的不忠行为，系统中的一颗毒瘤。这台机器洞悉我和她的一举一动，从第一天塞弥拉弥斯宾馆门口尴尬的一碰开始。

她说的关于她丈夫那些亲戚的话我都没放在心上。杰弗里·克里夫顿本人对于我们头顶这个强大的英国网络也和我们一样一无所知。但是俱乐部的保镖们会盯着她的丈夫，保护他的人身安全。只有麦多克斯了解这些秘密而错综的关系，他本人是贵族，过去跟皇家军队打过交道。也只有麦多克斯，相当小心翼翼地警告过我，有这样一群人的存在。

我带一本希罗多德，而麦多克斯——他已经结婚了，圣人般圣洁——带的是《安娜·卡列尼娜》，这个关于浪漫和欺骗的故事他总在不停地重读。有一天，他试图解释克里夫顿的背景，就拿安娜·卡列尼娜的哥哥做例子，那时候要想摆脱机器的围剿为时已晚。把我的书递给我。听着。

> 莫斯科和彼得堡有一半的人不是奥布朗斯基的亲戚就是他的朋友。他出身的圈子里，那些人要么是当时的权贵，要么后来会成为权贵。三分之一的高官，那些老的，都是他父亲的朋友，都是他还穿开裆裤的时候就认识他了……

1　克努特（995？—1035），英格兰国王和丹麦国王。

也就是说，这个世上被人求着的人都是他的朋友。他们不可能不关照自己人……他要做的只是别给人抓住把柄，或者嫉妒别人，别跟人吵架或者较真，而他既然天性温和，自然也就不会有这些问题了。

我已经喜欢上你的指甲轻叩针筒时的嗒嗒声，卡拉瓦乔。你第一次目睹汉娜给我注射吗啡，你站在窗边，她的指甲咔嗒一声，你的脖子便噌的朝我们转了过来。我就知道我们是同志。就像如果自己是个情人，那么就总能识破其他情人的伪装。

女人对于情人，什么都要。无数次我沉到水底。军队就是这样淹没在沙海里。然后就是她对她丈夫的恐惧、对她自己名誉的珍视，还有我对自我空间的需求，我一次次的消失，她对我的猜测，我对她是否爱我的怀疑。偷情特有的妄想症和幽闭恐怖症。

“我觉得你已经丧失人性。”她对我说。

“我不是唯一的背叛者。”

“我觉得你根本不在乎——我们之间发生的这一切。你带着对占有和被占有的恐惧及仇恨把一切置之度外。你以为这是一种品德。我觉得你没有人性。如果我离开你，你会去找谁？你会再找一个情人吗？”

我没有回答。

“说你不会的，你去死吧。”

她一直都需要文字，她热爱文字，在文字堆里长大。文字让她看清世界，告诉她什么为什么，什么是什么。然而我认为文字会扭曲情感，如同水里的筷子。

她回到她丈夫身边。

她曾对我耳语，从这一刻起，我和你的灵魂，找到便找到，找不到就是没了，再也没有了。

大海也会分开，何况情人？以弗所的海港不见了，赫拉克利特的河流消失了，取而代之的是泥沙冲击成的河口湾。坎道列斯的妻子嫁给了巨吉斯。收藏再多的图书馆照样付之一炬。

我们之间到底是什么样的关系？是对周围人的背叛，还是对另一个生命的渴望？

她爬回家，她丈夫的身边，我则钻进酒吧间里。

> 我望着月亮，
> 却只看见你。

希罗多德的经典名句。一遍又一遍地哼唱同一首歌，把歌词敲得扁扁的，折叠进自己的生活。人们舔舐各自秘密的伤痛。她身边的一个人看见我跟一个香料商人坐在一起。这个商人有一次送过她一个装藏红花的锡镴针箍。沧海一粟。

如果巴格诺德看到我跟那个藏红花商人坐在一起，然后在餐桌上吃晚饭时说起这件事，而她也在场，我会是什么感受呢？如果说她还记得那个曾经送过她一个小礼物的男人，记得那个她用细细的黑链子穿起来挂在脖子上的锡镴针箍，挂了两天，她丈夫不在家的那两天；如果她记得这些，我就会感到些许安慰吗？藏红花还在针箍里，那么她胸前还留着那个金色的印子。

她对这个关于我的故事会怎么想呢，做出这样那样不光彩的事，成了大伙儿嘲笑的对象，巴格诺德在笑，她的丈夫是个好人，会为我担心，而麦多克斯则会站起来，走到窗边，望向城市的南边。话题也许转向了别的一幕。毕竟他们都是画地图的。可是，她有没有爬进那口井里，我们一起挖的那口井，然后抱紧自己，就像我那双充满欲望的手会抱住她那样？

我们都有了各自的生活，用彼此最深的约定武装着自己。

“你干吗要这样？”她在街上撞见我，问我，“难道你不知道你这样会把我们全逼疯了吗？”

对麦多克斯，我说我是在追求一个寡妇。但是她还不是寡妇。麦多克斯回英国去的时候，我和她已经不是情人了。“替我问候你的开罗寡妇，”麦多克斯喃喃道，“本来想见一面的。”他知情吗？我总是觉得自己多多少少骗了他，这个和我一起工作了十年的朋友，这个我最爱的男人。那是一九三九年，我们都在离开这个国家，无论如何，我们都得加入战争。

麦多克斯回到萨默塞特郡的马斯顿马格纳村，他出生的地方。一个月后，他走进教堂参加集会，听完一场颂扬战争的布道会，他拿出那柄沙漠左轮手枪，开枪自杀。

> 这里发表的，乃是哈利卡尔那索斯人希罗多德的研究成果，他所以要把这些研究成果发表出来，是为了保存人类的功业，使之不致由于年深日久而被人遗忘，为了使希腊人和异邦人的那些值得赞叹的丰功伟绩不致失去它们的光彩，特别是为了把它们发生纷争的原因记载下来。

人一直都是沙漠里的诗歌朗读者。而麦多克斯也曾做过关于我们旅行的美丽陈述——他的听众是地理学会的会员。伯尔曼把理论吹进篝火的余烬。而我呢？我是他们的技术力量。我是技工。其他人写下他们的孤独之爱，对着他们自己的发现陷入冥想。他们从来不能肯定我对这一切是怎么想的。“你喜欢那个月亮吗?”麦多克斯在认识我十年之后这样问我。他是试探着问的，生怕触犯我的隐私似的。对他们来说，我有点儿太狡猾了，成不了沙漠的爱人。我更像是奥德修斯。不过，我确实更像奥德修斯。让我看一片沙漠，就像你会让那个人看一条大河，或者让另一个人看他童年时的城市。

我们最后一次分手时，麦多克斯用老派的方式告别。“愿上帝保佑你平安。”我一面掉头一面说：“根本没有上帝。”我们俩是完全不同的人。

麦多克斯说奥德修斯从来没写过一个字，没写过一本自己的书。也许他对艺术的伪狂想曲感到陌生。而我自己的专著，我必须承认，追求的是严谨精确。我害怕用文字来描述她的存在，于是我烧尽所有的情感，烧尽爱的修辞。不过，我对沙漠的描写是纯粹的，如果我描写她，也会一样的纯粹。战争开始前，我们在一起的最后几天里，麦多克斯问了我那个关于月亮的问题。我们分手了。他去了英国，战争爆发的前景打断了一切，打断了我们在沙漠里对历史缓慢的挖掘。再见，奥德修斯，他笑着说，他知道我从来都不怎么喜欢奥德修斯，更不喜欢埃涅阿斯，我们同意巴格诺德是埃涅阿斯。但是我也不怎么喜欢奥德修斯。再见，我说。

我记得他转过身，笑着。他粗粗的手指指向自己的喉结旁的位置，说：“这叫 vascular sizood。”给她脖子上的凹口一个学名。他回到妻子身边，马斯顿马格纳村，只带了他最喜欢的托尔斯泰的那本小说，把他所有的指南针和地图都留给了我。我们的感情一言难尽。

萨默塞特郡的马斯顿马格纳村，他在我们的对话中一次又一次说起的地方，那里的绿色田野已经成了飞机场。飞机的废油料落在亚瑟王的城堡上。是什么驱使他那样做的，我不知道。也许是飞机没完没了的噪声，在利比亚和埃及，虎蛾式飞机的嗡嗡声也曾打破我们的宁静，但是与之相比，这里的飞机对他来说太吵了。不知什么人的战争正在撕裂他那块精致的友谊毯。我是奥德修斯，我知道战争中的摇摆不定，一时的是非对错。可他是个很难交朋友的人。他一辈子只认识两三个人，而现在这两三个人竟然成了他的敌人。

萨默塞特郡只有他跟他妻子两个人，他的妻子从来没有见过我们。对他来说，一个小小的手势足矣。一颗子弹结束了战争。

那是一九三九年七月。他们在村子里坐上公车，来到约维尔镇上。车子开得很慢，等他们到时布道已经开始了。教堂里挤满了人，他们走到最后面，为了找到座位，他们决定分开坐。布道进行了半小时，充满沙文主义论调，无疑是支持战争。牧师语调欢快地称颂战争，祝福政府和即将奔赴战场的士兵们。麦多克斯听着，布道越来越激情澎湃。他拿出沙漠左轮手枪，弯下腰，朝着心脏开了一枪。他当场死了。周围一片寂静。沙漠般的寂静。没有飞机的寂静。他们听到他的身体倒下，撞在长椅上。再没有其他动静。牧师的手势僵在那里。这种安静就像教堂里装蜡烛的玻璃漏斗裂开时那样，所有的脸都转了过去。他的妻子沿着中心走道走过来，停在他那一排，喃喃了一句，人们给她让道，她走到麦多克斯身边。她跪下来，伸出手臂抱住他。

奥德修斯怎么死的？是自杀，不是吗？我记得好像是自杀。那么，也许是沙漠毁了麦多克斯。那段时间，我们似乎完全与世隔绝。我不停地想起他总是带在身边的那本俄国书。俄国一直都是离我的国家更近些，比起他的国家来。是的，麦多克斯是因为国家而死的。

我喜欢他的平静，无论面对什么。我会因为地图上的位置争得面红耳赤，而他的报告提到我们的“辩论”，言词总是拿捏得很有分寸。他描述我们的旅程，如果有愉快的事可写，他的笔触也会平静而欢快，就好像我们是正在翩翩起舞的安娜和沃伦斯基。不过他从来没有跟我一起进过开罗的那些舞场。而我是个会在跳舞时陷入爱情的人。

他走路很慢。我从来没见过他跳舞。他是个写书的，一个解释世界的人。给他最小的一片感动，他就能心领神会。惊鸿一瞥，可以写成一段又一段的理论。如果他在某个沙漠部落里看到一只从没见过的红腹滨鹬，或者一棵罕见的棕榈树，这会让他好几个星期激动不已。我们在旅途中遇到的信息——任何文字，无论现在的还是以前的，无论是土墙上的阿拉伯文，还是吉普车挡泥板上用粉笔写的英文——他都会读一遍，然后他会把手按在字上，仿佛想触摸到更深的含义，想跟那些字变得更亲密。

他伸出手臂，淤青的血管横陈，等待更多的吗啡。吗啡涌进他的血液，他听到卡拉瓦乔把针头扔进肾形瓷罐里的声音。他看着灰白头发的身形背过去，然后又转过来，跟他一样，也是个吗啡公民。

有时候我写了一天也没有什么进展，回到家里就一定要听迭戈·赖恩哈特和斯蒂芬妮·格拉佩里的《杜鹃花》，伴舞的是法国辣妹俱乐部。一九三五年。一九三六年。一九三七年。伟大的爵士乐时代。那些年里，爵士乐从香榭丽舍大街上的克拉里奇宾馆飘出来，飘进伦敦的酒吧，飘到法国南部、摩洛哥，然后滑进埃及，把这样的节奏偷偷带进埃及的是一个无名的开罗舞蹈团。等我回沙漠的时候，我会带着对这些夜晚的回忆：和七十八个“纪念品”一起在酒吧里跳舞，女人们像灰狗一样跺着脚，依偎在你身上，伴着《我的甜心》，你可以对她们的肩膀喃喃自语。一九三八年。一九三九年。电话亭里有山盟海誓的低语。战争近在咫尺。

我和她分手几个月后，在开罗的最后几个晚上，我们终于说服麦多克斯进了一个酒吧，告别晚会。她和她丈夫也在那里。最后一个晚上。最后一支舞。艾尔麦西醉了，他想跳一种老舞步，他用自己发明的博斯普鲁斯式拥抱，把凯瑟琳举起来，僵硬的手臂抱着她横穿过舞池，直到绊到一株尼罗河蜘蛛抱蛋，两人一起摔倒在地。

*他现在算是以谁的口吻在讲呢？*卡拉瓦乔心想。

艾尔麦西醉了，他的舞步在别人看来是一连串的野蛮动作。那些日子，他和她从表面上看相处得很不愉快。他把她左右摇晃，就好像她是一个没有生命的玩偶，他想用酒精来麻醉告别麦多克斯的痛苦。他跟我们说话大喊大叫。艾尔麦西变成这个样子，我们一般都会走开，但是这是麦多克斯在开罗的最后一晚，所以我们都没走。一个糟糕的埃及小提琴手在模仿斯蒂芬妮·格拉佩里，艾尔麦西像是失去控制的行星。“为我们干杯，到处流浪的陌生人。”他举起酒杯。他想跟每个人跳舞，男人和女人。他拍拍手，宣布道：“现在是博斯普鲁斯式拥抱。你来吗，伯恩哈特？赫瑟顿？”大多数人往后退。他转向克里夫顿的年轻妻子，她正看着他，礼貌地克制着怒火，她应邀向前一步，他砰地撞到她身上，他的喉咙已经架在她的左肩上，闪光装饰片上方的一片赤裸。一段疯狂的探戈开始了，直到他们其中一个乱了舞步。她怒火中烧，一步也不愿意后退，不想掉头走回到桌边，因为那样就是他赢了。他把头往后仰的时候，她就直直地盯着他，她的表情并不严肃，而是咄咄逼人。他低头的时候嘴巴里咕哝着什么，《杜鹃花》的歌词吧，也许。

没有探险任务的时候，很少有人在开罗见到艾尔麦西。他看上去要么很冷漠，要么一副焦躁不安的样子。白天他在博物馆工作，晚上常常去开罗南面集市上的酒吧。迷失在另一个埃及。他们只是因为麦多克斯才一起来这个酒吧的。可是这会儿艾尔麦西在跟凯瑟琳·克里夫顿跳舞。植物的叶子摩挲着她苗条的身影。他围着她转圈儿，把她举起来，两人摔倒在地。大厅远处的角落里，艾尔麦西趴在她身上，然后慢慢地试图站起来，向后捋了捋金色的头发，跪在她身边。他曾经是个细腻的人。

已经过了午夜。客人们并没有起哄，除了酒吧的那些常客，他们对这样的仪式并不陌生，这个沙漠里的欧洲人。这里有挂着银流苏耳环的女人，有缀满闪光装饰片的女人。以前艾尔麦西总是难以抗拒这些因为酒吧里的热度而变得暖暖的小金属片儿，还有在跳舞时把扎人的银耳环甩到他脸上的女人。他曾在别的夜晚跟这些女人跳舞，酒劲上来了，他会把女人整个儿搂在怀里，以她的胸腔作支点。是的，女人们被逗乐了，艾尔麦西的衬衫敞开了，她们会对着他的肚子哈哈大笑，看他瘦的。他跳到一半会停下来，整个人靠在女人的肩膀上，接着再来一支肖蒂什轮舞，然后不知道什么时候就倒在了地板上。

这样的晚上，人群在你身边打转，围着你滑行；这时候重要的是把属于今夜的情节继续下去。此刻既没有计划，之前也没有预谋。属于今夜的现场记录以后才会出现，在沙漠里，在达赫莱和库夫拉的地貌中。然后他会记起那声狗叫，记起他曾经四下打量舞池，想找到那条狗。这会儿看着漂在汽油上的指南针，他才意识到那有可能是一个被他踩上一脚的女人。远远看见一片绿洲，他会为自己的舞技感到得意，冲着天空挥舞起自己的手臂，还有他的腕表。

沙漠里的寒冷夜晚。他抽出一丝关于那些夜晚的记忆，放进嘴里回味着。那是一次短途旅行的头两天，他身处城市和高原的交界地带。六天之后，他便再也想不起开罗、音乐、街道、女人；六天之后他已进入远古时间，开始习惯深水处的呼吸方式。他与城市的唯一联结就是希罗多德，他的导游书，远古和现代，据说都是谣传。每当发现看似谣传的东西其实是真实的，他就会拿出胶水瓶，把地图或者新闻的剪报贴上去，或者在书里空白的地方画上穿裙子的男人，身边是难以辨认的没有名字的动物。早期的绿洲居民一般不太画牛群，尽管希罗多德说他们是画的。他们崇拜一个大着肚子的女神，他们的岩画大都是孕妇。

两个星期后，即便只作为一个概念，城市也不再出现在他脑海中。他感觉自己仿佛头顶着地图上方那片毫米见方的混沌，仿佛行走在一个真空地带，在陆地和图表之间，在距离和传说之间，在自然和说书人之间。桑福德称之为地理形态学。这是他们选择的地方，他们想在这里实现自我，在这里遗忘先祖。在这里，除了太阳罗盘、里程计和这本书，只有他自己，他一个人的世界。在这样的时刻，他知道海市蜃楼是怎么回事、幻境是怎么回事，因为他身在其中。

醒来时，他发现汉娜在给他擦洗身子。有一个及腰高的梳妆台。她向前弯着身子，伸手从瓷盆里舀水，擦他的胸膛。擦完后，她湿漉漉的手指捋了捋头发，头发因此变湿变黑了。她抬起头，看见他睁着眼睛，她微笑起来。

他再次睁开眼睛时，看见的是卡拉瓦乔，衣衫褴褛，神情疲惫，手里拿着吗啡注射器。他同时用两只手，因为没有大拇指。他怎么给自己注射呢？他心想。他认出了那双眼睛，舌头舔嘴唇的习惯，他头脑清醒，那人说了什么他听得一清二楚。两个老傻瓜。

卡拉瓦乔盯着那人的嘴巴，他说话时露出的一嘴粉色。那牙床也许接近乌维纳特岩画的颜色，淡淡的碘的颜色。躺在床上的只是一个嘴巴、一根手臂上的血管、一双灰色的狼眼。这样的一个身体里还藏着可供挖掘的东西，还能发现更多。卡拉瓦乔仍然惊奇于这个男人身上的原则，他有时候用第一人称，有时候用第三人称，仍然不承认他就是艾尔麦西。

“上一次是谁在说话？”

“‘死亡意味着你成了第三人称。’”

他们一整天都在分享安瓿吗啡。为了把他的故事一点点套出来，卡拉瓦乔穿梭于信号密码之中。焦炭人一旦语速慢下来，或者卡拉瓦乔觉得没有完全听明白——爱情故事，麦多克斯的死——他就会从肾形搪瓷罐里拿起针筒，用指节推开一个安瓿的玻璃盖，一针下去。他现在已经不管汉娜了，直接把自己左手的袖子完全扯了下来。艾尔麦西只穿一件灰色的汗衫，他漆黑的手臂躺在被子下面。

身体每吞下一针吗啡，就又有一扇门随之打开，或者他会退回到岩洞里的壁画，或者一架埋在地下的飞机，或者又开始重复与那个女人躺在电扇下面的那一段，她的脸贴着他的肚子。

卡拉瓦乔拿起希罗多德。他翻开一页，翻过一个沙丘，就看到大吉勒夫、乌维纳特和季苏山。艾尔麦西又张嘴了，他一面听，一面重新整理事件线索。只是欲望会让故事飘移不定，像指南针的指针一般闪烁颤动。毕竟这是一个流浪者的世界，一个真伪难辨的故事。一颗如沙尘暴般东游西走的心。

那是在她和她丈夫的飞机出事之后，在“泳者之洞”里，他撕开她身上的降落伞，铺在地上。她躺在降落伞布上，脸因为伤势而痛苦地扭曲着。他用手指轻轻梳理她的头发，看看还有没有别的伤口，然后碰碰她的肩膀和脚。

此刻在岩洞里，他最不想失去的是她的美、她的优雅、她修长的腿和手。至于她的本性，他知道早已握在他手掌心里了。

她只要一化妆，就像完全变了个人。参加晚会的时候，上床的时候，她会把嘴唇涂得血红，两只眼睛上各擦一道鲜红的眼影。

他抬头望向洞里的那幅壁画，把画里的颜色偷了来。赭色涂她的脸，眼睛周围涂成蓝色。他走到洞的对面，双手满捧着红色，让手指穿过她的头发。然后是她的皮肤，她的膝盖是藏红花色，就是第一次见面时从飞机里伸出来的那副膝盖。耻骨。她腿上的颜色一圈又一圈，如此她方能不朽。他在希罗多德的书里读到过古代的战士歌颂他们心爱之人的传统，把爱人放进能令她不朽的世界里——流动的色彩、一首歌、一幅壁画。

洞里已经很冷了。他用降落伞布把她裹起来，让她暖和些。他用刺槐的树枝点了一小堆火，把烟赶到山洞的角落里。他发现自己没法直白地跟她说话，于是他选择很正式的口吻，他的声音在岩洞壁上回旋。凯瑟琳，我现在出去求救。你明白吗？这附近还有一架飞机，但是没有汽油。我也许可以遇到车队或者吉普车，那样的话我很快就会回来。我不知道。他拿出希罗多德，把书放在她身边。那是一九三九年九月。他走出岩洞，走出火光，穿过黑暗，来到沙漠里的满月底下。

他爬下巨大的岩石堆，站在高原上。

没有卡车。没有飞机。没有指南针。只有月亮和他自己的影子。他发现古时候留下的石头路标，指着塔杰的方向，西北以北。他记住自己影子的角度，然后开始往前走。七十英里以外是那个露天集市，有很多钟的那条街道。装满爱度阿井水的兽皮袋挂在他肩膀上，像个婴儿的胎盘一样晃动着。

有两个时间段他必须停下来。正午的时候，影子完全在他脚下，还有傍晚太阳落山而星星尚未出现的时候。沙漠中的一切都是一成不变的。如果他在这两个时间继续往前走，他很可能掉转九十度而自己根本不会发现。他等待星空的指引，然后一面走一面每隔一小时查看一下头顶的星图。古代的时候，有一种沙漠导游，他们就是靠星空认路，手里举一根长长的杆子，杆子顶上挂一盏灯笼，其余人就跟着灯笼的光向前走。

人可以走得跟骆驼一样快。一个小时二点五英里。如果运气好，他可以找到几个鸵鸟蛋。如果运气不好，碰到一场沙尘暴，那就什么都完了。他走了三天，没有吃的。他不让自己想起她。如果到了塔杰，他要吃“阿布拉”，那是格兰部落的人用药西瓜做的，把瓜子煮熟，去掉苦味，然后跟枣子和蝗虫一起磨碎。他会穿过那条钟表和大理石的街道。愿上帝保佑你平安，麦多克斯说过的。再见。沙浪。沙漠里只有上帝，他现在愿意承认了。沙漠之外只有商业和权力、金钱与战争。经济和军事的暴君决定着世界的面目。

他身处破碎之乡，从沙漠到岩石。他不让自己去想她。山丘如同中世纪城堡般浮现。他向前走，直到同他的影子一起迈进山丘的影子里。金合欢灌木丛。药西瓜。他对着岩石呼喊她的名字。*而回声是声音的灵魂，在一片空荡中激励自己。*

接着是塔杰。他行程中的大部分时间都在想象那条卖镜子的街道。他刚走到城外，英国部队的吉普车就把他团团围住，随后立即把他押上了车。他跟他们讲那个困在乌维纳特的受伤的女人，离这里只有七十英里，他们充耳不闻，事实上他说的话他们一句都没听见。

“你的意思是英国人不相信你？没有人在意你的话？”

“没有人在意我的话。”

“为什么？”

“我给错了名字。”

“你的名字吗？”

“我给了他们我的名字。”

“那么怎么……”

“她的。她的名字。她丈夫的名字。”

“你说什么呢？”

他不出声。

“快醒醒！你说什么呢？”

“我说她是我的妻子。我说了凯瑟琳。她的丈夫死了。我说她伤势很重，在乌维纳特的大吉勒夫，在一个岩洞里，在爱度阿井的北面。她需要水。她需要食物。我可以跟他们一起去，给他们指路。我说我只要一辆吉普车。他妈的只要给我一辆他们的吉普车就行了……也许走了那么长的路之后，我看起来就像沙漠里的那些疯子先知，但我想不是因为这个。战争已经开始了。他们就是在沙漠里抓间谍。任何人走进那些绿洲小镇，如果有一个外国名字，他们就会怀疑。她就在七十英里以外，可他们不听。一群在塔杰迷路的英国人。我那时候可能已经疯了。他们有那种藤条编的牢房，像个淋浴房那么大。我被关进这样一个牢房，用卡车装着。我在里面拼命挣扎，直到掉到地上，人还是被关在里面。我喊着凯瑟琳的名字，喊着大吉勒夫。可其实我唯一应该喊的是克里夫顿的名字，他的名字会像名片一样落进他们手里。

“他们又把我抬上卡车。我只不过又是一个二等间谍嫌犯。又一个外国杂种。”

卡拉瓦乔想站起身，他想走出别墅，离开这个地方，离开这堆战争的残渣。他不过是个小偷。卡拉瓦乔想要的是搂着扫雷兵和汉娜一起坐在酒吧里，如果有跟他同岁的人就更好了，在那里他谁都认识，还可以找个女人说话跳舞，把脑袋靠在她的肩膀上，抵着她的额头，怎么样都行，但是他知道他必须先从沙漠里走出去，逃出这个吗啡的宫殿。他得离开这条通向塔杰的看不见的路。他被这个男人利用了，这个他认定是艾尔麦西的男人利用他和吗啡回到属于他自己的世界，属于他自己的悲伤。至于他在战争中到底是哪一方的人，已经无关紧要了。

但是卡拉瓦乔欠身靠向前。

“我想知道一件事。”

“什么？”

“我想知道你有没有谋杀凯瑟琳·克里夫顿。我是说，你有没有谋杀克里夫顿，然后因此也杀死了凯瑟琳。”

“没有。我做梦也没那样想过。”

“我这样问是因为杰弗里·克里夫顿是给英国情报局做事的。他恐怕不是一个普通的英国人。你的这个朋友。在英国人那方面来说，他是被派去监视你们这个埃及-利比亚沙漠里的奇怪团伙的。他们知道沙漠有朝一日会成为战场。他是个航空摄影师。他的死让英国人很不安，至今还是。他们还在查。情报局也知道你跟他老婆的事，一开始就知道。尽管克里夫顿不知道。他们认为他的死也许是个阴谋，是为了保护什么人，过河拆桥。他们在开罗等你，但是当然你又折回了沙漠。后来，我被派去意大利，你后面的故事我就不知道了。我不知道你又出了什么事。”

“所以你要掘地三尺找到我。”

“我来这里是因为这个姑娘。我认识她父亲。我根本没想到会在这个修道院的废墟里遇到拉迪斯劳斯·德·艾尔麦西伯爵。说实话，我现在很喜欢你，胜过大多数跟我合作过的人。”

日光沿着椅子向上移到卡拉瓦乔的胸口和头部，刚好是长方形的一圈，于是他的脸在英国病人眼里就像是一幅肖像画。刚才在光线之外，他的头发看上去是黑色的，但是此刻乱蓬蓬的头发闪闪发亮，两个眼袋也在傍晚粉色的余晖中几乎不见了踪影。

他把椅子转了个身，以便让自己靠在椅背上，面对艾尔麦西。卡拉瓦乔不管说什么总是很吃力。他会摩挲自己的下巴，整张脸都皱巴起来，闭上眼睛，在黑暗中思考，然后才突然扔出一句什么话，把自己从思绪中拉扯出来。此刻他坐在菱形的光圈中，耸着肩，在艾尔麦西床边的一张椅子上，浑身透出思绪中的黑暗。这是我们这个故事中的两个老男人之一。

"我能跟你说话，卡拉瓦乔，因为我觉得我们都是要死的人。这个姑娘，还有这个小伙子，他们还不会死。尽管他们也经历了那么多事。我刚刚遇到汉娜的时候，她情绪非常差。"

"她父亲死在法国。"

"原来是这样。她不肯说。她跟所有的人都保持距离。我唯一能跟她交流的方式就是让她给我念书……你有没有意识到你我都没有孩子？"

他停了下来，仿佛是在考虑一种可能性。

"你有妻子吗？"艾尔麦西问道。

卡拉瓦乔坐在粉色的光圈里，他的手捂着脸，想擦去所有的一切，以便做更精确的思考，仿佛这也是他年轻时候擅长的，而现在则已经生疏了。

"你得跟我交谈，卡拉瓦乔。还是说你只是把我当做一本书呢？给你读的书，还是一只藏在湖底的水怪，就等着你把它诱出水面，吃饱了吗啡，一肚子的秘密和谎言，烂乎乎的植物，还有成堆的怪石头。"

"战争期间，像我们这样的小偷大派用场。我们成了合法的梁上君子。我们还是偷东西。然后我们中有些人开始做咨询。我们本能地洞悉各种伪装，在这一点上我们比官方的特工在行得多。我们制造双重骗局。所有的战役背后都是这样一群窃贼和精英的混杂。整个中东我都跑遍了，我就是在那里第一次听到你的名字。你是个谜，是他们地图上的一个真空地带。你把你的沙漠知识交给了德国人。”

“一九三九年的塔杰发生了太多事情，所有人都围着我，非说我是间谍。”

“这么说，你就是那时候投奔德国人的。”

沉默。

“那么你还是没办法回到‘泳者之洞’和乌维纳特？”

“一直到我自愿带艾普勒穿越沙漠。”

“我必须告诉你一件事。那是一九四二年，你带那个间谍进开罗……”

“额手礼行动。”

“是的。你给隆美尔干的时候。”

“那是个了不起的人……你想告诉我什么？”

“我是想说，你当时带着艾普勒，穿越沙漠，躲开盟军——这真是个壮举。从贾卢绿洲，一直走到开罗。只有你才做得到，带着隆美尔的人和他的《蝴蝶梦》走进开罗。”

“你是怎么知道的？”

“我想说的是，他们并不是在开罗才发现艾普勒的。他们对你们的整个行程一清二楚。很久之前那个德国密码就被破译了，但是我们不能让隆美尔知道，不然他就会发现我们的线人。所以我们一直等艾普勒到了开罗才抓他。

“我们一直都盯着你们。穿过沙漠的全程。又因为情报局有你的名字，知道是你在那里，他们就更感兴趣了。他们也想抓你。本来是要干掉你的……你如果不相信我的话，我可以告诉你，从离开贾卢绿洲，你一共花了二十天。你的路线是沿着埋在沙底的水井。你没法接近乌维纳特，因为那里有盟军部队，你也避开了阿布巴拉斯。艾普勒还得了沙漠热，你不得不照顾他，尽管你说你不喜欢他……

“你们以为飞机跟‘丢’了，其实你们的路线我们一清二楚。你们俩不是间谍，我们才是间谍。情报局以为你因为那个女人把杰弗里·克里夫顿杀了。他们一九三九年发现了他的坟墓，但是没有他妻子的踪影。你成为我们的敌人，不是从你帮德国人开始的，而是从你跟凯瑟琳·克里夫顿搞婚外恋时就开始了。”

“我明白了。”

“你一九四二年离开开罗之后，我们就没再找到你。他们的计划是在沙漠里抓住你然后处决你。但是他们把你跟丢了。整整两天。你肯定是发疯了，完全没道理，我们按理是能找到你的。我们给那辆沙子底下的吉普车埋了地雷。后来我们发现车子爆炸了，但是没有你的尸体。你不见了。那才是你的伟大之旅，而不是进开罗那一次。你肯定是疯了。”

“你是从开罗和他们一起跟踪我的吗？”

“没有。我是看了档案。我那时候在去意大利的路上，他们以为你可能在那里。”

“是这里。”

“是的。”

菱形的光移到了墙上，卡拉瓦乔再次陷入阴影。他的头发又变黑了。他向后靠，肩膀挨着墙上的绿叶。

“我想也没关系了。”艾尔麦西喃喃道。

“你要吗啡吗？”

“不要。我想把事情想想清楚。我一直是个注重隐私的人，现在才知道自己曾经一度如此被人议论，有点儿难以接受。”

“你跟一个同情报局有关系的女人搞上了。情报局里有些人是你认识的。”

“也许有巴格诺德。”

“是的。”

“非常英国的英国人。”

“是的。”

卡拉瓦乔顿了顿。

“我还要跟你说最后一件事。”

“我知道。”

“凯瑟琳·克里夫顿最后怎么样了？战争开始前到底发生了什么，使你会又一次去到大吉勒夫？我说的是麦多克斯回英国之后。”

我是要最后再去一次大吉勒夫、乌维纳特还有我们的最后一个基地，我要去把那里清理干净。我们在那里的生活结束了。我也觉得我和她之间不会再发生什么了。我们的恋情结束差不多已经有一年了。一场战争正在酝酿，就像一只逐渐伸进阁楼窗户的手。我和她早已经回到各自原来的生活，躲到墙后，貌似清白的关系。我们不太见面了。

一九三九年夏，我按计划跟高夫一起进入大吉勒夫，去收拾那里的基地，高夫坐卡车走。克里夫顿开飞机来接我。然后我们就各奔东西，三人组彻底解散。

我听到飞机的声音，也看到了，那时候我正从高地的岩石上往下爬。克里夫顿总是很守时。

小型货机着陆的方式都是一样的，由水平方向往下滑行。飞机的翅膀在沙漠上空倾斜，然后声音停止，飞机落到地上。我从来没有完全弄明白飞机是怎么回事。我在沙漠里见过飞机朝我飞过来，我每次从帐篷里出来都感觉很害怕。翅膀在空中倾斜，然后飞机就进入无声的状态。

虎蛾式飞机擦着高地飞来。我挥舞着蓝色的柏油帆布。克里夫顿降低高度，在我头顶盘旋，飞得非常低，刺槐的树叶都被打落了。飞机转向左边，打了个圈，又对准我，然后克里夫顿校直机身，冲我迎面而来。在离我五十码的地方，飞机突然倾斜坠毁。我向飞机奔去。

我以为他是一个人。说好了他一个人来的。但是我跑过去把他拉出来，才发现她就在他身边。他已经死了。她试图把自己的下半身拖出来，眼睛看着前方。沙子从座舱顶飘进去，盖满她的大腿。她身上看不到什么伤痕。她的左手向前伸着，是想在飞机坠毁的刹那挡一下。我把她从飞机里拖出来，克里夫顿管这飞机叫“鲁珀特熊”。然后我把她扛进了岩洞里。“泳者之洞”。有那些壁画的岩洞。地图纬度二十三度三十分，经度二十五度十五分。当晚，我把杰弗里·克里夫顿埋了。

我是他们的克星吗？是我克死了她？克死了麦多克斯？是我令这片沙漠备受战争的蹂躏？那样狂轰滥炸，仿佛这里有的只是沙子？野蛮人与野蛮人的交战。穿越沙漠的军队，盟军也罢，轴心国的军队也罢，面对沙漠都是一样的无知无觉。利比亚沙漠。扔掉政治，这便是我知道的最可爱的短语。利比亚。一个性感的词，被拉长的词，一口诱惑之井。“比”“亚”。这种让人听到舌头在打弯的词很少见，这是麦多克斯说的。还记得利比亚沙漠中

的狄多吗？必有一人像河流在干旱之地……[1]

我不相信我进入的是一片受诅咒的土地，我也不相信我是陷入了一种邪恶。每一个地方，每一个人，在我眼里都是一份礼物。发现“泳者之洞”里的岩石壁画。跟麦多克斯在旅途中高唱副歌。沙漠里，凯瑟琳的出现。我踩着擦得发亮的红色水泥地板朝她走去，跪在她的面前，我的脑袋顶着她的小腹，好像自己只是个孩子。还有治疗我的那个长枪部落。甚至是我们四个人在一起，汉娜、你，还有那个扫雷兵。

我所爱的、我所珍视的一切，都被拿走了。

我在她的身边。我发现她断了三根肋骨。我仍然在等待她飘忽不定的眼神，等待她举起折断的手腕，等待她开启紧闭的嘴唇。

你怎么会恨我呢？她喃喃道。你几乎把我完全毁了。

凯瑟琳……你没有……

抱住我。别再辩解了。你永远不会变。

她的永恒的注视。我无法走出她的眼神。我是她眼中最后的形象。岩洞里的狐狼会指引她，保护她，永远不会欺骗她。

有一百个跟动物相关的神灵，我跟她说。有跟狐狼相关的——阿努比斯[2]，多姆泰夫[3]，维普瓦维特[4]。有些生灵会引领你进入死后的世界——就像我们认识之前，我的魂灵一直陪着你领着你直到我们相遇。你在伦敦和牛津参加的那些晚会，我都在那

1 《圣经·旧约·以赛亚书》：“必有一人像避风所和避暴雨的隐密处，又像河流在干旱之地，像大磐石的影子在疲乏之地。”(32：2)。

2 阿努比斯，埃及神话中引导亡灵的豺头人身神。

3 多姆泰夫，埃及神话中具有狐狼头的木乃伊，保护死人的胃。

4 维普瓦维特，埃及神话中的葬礼之神，一说即死神阿努比斯。

里，看着你。你拿着一支大铅笔做功课的时候，我就坐在你的对面。凌晨两点，你在牛津联合图书馆里遇到杰弗里·克里夫顿，那一刻我也在。所有人的外套都扔在地上，你光着脚，在衣服堆里绕来绕去，像只鹭鸶。克里夫顿在看你，可我也在看你，尽管你没看见我，你对我视而不见。你那个年纪的时候，眼里只有长相英俊的男生。对你的小天地之外的人，你还看不见。在牛津大学，狐狼不是什么受欢迎的护花使者。而我，除非我心里所想的成为我亲眼所见的，我可以一直戒食下去。你身后是一墙壁的书。你左手捏着你脖子上的一串珍珠项链。你的光脚丫踩在衣服堆里。你在寻找什么。你那时候比现在丰满些，不过在大学里的那个样子是最好看的。

牛津联合图书馆里站着三个人，但是你只找到了杰弗里·克里夫顿。一场旋风般的浪漫。他在北非有一份工作，跟一群考古学家在一起，那可是北非。“都是些奇怪的老家伙。”连你的母亲也觉得你的探险会很有趣。

然而狐狼的灵魂是个“开道者”，他的名字叫维普瓦维特，也可能是艾尔麦西，他也站在那个房间里，跟你们俩在一起。我的两只手臂交叉在胸前，看着你们俩激动地窃窃私语，问题是，你们都醉了。但是最妙的是，即便在凌晨两点，即便都醉了，你们两人还是在对方身上找到了那份更永恒的价值和愉悦。你也许是跟别的什么人一起来的，也许今晚会跟别的什么人住在一起，但是你们俩都找到了自己命中注定的那一位。

凌晨三点，你觉得该走了，但是你只找到一只鞋。你手里拎着那只鞋，玫瑰色的凉鞋。我看到另一只就在我脚边，我把它捡了起来。闪闪发亮的鞋。肯定是你最喜欢的一双鞋，上面有你大脚趾的印记。谢谢，你一面说一面接过鞋，一面离开，你甚至没有看一眼我的脸。

我信这些东西。当我们遇见心上人，我们的心灵会有一部分像个历史学家，带点儿书呆子气，会想象或者记起曾经在哪里见过这个人，曾经和她在不经意中擦肩而过。就像克里夫顿也许一年前在哪里为你开过门，却错过了自己的命运。然而我们身体的每一部分都必须为那个人做好准备，所有的分子都朝同一个方向奔去，于是欲望升腾。

我在沙漠里住了那么多年，我相信这些东西。沙漠是个布满口袋的地方。一幅时间和水的错视画。狐狼用一只眼睛看着过去，用另一只眼睛凝视着你想要走的那条路。他的嘴里叼着属于过去的碎片，交到你手中，而等你把那段日子的碎片一一拼凑起来，就会发现一切早已了然于胸。

她的眼睛看着我，她是真的累了。一种可怕的疲惫。我刚把她从飞机里拉出来的时候，她看上去试图想把周围的一切都收进眼底。而此刻她的眼睛带着一层防备，似乎是要保护里面的什么东西。我靠近她，坐在自己的脚跟上。我靠上前，用舌头舔她蓝色的眼睛，右面的那一只，咸咸的，像花粉。我把那味道带进她的嘴里。然后是她的另一只眼睛。我的舌头感觉到她眼珠的细腻和水润，我擦掉了那一抹蓝色；当我起身向后靠的时候，我看到她的眼神蒙上了一层白色。我分开她的嘴唇，这一次我让自己的手指伸到更深处，撬开她的牙齿，她的舌头“后退”了，我只能把它拉出来。她的呼吸中有一根死亡之线。几乎已经太迟了。我靠向前，用我的舌头把蓝色的花粉带给她的舌头。我们这样碰了一次。什么也没发生。我向后退，吸了一口气，然后再次靠向前。在我接触她舌头的刹那，我感觉到一阵抽搐。

接着，便是那一声可怕的低吼，狂野而亲昵，从她体内传出，迎面而来。她整个身体仿佛被电击般一阵战栗。她本来是斜靠在岩石壁上，随着那一声吼，她整个人几乎跳了起来。那灵物进入了她的体内，它又跳起来，扑在我身上。洞里的光似乎越来越弱了。她的脖子晃来晃去。

我知道鬼是怎么回事。我小时候听过关于鬼恋人的故事。从前有一个美丽的妖妇，她走进一个年轻人的房间。如果他聪明的话，他应该让女人转个身，因为鬼和女巫没有后背，只有脸，只有他们想让你看到的那一部分身体。而我做了什么呢？我把什么样的动物带进了她体内呢？我一直在跟她说话，大概有一个小时了吧。我是她的鬼恋人吗？我是麦多克斯的鬼朋友吗？这个国家——是我把它画成地图，然后又变成了战场的吗？

死在一个神圣的地方是很重要的。这是沙漠的秘密之一。所以麦多克斯走进萨默塞特郡的教堂，他觉得那个地方已经丧失圣洁，他做了一件他认为是神圣的事。

我把她转过来，她一身蓝色的颜料。芳草、石头、光，还有刺槐灰，她永恒的身体，紧贴圣洁的颜色。只有眼睛里的蓝不见了，失去姓名，一幅光秃秃的地图，没有湖河，没有黑色的群山，如博尔库–恩内迪–提贝斯提省[1]北部那样的黑山，也没有橙绿色的三角洲，尼罗河从那里流进亚历山大平原，非洲的边际。

所有那些部落的名字，那些虔诚的流浪者，他们走进一成不变的沙漠，看见的是光明，是信仰，是色彩。一块石头，一个失落的金属盒，一根骨头，都可以成为人的挚爱，在祈祷中变为永

1　博尔库–恩内迪–提贝斯提省，乍得的十八个省之一。

恒。此刻，她便是进入了那个荣耀的国度，成为它的一部分。我们带着对爱人和部落的记忆死去，口中是曾经吞咽过的无穷滋味，怀中是曾经相拥的身体。这身体仿佛智慧之水，任我们一头扎入、畅游其中，还有大树般的文字，曾经的攀爬流连，以及无数的恐惧，如一个个岩洞，却正是我们避难藏身之处。我希望我死时身上也能留下所有这些印记。这是我信仰的地图绘制学——让自然在我们身上留下印记，而不是把我们自己留在地图上，好像那些有钱的男女把名字刻在大楼上。我们是所有人的历史，所有人的书。我们的品位抑或经历不属于任何一个人。我全部的渴望就是走在一个没有地图的地球上。

我抱着凯瑟琳·克里夫顿走进沙漠，那里有属于众生的月光之书。我们辗转于井的谣传中。我们徘徊在风的宫殿里。

艾尔麦西的脸倒向左边，眼神空无一物——也许是在看着卡拉瓦乔的膝盖。

“要来点儿吗啡吗？”

“不要。”

“要点别的什么吗？”

“什么都不要。”

十～月

八

卡拉瓦乔走下楼梯，穿过黑暗，来到厨房。桌上有些芹菜，还有几个甘蓝，根上还带着泥。唯一的光是汉娜刚烧的一堆火。她背对着他，没听见他进屋时的脚步声。住在别墅这些日子，他的身体放松下来，不再那么紧张，所以他看起来似乎个头更大了些，动作也更舒展了。只有走路不出声的习惯他还保留着，除此之外，现在他很容易感觉笨拙，动作带着睡意。

他拉过一张椅子。听到声音，她转过身，看到他在房间里。

“嗨，大卫。”

他举起手臂。他感觉自己在沙漠里待得时间太长了。

“他怎么样？”

“睡着了。把自己说累了。”

“他是你想的那个人吗？”

“他没问题。我们不用去管他了。”

“我觉得也是。我和基普都觉得他肯定是英国人。基普觉得最好的人都是怪人，他以前跟一个怪人一起工作过。”

“我倒觉得基普是个怪人。他人呢？”

“他在阳台上计划什么事情，不要我在旁边。是为我的生日。”汉娜本来蹲在火炉旁，现在站了起来，一只手在另一只胳膊上擦了擦。

“为了你的生日，我要给你讲个小故事。”他说。

她看着他。

“别讲帕特里克，行吗？”

“只有一点儿是关于帕特里克的，大多数是关于你。”

"我还是没法听这些故事，大卫。"

"父亲都会死的。你可以继续以你的随便什么方式去爱他。你不能把他在你心里藏起来。"

"等你的吗啡劲儿过了，再跟我说话。"

她走到他面前，伸手抱住他，抬头吻了吻他的脸颊。他把她搂得紧紧的，他的胡子碴碰到她的皮肤，感觉像沙子。她喜欢他现在这个样子；过去他总是把自己收拾得一丝不苟。用帕特里克的话来说，他的头路劈得像半夜的约格大街。过去卡拉瓦乔在她生活里就像一个神。现在，他的脸、他发福的身体，还有他灰白的头发，他是个更亲切的人了。

今天的晚饭是扫雷兵做。卡拉瓦乔提不起兴致来。三顿饭里总有一顿是没法指望的，这是他的观点。基普会弄来一些蔬菜，端上来的时候总是半生不熟的，只是简单地煮成一锅汤。又是一顿清教徒晚餐，这不是卡拉瓦乔想要的，尤其是今天，他听楼上那个男人讲了整整一天。他打开水池下面的橱门，有一些肉干，卡拉瓦乔切了点儿，放进自己口袋里。

"我能帮你戒掉吗啡，你知道的，我是个好护士。"

"你周围都是一群疯子……"

"是的。我觉得我们都疯了。"

听到基普在叫他们，两人走出厨房，来到阳台上，阳台上低低的一圈石头扶栏在闪光。

卡拉瓦乔觉得那看上去像是一长串小小的电子蜡烛，可能是在古老的教堂里发现的。他觉得扫雷兵把这些蜡烛从小教堂里拿走有点儿过分，哪怕是为了汉娜的生日。汉娜用手遮着脸，慢慢地往前走。没有风。她的大腿和小腿在连衣裙的裙摆下移动着，仿佛那是一层薄薄的水帘。她的网球鞋踩着石头，悄无声息。

“我挖地的时候，总能发现这种死壳儿。”扫雷兵说。

他们俩还是没明白。卡拉瓦乔弯下腰，细看摇曳的亮光。原来是盛满煤油的蜗牛壳。他目光沿着一长排蜗牛壳看下去；肯定有四十个。

“四十五个，”基普说，“这个世纪已经过去了四十五年。在我的家乡，我们除了庆祝自己的生日，还庆祝年份。”

汉娜跟着他们向前走，她的手插在口袋里，基普喜欢看她那样走路。那么放松，仿佛她把手臂放在一边，留到晚上再用，所以这会儿不去动它们。

桌子上放着三瓶醒目的红酒，卡拉瓦乔的注意力立即被吸引了。他走过去，看看标签，摇摇头，太惊讶了。他知道扫雷兵是一口也不会喝的。三瓶都已经打开了。基普肯定是在图书馆里找了本讲礼仪的书，然后按着来的。接着他看到了玉米、肉，还有土豆。汉娜挽住基普的手臂，两人一起走到桌边。

他们又吃又喝，红酒十分浓烈，留在舌头上的感觉就像吃肉一样。两个人很快就喝高了，给扫雷兵的祝酒词冒着傻气——“伟大的征粮员”——给英国病人的也一样。他们俩还互相祝酒，基普端着他的大水杯一起加入。他开始说他自己。卡拉瓦乔没让他停下来，却也没有一直在听。有时候他站起来，围着桌子转圈，走来走去，很开心。他希望两个年轻人结婚，一心想说服他们，但是看上去他们好像对这段关系有他们自己的奇怪原则。他扮演的这个角色能做什么呢。他又坐了下来。时不时地，他会注意到一盏火光灭了。蜗牛壳能装的油就那么多。基普会站起来，然后再给它们加满火油。

“我们得让这些火亮到半夜。”

接着他们谈起战争，战争已经显得那么遥远了。“跟日本的仗打完，大家就都可以回家了。”基普说。“那你会去哪里？”卡拉瓦乔问道。扫雷兵的脑袋转了转，半像点头，半像摇头，他的嘴巴上带着笑意。于是卡拉瓦乔开始说话，主要是对基普说。

狗小心翼翼地走到桌边，把它的脑袋放在卡拉瓦乔的大腿上。扫雷兵要他讲多伦多的其他故事，好像多伦多是个有什么特别奇迹的地方。淹没城市的大雪，冰封的港口，夏天的渡船，人们在船上听歌剧。但是他真正感兴趣的是关于汉娜性格的线索，因为她总是欲言又止，如果卡拉瓦乔的故事涉及她生活的某些时刻，她还会把他的话题引开。她只想让基普认识眼前的她，与那个曾经的她相比，那个女孩，或者年轻的女人，现在的她也许有更多缺点，也许更有同情心，也许更冷酷，也许更固执。她的生命中曾经有过她的母亲爱丽丝、她的父亲帕特里克、她的继母克拉拉，还有卡拉瓦乔。她早就跟基普说过这些名字，仿佛这些人名就是她的证件，她的嫁妆。人名既然准确无误，便不需要再做什么讨论。她用这些名字就像参考一本书里的权威信息，如何正确煮鸡蛋，如何把大蒜加入羊肉。没有什么好问的。

而现在——因为已经喝得很醉了——卡拉瓦乔讲了汉娜唱《马赛曲》的故事，他跟她说过一次。“是的，我听过这首歌。”基普说，然后他唱起来。“不对，你得把它唱出来，”汉娜说，“这歌你得站着唱！”

她站了起来，脱掉网球鞋，爬上桌子。她赤裸的脚边有四个蜗牛壳，火光一阵颤动，差点儿灭了。

“这是唱给你听的。基普，你必须学会这样唱。这是为你唱的。”

她对着黑夜歌唱，歌声越过他们的蜗牛灯，越过英国病人房间里的那方烛光，消失在摇曳着柏树影的黑色夜空里。她把手从口袋里拿了出来。

基普在营地的时候听过这首歌，一群男人唱的，常常是在一些奇怪的时刻，比如一场临时的足球赛之前。而卡拉瓦乔在战争最后几年听到这首歌的时候，从来没有真正喜欢过，没有一次是想听的。在他心里，这首歌一直都是很多年前汉娜唱的。此刻他高兴地听着，因为她又唱了，但是很快他就感觉她的歌声变了。不再是她十六岁时的激情，更像是回声，一如黑暗中包围着她的若隐若现的火光。她唱这歌的感觉就好像在唱一个受伤的人，就好像没有人能再次拢起歌里所有的希望。改变她歌声的是这五年的岁月，岁月领着她来到这个二十一岁生日的夜晚，这个世纪的第四十五年。一个疲惫的旅行者的歌声，独自一人，面对一切。一段新的证词。这首歌里已经没有什么可以肯定的东西，歌手不过是一个声音，对抗着群山般强大的外力。这是唯一可以确定的。声音是唯一没有被损坏的东西。一首蜗牛灯之歌。卡拉瓦乔意识到她唱的是扫雷兵的心，是那颗心的回声。

帐篷里的那些夜晚，有时候他们一句话都不说，有时候说起来没完没了。他们永远不知道会发生什么，不知道谁的过去会掀开一角，不知道黑暗中的抚摸是否既无名又无声。触手可及的她的身体，近在耳边的她的话语——他们躺在充气枕头上，每天晚上他都坚持用这个枕头，给它充满气。他被西方人的这个发明迷住了。每天早晨他都尽职尽责地把气放掉，再把枕头一折三层，一路北上意大利他都是这样过来的。

在帐篷里，基普把头埋在她的脖根。她的指甲正挠着他的皮肤，他感觉整个人都融化了。或者他的嘴压住她的嘴，他的肚子贴着她的手腕。

她唱歌，哼小调儿。在帐篷的黑暗中，她把他想成半人半鸟——在他身体里有羽毛的感觉，他手腕上的铁镯子。每当他和她一起处在这样的黑暗里，他的动作会很慢，不像外面世界里的人，可如果是在大白天，他会滑过身边一切随便什么事物，就像颜色从颜色中滑过。

但是夜晚的他会拥抱迟钝。他的有条不紊，他的纪律原则，只能从他的眼睛里看到。没有一把可以打开他的钥匙。她信手摸去，到处都是通向盲文的门。仿佛隔着皮肤就可以看到器官、心脏、肋骨，留在她手上的唾沫是有颜色的。他最了解的是她的悲伤，可以绘成一幅地图。就像她知道他对他哥哥的爱，一条奇怪的爱的小径，一个危险的哥哥。“我们身上流的是流浪者的血。所以以他的个性，蹲监狱是最难的，只要能出去，他死都愿意。”

那些说话的晚上，他们穿越他的国家，那片流淌着五条大河的土地。萨特莱杰河、杰赫勒姆河、拉维河、杰纳布河、比亚斯河。他带着她走进伟大的谒师所[1]，脱掉她的鞋子，看着她洗她的脚，盖住她的头。他们进入的这所谒师所建于一六〇一年，毁于一七五七年，之后立即重建。一八三〇年使用金子和大理石。“如果我们黎明前就到，你首先会看到河面上的雾。然后雾散开，寺庙出现在晨光里。那时候你已经能听到圣人在唱赞美诗——拉马南达[2]，那纳克[3]，卡比尔[4]。唱诗是在神殿的中央进行。你听到歌声，闻到寺庙花园里的果香——石榴、橘子。寺庙是生活洪流中的一处避风港，向所有的人敞开。它是一艘船，行驶在一片无知的大洋里。”

他们穿过黑夜，穿过银质大门，来到圣坛前，《圣典》被放在锦缎搭成的天篷下。唱诗者在乐师的伴奏下唱着书里的经文。他们从早晨四点唱到晚上十一点。将《圣典》随便翻到某一页，选择一段经文，接下来的三个小时里就不停地反复诵唱，直到湖面的雾散开，现出金色的寺庙。

基普带她沿着一个池塘，走到那棵圣树底下，寺庙的第一位住持巴巴·古哈吉埋在那里。那是一棵迷信大树，已经四百五十岁了。“我母亲在一个树枝上系了一根细绳，求大树给她一个儿子，然后等我哥哥出生后，她又回来，求树保佑她再生一个儿子。旁遮普到处都是圣树和神水。”

汉娜没说话。他知道她心底的那块阴影，她失去了孩子和信仰。他总想把她从悲伤的边缘哄回来。孩子、父亲，再也没

1 谒师所，锡克教徒的礼拜场所。
2 拉马南达（1400？—1470？），著名的婆罗门开悟者。
3 那纳克（1496—1539），锡克教创教者。
4 卡比尔（1398—1518），印度织布工、诗人、神秘主义者和宗教改革家。

有了。

“我也失去了一个像父亲一样的人。”他对她说过。但是她知道她身旁的这个男人属于那些有魔力的人，他从小就是一个外人，所以可以随时走进不同的队伍，失去的可以再补上。在不公平面前，有些人一蹶不振，有些人安然无恙。如果她问他，他会说他的命很好——虽然他的哥哥在牢里，他的战友们被炸飞，而他自己则每天在这场战争中朝不保夕。

这样的人尽管是好的，可他们存在的本身就是一种不公平。他可以一整天待在一个土坑里，拆一个随时会要他命的炸弹；也可以从一个扫雷兵战友的葬礼上回来，他的精神有些沉重。但是无论周围是怎样的困境，他总有解决的办法，总有光明。而她，却什么也看不到。对他来说，命运的地图千奇百怪，在阿姆利泽的寺庙，任何信仰、任何阶级的人，全都受到欢迎，全都围在一起吃饭。他们也会允许她留下钱或者一朵花，放在地上一块摊开的织毯上，然后加入那伟大而永恒的诵唱。

她倒是希望能那样。她的内心深处是一种天然的悲伤。他自己也会向她敞开他内心那十三道门槛，但是她知道一旦他陷入危险，他绝对不会转身面对她。他会在自己周围画一个圈，然后集中精力。这是他的本事。他说过，锡克人对科技非常在行。“我们有一种神秘的亲近……那叫什么？”“亲和。”“是的，亲和，同机器的亲和。”

他会连续几个小时忘记其他人的存在，晶体收音机里的音乐节拍打在他额头上，打进他的头发。她不相信她可以完全走进他的世界，成为他的爱人。他移动的速度可以让他不断为自己所失去的找到替补。那是他的天性。她不会因此去评判他。她又有什么权利去评判。每天早晨，基普走出帐篷，左肩膀上挂着他的背包，沿着小路离开圣吉罗拉莫别墅。每天早晨，她看着他，看着他迎向世界的鲜活的生命力，也许这就是最后一次。几分钟后，他会抬头看看饱经炮火摧残的柏树，柏树中间的树枝都已经不见了。普林尼[1]肯定也曾走过这样一条小路，或者是司汤达，因为在世界的这一处，也有《帕尔马修道院》里描述的画面。

基普会抬起头，头顶是高高的大树，伤痕累累，连成一片拱顶，眼前是一条中世纪的小路。而他，一个年轻人，是一个扫雷兵，这是他生活的世纪所发明的最奇怪的职业，一个军事工程师，侦测并拆除地雷。每天早晨，他从帐篷里钻出来，在花园里洗澡、穿衣服、离开别墅和房子周围的一切，甚至都不会走进房子——也许会挥挥手，如果看到她的话——仿佛语言、人性这些东西会让他困惑，会像血液流进那台他必须理解的机械装置。她会在四十码之外的房子边看着他，在小路尽头的一块空地上。

那一刻，他把他们全都抛到身后。吊桥在骑士背后关闭的那一刻，只剩下他一个人和他那份严肃的天赋所带给他的宁静。她在锡耶纳见过那幅壁画。关于一个城市的湿壁画。城墙外墙上的画，有几码长，艺术家的颜料已经掉得差不多了。对这个离开城堡的旅行者来说，远方的土地上，甚至不再有艺术创造的花园。她觉得，那里就是基普白天去的地方。每天早晨，他会从画里走出去，走向属于混沌的黑暗悬崖。一位骑士。一名圣斗士。她看见卡其制服忽闪着穿过柏树林。那个英国人把他叫做“命运的逃亡者”。对他来说，这些日子是从抬头看见大树的喜悦开始的，她心里猜想。

1　普林尼，古罗马作家，现存著作《博物志》37 卷。

一九四三年十月初，他们把扫雷兵派到那不勒斯。他们从已经进入意大利南部的工程兵里选了些最优秀的，基普是三十个士兵中的一个，被带进这个遍布陷阱的城市。

德国人在意大利战场上创下了史上最辉煌也最可怕的撤退。盟军的进攻本来应该用不了一个月，却足足拖了一年。战火烧了一路。扫雷兵坐在卡车挡泥板上跟着部队前进，他们的眼睛搜寻泥土被新翻过的痕迹，新翻的泥土说明有可能埋了地雷、玻璃雷、鞋雷。行军慢得无可救药。北面的山区里，戴红手绢做标记的加里波第共产党游击队也在公路上布炸弹，德国卡车经过的时候时常爆炸。

意大利和北非的地雷规模难以想象。在基斯马尤和阿弗马杜[1]交界路口，发现了二百六十个地雷；在奥莫河大桥地区[2]发现三百个。一九四一年六月三十日，南非扫雷兵一天里在马特鲁港埋了二千七百个马克二代地雷。四个月后，英国人在马特鲁港清理出七千八百零六个地雷，然后又将这些地雷埋到别的地方。

什么都可以做地雷。四十厘米长的镀锌管装满炸药，扔在军事要道上。放在木盒子里的地雷就摆在人家里。烟斗地雷装满葛里炸药、金属片和指甲。南非的扫雷兵把铁和葛里炸药装进四加仑的汽油桶，可以用来炸毁装甲车。

城里的状况最糟糕。几乎没受过什么训练的排弹小分队坐船离开开罗和亚历山大。第十八小组出了名。一九四一年十月，三

1　基斯马尤和阿弗马杜是索马里两个城市。
2　奥莫河大桥位于埃塞俄比亚。

个星期的时间里，他们拆除了一千四百零三个烈性炸弹。

意大利比非洲更糟糕，引信的装置像噩梦般古怪。部队接受训练时熟悉了德国炸弹，但是这里的机械装置由弹簧控制，跟德国炸弹很不一样。扫雷兵们进入城市，走在大街上，两边的树上、楼房的阳台上都挂着死尸。每死一个德国人，德国人总要杀掉十个意大利人作为报复。有些挂着的尸体是踩到地雷被炸飞到半空中的。

德国人于一九四三年十月一日全部撤离那不勒斯。九月盟军的一次空袭中，成百的市民离开城市，开始住到城外的山洞里。德国人在撤离的时候炸了这些山洞的洞口，迫使市民们待在地底下。伤寒大规模爆发。港口的船被刚埋在水底的地雷炸沉。

三十个扫雷兵走进一个布满陷阱的城市。公共建筑的墙壁里藏着延时爆炸的炸弹。几乎所有的交通工具都被动了手脚。扫雷兵们永远都在怀疑，任何随意放置在房间里的东西都是他们怀疑的对象。他们不相信所有放在桌上的东西，除非是朝着“四点钟”方向。战争结束很多年之后，扫雷兵往桌子上放一支笔，还是会把笔的大头朝着四点钟方向。

那不勒斯有六个星期的时间属于战区，基普跟着部队从头到尾都在那里。两个星期后，他们在洞里发现了市民。他们的皮肤因为粪便和伤寒而变得晦暗。这些人排着队走进城里医院的那一幕仿佛就是一群鬼魂。

四天后，市中心的邮局爆炸，死伤七十二人。欧洲最全面的医学史记录已经在城市档案馆里被烧毁了。

十月二十日，三天后即将恢复供电前，一个德国人自首。他告诉当局，大约有几千个炸弹被埋在城市的港口附近，导火线就接在处于休眠状态的供电系统里。一旦通电，整个城市将陷入一片火海。盟军对他审讯了不止七次，采用不同的策略和武力——最后当局仍然对他的供词表示怀疑。这一次整个城市的人口全部撤离。孩子和老人，垂死的人，孕妇，从山洞里救出来的人，动物，还能开的吉普车，医院里的伤员，精神病人，修道院里的神父、僧侣、修女。在一九四三年十月二十二日傍晚的暮霭中，只有十二个扫雷兵留了下来。

第二天下午三点，供电系统将启动。没有一个扫雷兵有过留在一个空城里的经历，这将是他们生命中最奇怪、最坐立不安的十几个小时。

傍晚，雷电暴雨横扫托斯卡纳。闪电击向大地上竖起的一切金属和尖顶。基普总在傍晚七点左右沿着柏树夹道的黄色小路回到别墅，如果有雷电，通常都是那时候开始的。中世纪的经历。

他好像喜欢这些临时的习惯。汉娜，或者卡拉瓦乔，会在远处看着他的人影，看到他走在回家的路上，停下来转身望向山谷的方向，看看大雨离他还有多远。汉娜和卡拉瓦乔走进屋里。基普继续爬山，半英里的山路缓缓地转向右面，然后又缓缓地转向左面。他的靴子踩在砾石上的声音。大风一阵阵吹到他身上，猛烈地摇晃着柏树，树枝垂下来，钻进他的袖子。

接下来的十分钟，他一路走着，不知道雨什么时候就会落在他身上。他会在感觉到雨点之前，先听到雨声，滴答一声落在干草上，落在橄榄叶上。不过这会儿他还在享受山里清新的大风，暴雨的前奏曲。

如果雨在他进入别墅前就落下来，他还是会保持同样的步速，把橡皮雨披搭在他的帆布背包上，人就在雨披下走。

在帐篷里，他听到纯粹的雷声。巨大的霹雳就在头顶，然后有如马车车轮的声响，消失在群山背后。帐篷壁上突然出现一道阳光般明亮的闪电，在他眼里，常常比阳光更亮。藏着磷光的闪电，机器般的感觉，让他想起那个他在理论室里和收音机里听到的新词：核能。他在帐篷里解开包头巾，擦干头发，再包上一条干的头巾。

暴雨来自皮埃蒙特，飘向南方和东方。闪电落在高山上的小教堂顶上，那里有再现苦路十四处或《玫瑰经》奥迹的生动浮雕。小镇瓦雷泽和瓦拉洛有比真人还大的十六世纪的泥像，描述《圣经》中的场景，闪电有时会把它们瞬间照亮。遭受鞭刑的基督两只手被绑在身后，鞭子正从半空落下，吠叫的狗；第二幅教堂画里是三个士兵，高举着十字架，向着彩色的云朵。

圣吉罗拉莫别墅因其位置，也有这种被闪电点亮的时刻——黑暗的客厅，英国人睡的房间，汉娜正在生火的厨房，被炸的小教堂——瞬间一起点亮，没有影子。这样的暴雨之夜，基普会在花园里的大树下走来走去，丝毫也不担心，同他每天的九死一生比起来，被雷电劈死的危险实在不值一提。他所见过的天主教圣坛上那些朴素的形象，此刻和他一起身处这半明半暗之中，他数着闪电和雷声的间隔。也许这别墅也是一幅类似的生动画面，四个人做着各自的事，偶尔被闪电照亮，嘲弄般映衬着这场战争。

十二个留在那不勒斯的士兵呈扇形进入城市。整个晚上他们冲破密封的隧道，爬进下水道，寻找有可能连到中央电闸的导火线。他们要在下午两点开车离开城市，一个小时后电闸将被开启。

十二个人的城市。每个人分布在不同的角落。一个在电闸中心，一个在水库，还在往水里扎——官方确定洪水会引发大规模破坏。怎样给一座城市埋雷。令人不安的主要是安静。一个属于人的世界，听到的却只有狗的吠叫和鸟的歌唱，从街道两边公寓的窗口飘出来。轮到他的时候，他也会走进某一间藏着一只鸟的房间。真空中的属于人的东西。他经过那不勒斯国家考古博物馆，那里藏着庞贝城和赫库兰尼姆的遗迹。他见过那只冰封在白灰中的古老的狗。

他走在卡尔博纳拉大街上，戴在左手臂的鲜红色扫雷灯已经打开，这是街上唯一的亮光。整晚的搜查让他筋疲力尽，这会儿好像也没什么可干的了。他们每个人都有一个对讲机，但只是供发现紧急情况时使用。最让他感觉疲惫的是周围可怕的安静，空落落的院子，干枯的喷泉。

凌晨一点，他一路找到已是一片废墟的圣乔瓦尼-卡尔博纳拉教堂，他知道里面有一个《玫瑰经》小礼拜堂。几天前的一个晚上，他曾经穿过那个教堂，黑暗中电闪雷鸣，他看到有几个巨大的人像雕塑。一个天使和一个女人在一间卧室里。场景瞬间隐入黑暗，他坐在教堂的长椅上等着，启示却没有再次出现。

这会儿他又走到教堂的那个角落，泥像的颜色显示人物是白人。场景是卧室里一个女人在跟一个天使说话。女人头上披着一片蓝色兜巾，露出棕色的鬈发，她左手的手指轻触自己的胸骨。他走进房间的时候，意识到所有的泥像都比真人更大。他自己的头还不到女人的肩膀，天使举起的手臂有十五英尺高。不过，对基普来说，他们仍然可以给他做伴。这是一个住着人的房间，他走在这些生灵之间，他们彼此进行的讨论代表着某些关于人类和天堂的寓言。

他把背包从肩膀上放下来，面对着床。他想躺上去，他之所以有些犹豫只是因为有天使在旁边。他已经走到这个超越凡人的身体背后，发现在他深色的翅膀下面装着几只积满灰尘的灯泡。他意识到不管他多么渴望，他都不能在这样一个东西身边睡个安稳觉。床底下有三双舞台鞋向外窥视，这是布景设计师的精心设计。此时大约是一点四十分。

他把自己的斗篷铺到地板上，把背包拍扁当作枕头，然后就在石头地上躺了下来。小时候在拉合尔，他大多数时候都是睡在卧室的地板上，铺一张席子。实际上他一直没有习惯睡西方人的床。一个床垫，一个充气枕头，他的帐篷里就这两样东西，而在英国跟萨福克勋爵一起住的时候，柔软的床垫一旦陷进去，他就感觉像要窒息，仿佛一个囚犯般躺着，无法入睡，最后总是又爬起来，睡到地板上。

他在床边仰面躺着。他注意到床下的鞋子也比真人的大。可以伸进一双亚马逊丛林印第安人的脚。他头的上方是女人试探的右手。天使在他脚边。很快，他们这群扫雷兵里会有一个打开城市的电闸，如果他被炸飞，那么还有这两个人像陪着他一起。要么死，要么不死。不管怎样，他无法再做什么。他一整个晚上都在搜寻炸药和定时装置的隐藏处。墙壁会在他周身轰然倒下，也可能他会穿过一个明亮的城市。至少他找到了这些父母般的人物。他可以在这幕哑剧的对话中休息一下了。

他把手枕在头下，天使脸上有一种新的坚定，是他之前没有注意到的，他想解读其中的含义。天使手中拿着的那朵白花欺骗了他。这个天使也是一个战士。他这样想着，眼睛合了起来，疲倦压倒了一切。

他四仰八叉地躺着，脸上带着一抹微笑，仿佛因为终于可以睡觉而高兴，这是一种奢侈。左手的手掌向下，放在水泥地上。他的包头巾的颜色跟圣母马利亚脖子上的花边领的颜色相呼应。

马利亚的脚边躺着这个小小的印度扫雷兵，穿着军服，旁边是六只舞台鞋。这里似乎没有时间的存在。他们中的每一位都选择了一个最舒服的姿势来忘记时间。这样我们才可以被别人记住。当我们对周围充满信任，便会露出那种舒适的微笑。眼前这个场景，基普躺在两个泥人的脚边，暗示着一场关于他命运的辩论。举起的泥人手臂是要暂缓执行判决，是要给这个像孩子般沉睡的外国人一个美好前景的承诺。他们三人即将做出决定，达成一致意见。

淡淡的灰尘下面，天使的脸上露出一份强大的喜悦。它的背上装着六只灯泡，两只已经坏了。尽管如此，神奇的电流突然由下而上点亮了它的翅膀，于是血色、蓝色和犹如芥菜田的金色，在这个傍晚，就这样鲜活活地闪亮起来。

无论身在何处，身处现在还是未来，汉娜始终记得基普走出她生命的那一刻，他的身体离去时的线条。她的大脑重复着那一幕。他从他们之间冲出去的那条路。他在他们面前变得石头般沉默的时刻。她记得八月那天的一切——天空的样子，面前桌子上的东西在雷声中渐渐变暗。

她看见他在田野里，他的手捂着自己的脑袋，然后她意识到那个姿势不是因为痛苦，而是因为他想把耳机紧紧按在头上。他在离她大约一百码的低处的一片田野里，她听到一声尖叫，从他的身体里发出的一声尖叫，这个从来没有高声说过一句话的身体。他跪倒在地，仿佛刚刚被松绑的样子。那样过了一会儿，他慢慢站起身，朝斜对角的帐篷走去，钻进帐篷，拉上拉索。远处传来一阵闷雷，她看到自己的手臂变暗。

基普钻出帐篷，拿着那把步枪。他走进圣吉罗拉莫别墅，同她擦身而过，就像角子机里的钢球滚过。他穿过门廊，三步并做一步登上楼梯，呼吸有如节拍器，靴子咚咚踢在楼梯的竖面上。她听见他的脚步穿过大厅，她继续坐在厨房的桌子边，眼前是一本书，还有铅笔。在暴雨来临前的光线中，这些东西一一封冻，陷入阴影。

他走进卧室。站在英国病人的床脚。

你好，大兵。

枪托贴着他胸口，枪带挂在弯成三角形的手臂上。

外面发生什么事了？

基普看上去很绝望，仿佛处在世界的边缘，一张抽泣中的棕色脸庞。身体一转，他朝墙上画着的古老的喷水池开了一枪，泥灰炸裂的碎屑落在床上。他转回来，步枪对着英国人。他开始发抖，在使用全部力量克制自己。

把枪放下，基普。

他咚的一声往后靠在墙上，止住了颤抖。空气中飞舞着泥灰屑。

我坐在这张床的床脚听你说话，叔叔。过去的这几个月。我小时候也是这样，坐着，听着。我以为听大人教我的话，我就可以把自己填满。我以为我可以带着这些知识，慢慢地做些改变，但无论如何，会把它们再传给另一个人。

我在我自己国家的传统中长大，但是后来，更多的是你们国家的传统。你们白人的那个小小的岛国，你们的风俗习惯、你们的书、你们的行政长官、你们的理性，把世界其他地方都变成和你们一个样。你们的一举一动代表标准。我知道如果我搞错了该用哪根手指握茶杯，我就会被赶出去；如果我打错一个领结的结，我就出局了。就是那些舰船给了你们这样的权力吗？还是像我哥哥说的那样，因为你们有历史记录和印刷机？

你们，然后是美国人，把我们变得和你们一样。带着你们传教士的律法。于是印度士兵像英雄般丢了自己的性命，就为了成为“一流”。你们打仗就跟打板球一样。你们是怎么把我们骗进来的？这里……听听你们的人都干了什么。

他把步枪扔到床上，然后走到英国人身边。他身上挂着那台晶体收音机，挂在皮带上。他把收音机取下来，把耳机塞进病人黑色的脑袋里，病人因为头皮被碰到而疼得咧起嘴。但是扫雷兵没把耳机取下来。然后他走回去，拿起枪。他看见汉娜站在门口。

一颗炸弹。又一颗炸弹。广岛。长崎。

他转动步枪，对着窗台。山谷上方的一只老鹰似乎故意飞进他的瞄准器。他闭上眼睛，眼前出现一片火海中的亚洲街道。火球滚过城市，仿佛一幅爆炸的地图。卷着热气的飓风一路横扫，人群瞬间化作焦炭，空中突然充满人的阴影。西方智慧的战果。

他看着这个英国人，头戴耳机，两眼发直，听着。步枪的瞄准器从英国人瘦瘦的鼻子移到喉结上，锁骨的上方。基普止住了呼吸。恩菲尔德式步枪被握得牢牢的，一动不动。

英国人的眼睛看着他。

扫雷兵。

卡拉瓦乔走进屋子，伸手去拍基普，基普挥动枪托往后打在卡拉瓦乔肋骨上。来自动物爪子的一击。几乎同时，基普又回到瞄准的姿势，就像行刑队的一员，那是在印度和英国的无数营队里训练出来的结果。眼中是烧焦的脖子。

基普，说句话。

他的脸是一把刀。还留着因为震惊和恐惧而哭泣的痕迹，现在他看一切，看他周围的每一个人，感觉再也不一样了。在他们之间可能升起黑夜，可能升起迷雾，而这个年轻人棕色的眼睛总是可以找到那个最新的敌人。

我哥哥告诉过我。永远别对欧洲说不。都是他们说了算。做交易的人。制定合同的人。绘制地图的人。永远不要相信欧洲人，他说。永远别跟他们握手。但是我们，哦，我们太容易感动了——演讲、奖章，还有你们的那些仪式。过去这些年，我都在干什么？拆引信，剪断邪恶的臂膀。为了什么？就为了这个？

这个是什么？耶稣啊，告诉我们！

我把这个收音机留给你，你去咽下你们自己的历史教训吧。不许再动，卡拉瓦乔。所有那些关于文明的演讲，国王的、女王的、总统的演讲……发布抽象命令的声音。闻一闻。听听这个收音机，闻闻这个声音里庆祝的味道。在我的国家，如果父亲做了不公正的裁判，就把父亲杀了。

你不知道这个人是谁。

步枪的瞄准器一动不动地对着烧焦的脖子。然后扫雷兵把瞄准器向上对准男人的眼睛。

开枪吧，艾尔麦西说道。

扫雷兵的眼睛和病人的眼睛对视着，在这个半明半暗的房间里，这个此刻挤满了整个世界的房间。

他对扫雷兵点点头。

开枪吧，他平静地说。

基普推出弹壳，在它落地前伸手接住。他把步枪扔到床上，像一条去了毒的蛇。他看到站在房间边缘的汉娜。

烧焦的男人把耳机从脑袋上摘下来，慢慢地放在自己胸口。接着他伸出左手把助听器拔了出来，扔在地板上。

开枪，基普，我不想再听到任何声音。

他闭上眼睛，滑进黑暗，离开了房间。

扫雷兵靠在墙壁上，两只手交叉在胸前，垂着头。卡拉瓦乔能听到他鼻孔里喘息的声音，又快又重，像活塞。

他不是英国人。

美国人、法国人，我才不管。你们对世界上的黄种人扔炸弹，你们就是英国人。你们有过比利时国王利奥波德，现在你们有该死的美国人亨利·杜鲁门。你们都是跟英国人学的。

不是的。他不是。你搞错了。如果有什么人是站在你那一边的，可能就是他。

他会说，他不管，汉娜说。

卡拉瓦乔坐进椅子里。他感觉自己一直都坐在这张椅子里。房间里，晶体收音机发出呜呜的噪声，还在以水底的声音继续报道着。他无法转身去看扫雷兵，或者远处汉娜模模糊糊的连衣裙。他知道这个年轻的士兵是对的。他们永远不会把这样一个炸弹扔到一个白人的国家里。

扫雷兵走出房间，留下卡拉瓦乔和汉娜在床边。他把他们三个人留在了他们的世界里，他不再是他们的哨兵了。日后，什么时候病人死了，卡拉瓦乔和汉娜会把他埋了。任凭死人埋葬他们的死人[1]。他一直没弄明白这句话到底是什么意思。《圣经》里的这些冷漠的字眼。

他们会把一切都埋了，除了那本书。尸体、床单、他的衣服、步枪。很快就会只剩下他和汉娜。这一切的动机收音机里都说了。短波里传出一个噩梦。一场新的战争。一个文明的死亡。

安静的夜晚。他能听见夜鹰若隐若现的叫声，它们转身时拍打翅膀而发出沉闷的振动声。他帐篷的顶上是高高的柏树，在这无风的夜晚，柏树纹丝不动。他躺下来，盯着帐篷黑暗的角落。一闭上眼睛，他就看见火，看见人们跳进河里、水库里，想躲开

---

1 《圣经·新约·马太福音》(8: 22) 和《圣经·新约·路加福音》(9: 60) 里有这句耶稣对追随者所说的话。

瞬间吞噬一切的火焰和热气，吞噬他们手里的东西、他们的皮肤和头发，甚至是他们跳入的河水。一架飞机载着这个了不起的炸弹，飞过东方的月亮，飞向那个绿色群岛。然后扔下炸弹。

他一直没吃饭，也没喝水，没法咽下任何东西。天黑前，他把帐篷里所有跟军队有关的东西都清理了出去，所有的拆弹设备，也把制服上所有的徽章都扯了下来。躺下前，他摘下包头巾，梳理头发，扎成一个顶髻，然后躺下来，看着帐篷壁上的光线逐渐暗淡。他的眼睛流连最后的一线蓝光，听着风声坠入无风的夜，然后又听到夜鹰转身时翅膀的砰砰声。还有空气中一切微妙的声响。

他感觉全世界的风都被亚洲吸走了。他离开每天接触的那许许多多的小炸弹，走向一个有一座城那么大的炸弹，那么大，让活着的人目睹身边的人成群成群地死去。他对这种武器一无所知。是金属的急速进攻和爆炸，还是沸腾的气流穿透一切肉体？他只知道，他感觉他再也无法让任何东西靠近自己。他不能咽下食物，甚至不能坐在走廊的石凳上从池塘里舀水喝。他觉得他没法从背包里拿出一根火柴，把灯点亮，因为他相信灯会酝酿一场大火。在帐篷里，光线完全消失前，他拿出那张全家福，盯着照片。他的名字叫基帕尔·辛格，他不知道自己在这里干什么。

他站在树下。八月的热度，他没有戴包头巾，只穿着长袍，手里什么也没拿，沿着篱笆往前走，赤裸的脚踩在青草上，踩上走廊的石板，踩进篝火留下的烟灰。他无眠的身体鲜活活的，立在欧洲一个伟大的山崖上。

第二天一大早，她看见他站在帐篷边。前一晚，她曾经在树丛里寻找过光亮。别墅里的每个人都是独自吃的晚饭，英国人没吃东西。这会儿她看见扫雷兵的手臂挥舞着，帐篷壁有如船帆般呼喇喇倒下来。他转身朝房子走来，爬上楼梯，来到露台上，然后消失了。

在小教堂里，他经过烧毁的长椅，走向壁龛，那里放着一辆摩托车，上面盖着油毡布，用树枝在地上压住。他把盖布从机器上拉下来。在摩托车边上蹲下，然后开始给链条和齿轮上油。

基普。

他没有回答，目光穿越过她的身体。

基普，是我。我们跟这一切有什么关系呢？

在她面前，他成了一块石头。

她在他身边跪下，向前靠在他身上，她的头倚在他胸口，保持那样的姿势。

一颗跳动的心。

他还是一动不动，她身体向后，跪在地上。

有一次那个英国人给我念了点东西，从一本书里："爱如此的小，它可以穿过针眼。"

他往另一边靠，离她更远些，他的脸在离一个小水塘几英寸的地方停住。

一个男孩和一个女孩。

扫雷兵把摩托车从油毡布底下弄出来的时候，卡拉瓦乔正靠在矮墙垛上，用小臂托着下巴。然后他觉得自己没法再忍受这个房子里的气氛，于是走开了。他没有目睹扫雷兵把摩托车发动起来，然后坐上去，身下的车活了，汉娜就站在他旁边。

辛格碰碰她的手臂，松开脚，车子滑下山坡，然后他才开始加速。

卡拉瓦乔站在通向大门口的半路上等他，手里拿着那把枪。他走到路中间，男孩放慢车速，他也没有正式地把枪递给他。卡拉瓦乔走到他身边，伸手抱住他。一个用力的拥抱。扫雷兵的皮肤第一次感觉到胡碴。他觉得自己被拉进了对方的肌肉里。“我要学学怎么想你了。”卡拉瓦乔说道。然后男孩挣脱了他的拥抱，卡拉瓦乔走回房子里。

他身下的机器活了过来。胜利牌摩托车的尾烟、灰尘和激起的沙砾，一起飘进两边的树丛里。摩托车越过挡畜沟栅的门，随后他就一路迂回地出了小镇，经过两边花园的味道，建在陡峭斜坡上的花园。

他的身体逐渐习惯了驾驶，胸口跟汽油缸平行，靠得非常近，他的手臂横着，几乎没有用力。他向南开，完全避开佛罗伦萨。穿过格雷韦，然后到达蒙特尔基和安布拉，被战争和侵略忽视的小镇。眼前出现陌生的小山头，他开始爬上山脊，向科尔托纳开去。

他走的路线跟盟军进攻的方向正好相反，仿佛是要把战争的线圈反绕回来，路上已经没有那么紧张的军事气氛。他只走他认识的路，从远处看到他熟悉的城堡小镇。他一动不动地跨在车上，胜利牌在他身下沿着乡间小路燃烧着，急速狂奔。他没带什么东西，武器都扔下了。摩托车冲过一个个村庄，不曾为任何一个小镇放慢速度，或者任何关于战争的记忆。“地要东倒西歪，好像醉酒的人，又摇来摇去，好像吊床。”[1]

她打开他的背包。一把用油纸包着的手枪，一打开，一股枪的味道。牙刷和牙粉，一本笔记本，里面有几幅铅笔素描，其中一幅画的是她——她坐在露台上，他是从英国人的房间里看着她画的。两个包头巾，一瓶淀粉。一只扫雷兵的腕灯，有皮带子，

---

1 《圣经·旧约·以赛亚书》(24：20)。

紧急情况下戴的。她打开灯，背包里充满鲜红的亮光。

在边袋里她找到一些跟拆炸弹有关的工具，她不想碰。另外一个小布包里包着她送给他的一根金属小插管，在她的国家用来从槭树里采糖汁的。

从倒在地上的帐篷里，她挖出一张全家福，那肯定是他的家人。她把照片捧在手里。一个锡克人和他的家人。

照片里的哥哥只有十一岁。基普站在他旁边，八岁。“战争一开始，我哥哥就站到跟英国人作对的一边，不管那一边有谁。”

还有一本小笔记本，里面有一张炸弹图纸。还有一幅画，画上是一个圣人，还有一个乐师。

她把所有的东西重新放进背包里，除了那张照片，握在她空着的那只手里。她拿着包穿过树林，走过凉廊，把包带进房子里。

大约每过一个小时，他会停下来，往挡风镜上吐口唾沫，用衬衫的袖子擦去上面的灰尘。他再次看地图。他要去亚得里亚海，然后去南方。大多数的部队都在北部边境上。

他向上进入科尔托纳，一路都是摩托车加大油门的轰鸣声。他把胜利牌骑上教堂的阶梯，一直骑到门口，然后走了进去。有一个雕像，四周搭着脚手架。他想靠近雕像的脸，但是他没有步枪瞄准器，又觉得身体僵硬，没法去登建筑架的杆子。他在底下围着雕像转了几圈，就像一个无法进家门的人。他把摩托车开下阶梯，然后沿着山坡滑下去，穿过凋零败落的葡萄园，继续往阿雷佐开去。

在圣塞波尔克罗，他上了山，一路蜿蜒盘旋，进入大山深处，不得不把速度放到最慢。博卡·特拉巴利亚山口。他觉得冷，但是他决定不去想天气。最后，山路已经有白云缭绕，他身后是一片迷雾。他绕过乌尔比诺，德国人在那里把敌方的战马全部烧死了。他们在这个地区打了一个月；现在他几分钟就穿过了，只认出黑色圣母圣坛。战争让所有的城市和小镇都变成了一个模样。

他下山来到海边。进入加比切马雷，他曾在那里看着圣母从海里出现。他睡在山上，眺望悬崖和海水，靠近抬圣母雕像的地方。他的第一天就这样结束了。

亲爱的克拉拉——亲爱的妈妈：

妈妈（Maman）是个法语词，克拉拉，一个绕着弯儿的词，暗示搂抱，一个亲昵的词，可以在大庭广众大声喊出来的词。像一艘驳船一样给人安慰，永远不会变。不过，我知道，你的灵魂仍然是一艘独木船。打个转，滑进一条小溪流，几秒钟的时间。还是那么独立。还是那么自我。不是一艘对周围人负有责任的驳船。这是我这几年里第一次写信，克拉拉，我不习惯正式的信。过去几个月我跟另外三个人一起生活，我们的对话都很慢，很随便。现在我只习惯于那样跟人说话。

今年是一九四几年？是哪年？这会儿我忘了。但是我记得月和日。是我们听说在日本投原子弹的第二天，所以感觉就像是世界末日。从现在起，我相信个体的人和公众的人之间将有一场永远的战争。如果我们能理性对待这个问题，那么就没有什么是不能理性对待的了。

帕特里克死在法国的一个鸽子房里。那些巨大的鸽子房建于十七八世纪的法国，比大多数房子都大。就是这个样子。

离房顶三分之一的平行线是防鼠隔——防止老鼠沿着砖头爬上去，那样鸽子才安全。安全得像个鸽子房。一个神圣的地方。很多方面都像个教堂。一个给人安慰的地方。帕特里克死在一个给人安慰的地方。

凌晨五点，他发动胜利牌摩托车，后轮胎甩起一阵砾石。他的四周仍然一片黑暗，仍然无法辨认远方悬崖下的大海。从这里去南方的路线，他并没有地图可以参考，但是他能认出战争期间走过的路，沿着海岸线走。等到太阳出来，他的速度便快了一倍。大河还在前头等着他。

大约下午两点他到达奥托纳，扫雷兵们曾经在这里搭过活动便桥，河中央的风暴差点把他们淹死。天开始下雨了，他停下来，穿上雨披。他绕着淋湿的机器走了一圈。此时此刻，一路往前的他发现自己耳中的声音已经变了。轻微的簌簌声代替了呜咽和哀嚎，前轮激起的水溅在他的靴子上。他透过挡风墨镜看到的一切都是灰色的。他不愿意想起汉娜。除了摩托车的噪声之外，一片安静，他并没有想起她。她的脸一出现，他就把它抹掉，使劲一拉车把手，这样他就会偏离方向，然后便不得不集中注意力。如果脑子里出现字眼儿，那不会是她说过的话；那是意大利地图上的地名，是他要穿越的地方。

一路飞驰，他感觉自己始终把英国病人的身体带在身边。这个身体就坐在油箱上，面朝着他，黑色的身体与他相拥相抱，面对着他身后的过去，面对着他们逃离的那个乡村，那个正在远去的陌生人的宫殿，立在意大利的山头、再也不会重建的宫殿。“传给你的话，必不离你的口，也不离你后裔与你后裔之后裔的口，从今直到永远。”[1]

英国病人念《以赛亚书》的声音在他耳畔响起，那个下午，印度男孩对他说起罗马的礼拜堂穹顶上的那张脸。“当然有一百个以赛亚。有一天，你会想象他是一个老人——法国南部的大修道院尊他为白胡子老者，但是他的力量仍然在书里。”英国病人在壁画环绕的房间里高声诵唱道：“看哪，耶和华必像大有力的人，将你紧紧缠裹，竭力抛去。他必将你滚成一团，抛在宽阔之地，好像抛球一样。”[2]

他继续向前，雨愈发大了。他爱过屋顶上的那张脸，所以他也爱过那些句子。正如他相信过那个焦炭人，也相信过文明的草地，在那里排查地雷。焦炭人床头的书里有以赛亚、耶利米和所罗门，那是他的圣书，他把自己钟爱的一切都贴进那本书里。他把他的书给扫雷兵，扫雷兵说我们也有一本圣书。

过去几个月，挡风墨镜上的橡皮已经裂开了，雨水开始充满他眼前的气穴。过不多久他就要摘下墨镜，耳中的簌簌声是一片永恒的大海，弓起的身体僵硬、冰冷。只有身下的坐骑带着关于热度的概念，冒着白烟，载着他滑过一个又一个村庄，仿佛一颗

---

1 《圣经·旧约·以赛亚书》(59：21)。
2 《圣经·旧约·以赛亚书》(22：17—18)。

流星，可以许愿的瞬间。“因为天必像烟云消散，地必如衣服渐渐旧了，其上的居民也要如此死亡。”[1]从乌维纳特到广岛，沙漠之谜。

他转过一个大弯，来到奥凡托河上的桥，一面摘下挡风墨镜。他左手举着墨镜，开始滑行。然后扔掉墨镜，放慢车速，但是没想到上引桥的时候会颠得那么厉害，身下的车子往右面倒了下去。他突然发现自己正连人带车蹚着雨水从桥顶往下滑，金属摩擦产生的蓝色火星在他的手臂和脸附近跳跃着。

大块的铁片从车上脱落下来，同他擦肩而过。接着人和车转向左边，桥没有栏杆，人车齐飞到水面上，倒向一边，他的手臂往后甩，伸过头顶。雨披自己落下来，离开机器和人体，成了空气的一部分。

摩托车和士兵停在半空中，然后垂直落下，击向水面的时候，金属的车身仍然夹在他双腿之间，撞出一条白色的水路，消失了，雨水也落入河中。“他必将你抛在宽阔之地，好像抛球一样。”

帕特里克是怎么死在鸽子房里的，你知道吗，克拉拉？他烧伤了，受了伤，他的部队扔下他不管。他烧得太厉害了，衬衫上的纽扣烧进他的皮肤里，成了他可爱的胸膛的一部分。我亲过的那个胸膛，你也亲过的那个胸膛。我的父亲怎么会烧伤的呢？他那样一个人，会像鳗鱼一样打转，又像你的小筏子，仿佛被施了魔法，从现实世界里逃走。以他的天真，可爱而又复杂的天真。他是所有人里

1 《圣经·旧约·以赛亚书》(51：6)。

最不会说话的一个，我总是很奇怪会有女人喜欢他。我们倾向于喜欢身边那些会说话的男人。我们是理性主义者，是聪明人，而他常常找不到方向，犹豫不决，默默无语。

他烧伤了，而我是个护士，我本来可以照顾他的。你能理解距离背后的哀伤吗？我本来可以救他，或者至少陪着他直到最后。我对烧伤懂得不少。他一个人跟鸽子和老鼠待了多久？他的鲜血和生命的最后阶段有多长？鸽子在他头上盘旋。围着他打转，翅膀的振动声。没法在黑暗中入睡。他一直都讨厌黑暗。而他却只有一个人，没有爱人，没有皮肤。

我受够了欧洲，克拉拉。我想回家。回到你乔治亚湾的小木屋和粉色岩石那里。我会坐公共汽车到帕里桑德港。再从大陆用短波发射机往潘凯科斯发条信儿。然后就等你，等着看到你坐着小筏子的身影，把我从这个地方救走，我们都来到这个地方，背叛了你。你是怎么变得这么聪明的？你是怎么变得这么坚定的？你怎么没有像我们一样被愚弄？你这个寻欢作乐的魔鬼，却变得这么明智。我们中最纯净的那一个，最黑的一颗豆子，最绿的一片树叶。

汉娜

扫雷兵的脑袋钻出水面，他张大嘴吸进湖面上所有的空气。

卡拉瓦乔用麻绳做了一个单股绳桥，连到隔壁那座别墅的屋顶上。绳子的一端系在德米特里雕像的腰间，然后再固定在水井上。绳子比途中两棵橄榄树的树顶高不了多少。如果他失去平衡，就会掉进橄榄树里，毛糙的枝干布满灰尘。

他跨了上去，穿着袜子的脚抓住麻绳。那个雕像值多少钱？有一次他不经意地问汉娜，她告诉他，英国病人说过所有德米特里的雕像全都一钱不值。

她封好信，站起身，穿过房间去关窗，就在那一刻，闪电划过山谷。她看见卡拉瓦乔悬在半空，正跨越躺在别墅边的峡谷，如同一道深深的伤口的峡谷。她站在那里，就像站在自己的梦里，然后爬上窗台，坐下来，往外面看。

每次出现闪电，夜空突然被点亮，雨随之冻结。她看见秃鹰猛地飞上天空，她在搜寻卡拉瓦乔。

他走到一半的时候闻到雨水的味道，接着雨水便开始落满他的全身，贴在他身上，突然间，他的衣服变沉了。

她合起两个手掌，伸出窗外，把雨水拢进自己的头发。

别墅在黑暗中飘浮。英国病人卧室外的大厅里，最后一支蜡烛在燃烧，仍然在夜色里跳动着。每次他从睡梦中睁开眼睛，便看见那摇曳着的古老的黄光。

对他来说，世界已经没有声音，即便是光亮也似乎已经没有必要。明天早晨他会告诉那个姑娘，他睡觉的时候不要烛光陪伴了。

大约三点的时候，他感觉房间里有人。一声心跳的工夫，他看到床脚站着一个人，背靠着墙，也可能是画在墙上的，烛光之外，黑色的枝枝叶叶，很难辨认清楚。他咕哝了一句，他想说一句什么话，但是没有声音，只有那个小小的棕色人影，也可能只是黑夜中的一个影子，一动不动。一棵杨树。一个有羽毛的人。一个游泳的身影。他觉得，他不可能那么幸运，可以再次跟那个年轻的扫雷兵说上一句话。

这个晚上他没有再入睡，想看看这个影子是否有可能会朝他走来。他不去管止痛片，他会保持清醒，直到光完全消失，直到蜡烛的烟味飘进他的房间，飘进大厅那头女孩的房间。如果人影转过身，他的背上会有颜料，他曾经在悲痛中猛地靠在画着大树的墙上。蜡烛熄灭的时候，他会看到这一幕。

他慢慢地伸出手，碰了碰他的书，然后手又放到自己黑色的胸口上。除此之外，房间里的一切纹丝不动。

此时此刻，他是坐在哪里想她呢？这么多年过去了。一块历史的石头飘过水面，跳起来，在它又落到水面沉下去之前，她和他已经老了。

他坐在花园里，这是哪里呢，心里又一次想着他应该进屋，写封信，或者找一天走到电话局，填张表格，试试联系生活在另一个国家的她。就是这个花园，这块四四方方的干草地，把他的记忆带回到他和汉娜和卡拉瓦乔和那个英国病人一起度过的几个月，在佛罗伦萨之北的圣吉罗拉莫别墅里。他是个医生，有两个孩子和一个爱笑的妻子。他在这个城市里的生活永远忙忙碌碌。晚上六点，他脱掉白大褂。白大褂底下他穿着一条深色裤子和一件短袖衬衫。他关掉诊所，所有的文件上都压着各种带分量的东西——石头、墨水瓶、一辆他儿子玩过的玩具卡车——为了防止文件被电扇吹走。他骑上自行车，踩四英里的路回家，穿过集市。只要可以，他就把车转到街边有树荫的地方。到了这个年纪，他突然意识到印度的太阳会让他体力不支。

他骑过运河边上的柳树，然后在一个小区门口停下，取下车锁，把他的自行车扛下阶梯，来到由他妻子料理的小花园里。

这个傍晚，有什么东西把那块石头从水里引了出来，又让它在空中后退着，一直退到意大利的那个山城。也许是他今天看的那个女孩手臂上的化学烧伤；也许是石头阶梯，褐色的野草在石阶缝里疯长着。扛着自行车，石阶走了一半的时候，他记起来了。那是在他去上班的路上，所以记忆的开启被推迟了，一直等他到了医院，又等他看了七个小时的病人和做了一天的工作之后。或者还是因为那个小女孩手臂上的烧伤。

他坐在花园里。他注视着汉娜，她的头发更长了，在她自己的国家。她在做什么？他始终能看见她，她的脸和身体，但他不知道她的职业是什么、生活在怎样的环境里，虽然他能看见她对周围人的反应，她弯腰对孩子说话，身后是白色的冰箱门，背景是没有噪声的电车车厢。这是他不知为何获得的有限天赋，仿佛有一卷相机胶卷呈现着她，只有她，没有声音。他分辨不出她和谁在一起，看不出她的态度；他能看见的只有她的特征，还有长长的黑发时时在她眼前飘荡。

他现在明白，她的脸将永远那么严肃。她不再是那个年轻的女人，她的神态如女王般棱角分明，她渴望成为某一种人，这份渴望塑造了她的脸。他仍然因此而喜欢她。喜欢她的聪明，喜欢她不是因为遗传而拥有这样的神态，或者那样的美丽，她的气质是她寻求的结果，总会反映出她目前这一阶段的性格。仿佛每一两个月他就会亲眼看到她的样子，这些时刻仿佛是那些信的延续，她曾经给他写了一年的信，没有回音，然后她不再写了，被他的沉默推开了。还是他性格的缘故，他猜想。

此刻他感到一种想跟她边吃饭边说话的冲动，想回到他们俩最亲密的那个阶段。在帐篷里，或者在英国病人的房间里，无论是哪里都暗藏着终将天各一方的距离的洪流。回想起那段时光，他对自己的感慨丝毫不亚于对她的迷恋——那么孩子气，那么真诚，他柔软的手臂穿过空气，伸向那个他爱上的女孩。他湿漉漉的靴子踩在意大利的大门口，鞋带系在一起。他伸长手臂去搂她的肩膀，床上是那个俯卧着的身影。

吃晚饭的时候，他看着女儿学习使用餐具，小小的手儿努力想抓住那些巨大的武器。这张桌子周围的手都是棕色的。他们在自己的风俗习惯中怡然自得。他的妻子教会他们所有的人一种疯癫癫的幽默，他的儿子继承了这份幽默感。他喜欢在家里看儿子耍聪明，儿子常常让他吃惊，甚至会超越他和他妻子的知识以及幽默感的范围——比如他在街上逗狗的方式，模仿它们的步态、它们的神情。这个男孩儿几乎能通过狗的各种表情猜出它们的意愿，这让他心生欢喜。

至于汉娜，她很可能跟一群不是她自己选择的人一起生活着。即便是现在这个年龄，三十四岁，她仍然没有找到她的自己人，那些她想要的人。她是个优雅而聪明的女人，她狂野的爱对运气忽略不计，她总在冒险，如今她的眉毛里藏着什么东西，只有她自己能在一面镜子里认出来。亮闪闪的黑发中蕴藏的理想和理想主义！人们会爱上她。她仍然记得那个英国人从他那本笔记本里对她念的诗句。如果作者是有翅膀的，我对她的了解不足以让我把她拢在我的翅膀下面，用我的余生去呵护。

于是汉娜就这样走动着，她转过脸，带着落寞，放下头发。她的肩膀碰到碗橱的边，一只玻璃杯落下来。基帕尔的左手猛地伸出去，在离开地板一英寸的地方接住落下来的叉子，然后轻轻地把叉子放进女儿的手指间，他的眼角有一道皱纹，在他眼镜的镜片后面。

致　谢

虽然本书中出现的一些人物有真实的历史人物原型，书中描述的一些地方——如大吉勒夫及其周边的沙漠——都真实存在，并且二十世纪三十年代确实有探险家在那里勘探，但有必要强调，这是一个虚构的故事，书中刻画的人物形象、描述的某些事件和旅行都是虚构的。

我要感谢伦敦的皇家地理学会允许我查阅档案资料，通过《地理杂志》(*Geographical Journals*) 进入那些探险者的世界和他们的探险之路——那些文章往往都写得非常精彩。我从其中哈桑尼贝伊 (Hassanein Bey) 写的文章《穿越库夫拉到达尔富尔》(*Through Kufra to Darfur*) 引用了一段描述沙尘暴的文字，并根据他和其他探险者的文章，描述了二十世纪三十年代的利比亚沙漠。理查德·A. 伯尔曼博士 (Dr. Richard A.Bermann) 一九三四年发表的文章《利比亚沙漠的历史问题》(*Historical Problems of the Libyan Desert*) 和 R. A. 巴格诺德 (R. A. Bagnold) 对艾尔麦西关于沙漠探险的专著所做的评论也给我提供了宝贵的信息，在此致谢。

有许多书对我写作前的研究起了重要作用。A.B. 哈特利少校写的《未爆炸的炸弹》(*Unexploded Bomb*) 对我再现炸弹的构造、描述二战之初英国拆弹部队的写作特别有用。我直接从他的书中引用了一些文字 (《原地拆除》那一章中用仿宋字体标出)，基普·辛格的某些排雷方法也是参考了哈特利介绍的实际排雷技巧。英国病人笔记本上描述各种风特征的内容来自莱尔·沃森精彩的著作《上天的呼吸》(*Heavens Breath*)，直接引用的段落用引号注明。希罗多德在《历史》中讲述的坎道列斯和巨吉斯故事，我引用的是 G.C. 麦考利的英译本（麦克米伦出版社 1890 年版），其他《历史》中的引文则来自芝加哥大学出版社出版的大卫·格雷恩英译本。

其他参考书还包括艾伦·穆尔黑德著《戴安娜别墅》(*The Villa Diana*)，其中介绍了波利齐亚诺在托斯卡纳的生活；玛丽·麦卡锡著《佛罗伦萨的石头》(*The Stones of Florence*)；还有莱昂纳德·莫斯利著《猫和老鼠》(*The Cat and the Mice*)、G.W.L. 尼克尔森著《加拿大人在意大利，1943—1945》(*The Canadians in Italy 1943—1945*）和《加拿大的护士姐妹》(*Canada's Nursing Sisters*)、《马歇尔·卡文迪什二战百科全书》(*The Marshall Cavendish Encyclopedia of World War II*)、F. 叶芝–布朗著《好战的印度》(*Martial India*)，还有另外三本关于印度军事的书：印度新德里的公共关系局 1942 年出版的两本书《老虎出击》(*The Tiger Strikes*）和《老虎杀人》(*The Tiger Kills*)，以及《荣誉名单》(*A Roll of Honor*)。

感谢约克大学格伦顿学院英语系、赛尔贝洛尼别墅、洛克菲勒基金会和多伦多市参考图书馆。

我也要感谢慷慨帮助过我的以下诸位：伊丽莎白·丹尼斯，她允许我阅读她战时在埃及写的书信，圣吉罗拉莫别墅的玛格丽特修女、安娜·贾丁、罗德尼·丹尼斯、琳达·斯波尔丁、艾伦·莱文，还有拉利·马尔瓦、道格拉斯·勒庞、大卫·扬和多尼娅·佩罗夫。

最后，特别感谢艾伦·塞利格曼、利兹·考尔德和索尼·梅塔。